LA MARIPOSA
DE OBSIDIANA

Juan Bolea

EDICIONES B
GRUPO ZETA

Barcelona • Bogotá • Buenos Aires • Caracas • Madrid • México D.F. • Montevideo • Quito • Santiago de Chile

1.ª edición: mayo 2006

© Juan Bolea, 2006
© Ediciones B, S.A., 2006
   Bailén, 84 - 08009 Barcelona (España)
   www.edicionesb.com
   www.edicionesb-america.com

ISBN: 84-666-2954-8

Impreso por Quebecor World.

La mariposa de obsidiana

Juan Bolea

A mis padres

Concédeles que disfruten de la dulzura de la muerte a filo de obsidiana, que den con regocijo su corazón al cuchillo de sacrificio, a la mariposa de obsidiana, y que deseen y codicien la muerte florida, la flor letal.

(Plegaria azteca)

PRIMERA PARTE

1

Tras los cristales de la redacción, caía la nieve.

No eran aún las ocho de aquel maldito lunes (como todos los lunes, maldito), cuando José Gabarre Duval, el redactor jefe del *Diario de Bolscan*, más conocido entre los reporteros como el Perro, atravesó en mangas de camisa la sala de redactores y fue directo a la mesa de Jesús Belman, el periodista de sucesos. Belman lo vio venir, magro, escuálido, prieta la boca en una línea de color frambuesa. «De bujarrón viejo», decía Cacharro, el descacharrado jefe de local.

Llamándole por el apodo que él mismo le había asignado, Gabarre Duval le ordenó:

—Conmigo, Mocos. Sin chistar.

Jesús Belman se levantó y lo siguió hasta su oficina, desordenada, claustrofóbica, siempre a media luz. Los copos golpeaban contra los cristales.

—Pasa —dijo Gabarre Duval, pero él pasó delante.

El reportero de sucesos era tan alto que su coronilla rozaba el marco de la puerta. Para franquear el dintel, tuvo que agachar la cabeza.

El aspecto de Belman no era el mejor. Sumaba varios

días sin afeitarse, y un par sin pasar por la ducha. Todavía andaba crudo por la curda de Nochevieja, que había empalmado con la de la madrugada siguiente, la de su último y loco domingo. Por dos insomnes veladas, había salido del Stork Club a las siete de la mañana, sin un céntimo y ciego como un piojo. Ninguna de las dos noches consiguió recordar de qué modo pudo llegar a su casa.

Belman tampoco se había cambiado de ropa. Llevaba una rozada chaqueta de pana con coderas, una camisa turquesa con huellas de carmín en la pechera, una corbata con dibujitos de Papa Noel y unos vaqueros negros que disimulaban las manchas de grasa de su moto, una antediluviana Vespa que, cuando sonaba la alerta de un suceso y había que salir zumbando, petardeaba por las calles de Bolscan para ganarle la carrera a la pasma.

Una vez en el despacho del Perro, Belman se alegró de que su jefe, Gabarre Duval, no le hubiera invitado a sentarse. Tenía un tomate en un calcetín y se habría sentido ridículo al tratar de ocultarlo. El reportero pensó que uno de esos días debería visitar el tinte y trasladar a la lavandería la pila de prendas sucias acumulada en el bidé, artilugio que sus ocasionales amantes renunciaban a utilizar antes que proceder a despejarlo de pañuelos usados y de los raídos calzoncillos de algodón que Belman adquiría en el rastro en paquetes de tres (uno negro, uno blanco, uno gris).

Aquella *stripper* del Stork Club, Sonia Barca, era la única que utilizaba el bidé. Realmente le gustaba usarlo, como a las putas caras. Sonia era preciosa, con un cuerpo joven y elástico y una piel etérea, de una blancura casi espiritual. Al comienzo de cada sesión íntima, la bailarina hacía gala de una exquisita higiene y de una casi burguesa pulcritud (ordenaba su ropa y sus falsas joyas con metódica aplicación), pero su posterior comportamiento en la cama distaba de cualquier convencionalismo.

Sonia no tenía nada que ver con las otras, y sólo le pedía algún dinero para ir tirando. Era única, extrema. En especial, cuando abría su bolso de flecos apaches y empuñaba el látigo. Belman le había preguntado de dónde diablos sacaba aquellos artilugios de cuero y plomo, las capuchas, las ligas y cinturones de látex, pero ella, con una sonrisa procaz, se negaba a contestarle. Y es que Sonia casi nunca era tierna. Tenía mucho carácter y, a veces, hasta se mostraba enfadada con él. Le recriminaba su zafiedad, y que las toallas, y también las del bidé, estuviesen sucias. Sonia llevaba razón: era un cerdo. Su rinitis crónica tenía la culpa de que jamás hubiese a mano pañuelos limpios, y de que los de papel se amontonasen por los rincones, confiriendo a su apartamento la imagen de una hamburguesería sin barrer. Belman hizo acto de contrición. Debería arreglar la lavadora, comprar toallas, ventilar su guariche... Una ímproba lista de tareas domésticas que iban aplazándose sin fecha.

A pesar de lo cual, y de su lúgubre trabajo como cronista del lumpen, Jesús Belman no había renunciado a pensar que la vida era una continua sorpresa. En particular, desde que había conocido a Sonia Barca y experimentado con ella revolucionarias dimensiones de la actividad sexual. El reportero hacía bien pecando de optimismo, pues, sin contar su portentosa verga, su Vespa, su audacia y su salud (excepción hecha de la maldita rinitis), era todo cuanto poseía.

El teléfono del redactor jefe acababa de sonar. Gabarre Duval manoteó el auricular y se puso a discutir otro asunto, mientras Belman aguardaba en pie a que la conversación terminara. Como se prolongaba, hizo ademán de salir del despacho, pero el Perro le ordenó que permaneciese allí.

—Quieto, Mocos —le dijo, con exactitud.

Por el tono de su redactor jefe, Belman supo que las cosas iban a complicársele antes de que pudiera despedir aquel maldito lunes, 2 de enero de 1984, con unos cuantos storkinos (ron, azúcar, limón) en la barra del Stork Club.

2

A las ocho de la tarde de aquel mismo lunes, cinco horas antes de que fuese salvajemente asesinada, Sonia Barca despertó en una cama revuelta, en un tercer piso sin ascensor de la calle Cuchilleros, en el barrio gótico de Bolscan. Había estado soñando con un pulpo gigante cuyos tentáculos la abrazaban hasta la asfixia, erotizándola y poseyéndola con inenarrable placer. Y había tenido un orgasmo en sueños, una descarga real.

Temblando aún de placer, Sonia se levantó y se asomó al balcón.

No había dejado de nevar. A través de la ventana de la casa de enfrente, tan próxima que, si estiraba el brazo, casi podía tocar su fachada, pudo ver una máquina de coser, un cartel de Rafael de Paula, un cactus que parecía de plástico.

Otra vivienda de pobres, angosta y húmeda, para gente que nada tenía que perder.

Como ella.

Sonia volvió a entrar a la habitación y paseó la mirada por su minúsculo espacio. El cuerpo desnudo de su macho yacía sobre el colchón. La cama ocupaba casi todo el cuarto: era como si Juan Monzón durmiese en una celda.

«Nuestra cárcel sexual», pensó Sonia, recordando, divertida, el título de una de esas películas pornográficas a las que Juan la invitaba para ponerla a punto.

Como si a ella hiciera falta estimularla.

No se había equivocado con Juan. Aunque dormía con una exhausta y casi simiesca expresión, derivada de su acusado prognatismo, Monzón —¿su hombre definitivo, tal vez?; ¡no!— era un tipo guapo. Fuerte. Tenía gónadas. Cerebro. Ojos claros, un poco brujos. Sus músculos se dibujaban contra la sábana que alguna vez debió de ser de color mandarina, pero que ahora, arrugada y manchada de sangre, parecía una muleta después de la lidia.

El símil taurino, inspirado por el cartel del torero que decoraba la salita de la casa de enfrente, le agradó. Juan había mugido como un novillo y sangrado por la nariz cuando Sonia anudó el pañuelo alrededor de su cuello, hasta que su respiración se cortó. Ella apretaba, apretaba. Juan aspó los brazos como un molino roto, eyaculó y se derrumbó en la cama con la cara púrpura. Un resuello animal, de toro herido, brotó de su asfixiada garganta, hasta que el sueño lo reclamó.

Y aún seguía durmiendo. El miembro viril apenas manifestaba una protuberancia oscura. Un hongo añil entre los muslos. Ella le había extraído hasta la última gota de savia.

Lo mismo hacía Sonia con todos los hombres con los que mantenía relaciones íntimas. En aquellos últimos tres años, habían sido incontables.

Esa gélida tarde de invierno, mientras la nieve caía sobre los tejados de Bolscan, ella y Juan, en su cárcel carnal, en su mísero nido de amor, habían estado follando sin concederse respiro. A la tercera acometida, Juan, aferrado a sus nalgas, dio síntomas de debilidad. Se había sostenido en pie a duras penas, pero empujó con ímpetu, hasta que una acrobacia los volteó a las heladas baldosas. Por el suelo, sin parar de reír, fueron rodando hasta el fondo del armario donde Juan guardaba sus escasas pertenencias y el machete que se llevaba a su puesto de vigilante nocturno. Y todavía lo habían hecho otra vez, en el pasillo, aprovechando que los restantes huéspedes del piso, a los que aborrecían, estaban fuera. Para rematar la sesión, Sonia le había obsequiado con el número del pañuelo, que no le fallaba nunca.

Así que el cansancio de su pareja, del que Sonia se sentía orgullosa, estaba justificado. El guarda jurado Monzón, su último y más rocoso amante, no iba a ser una excepción. También a él le había aplicado su norma de exprimir al macho hasta arrebatarle el mínimo átomo de energía vital, para verle desvanecerse luego en un sueño torpe y ruidoso, como si estuviera muriendo poco a poco.

De hecho, en ese momento Juan Monzón podría estar muerto.

3

No había oxígeno en el despacho del Perro. En las fosas nasales de Belman se desplegó el prurito. El polvo en suspensión flotaba a la luz de una tulipa que había iluminado el ambigú del Teatro Fénix antes de su restauración.

Nadie sabía de qué manera esa lámpara, con un pie de bronce que representaba a un sátiro, había llegado al *Diario*. Cacharro, desde su república de información local, ventiló el rumor de que había sido una gratificación a Madurga, el crítico teatral, como premio a sus entusiastas comentarios escénicos; pero Madurga, que acuñaba una espuria fama de incorruptible, jamás había confirmado esa donación y, además (cáncer hepático, en la pura tradición del oficio) estaba muerto. Cuando aún vivía, el crítico de escenarios había instalado en su mesa la lámpara del Teatro Fénix, junto a una fotografía dedicada por Maria Callas. Después del entierro de Madurga, y de que nadie reclamase en herencia la artística lámpara, Cacharro se la había agenciado, pero finalmente Gabarre Duval, quien también le había echado el ojo, ordenó que la instalaran en su oficina. En verano, la tulipa se moteaba con alas de invertebrados y mosquitos a la brasa. Belman sospechaba que el Perro experimentaba una siniestra alegría cuando las frágiles membranas de uno de esos insectos se derretían contra la incandescente bombilla. Un placer similar al que el redactor jefe debía de sentir cuando cortaba las alas a cualquiera de sus reporteros.

La chaqueta de mezclilla de Gabarre Duval pendía de un desportillado perchero. El redactor jefe la había colgado al revés, y podía leerse la etiqueta del traje, de marca desconocida. Un saldo, pensó Belman, con un desprecio que nunca, dado el temor reverencial que le inspiraba el Perro, se habría atrevido a manifestar en público.

—El plasta de Superratón —dijo Gabarre Duval, al colgar el teléfono; era su manera de ridiculizar a Miguel Mau, alcalde de Bolscan; Miki, para los amigos—. Ese fantasmón debe de creer que trabajamos para él, y todo porque de Pascuas a Ramos nos limosnea un anuncio. ¡Políticos! Un día me comen en la mano, al siguiente no se me ponen al teléfono. Tal como me ha hecho estos días ese altivo y vanidoso comisario, Conrado Satrústegui, a quien, si puedo, empapelaré. ¡No ha nacido el madero que me toque la moral!

Con lastimado orgullo, el Perro elevó la canina cabeza e irguió el torso tras el escritorio. Su camisa flotaba sobre un pecho hundido. Cercos de sudor le imprimían los sobacos. Belman solía preguntarse por qué un hombre tan flaco sudaba tanto. No se le ocurría otra explicación que atribuirlo a su exceso de bilis. La mala inquina del redactor jefe debía de licuarse en ese sudor espeso que supuraba brillos en su cara de palo.

—Hablemos de lo nuestro, Mocos —dijo Gabarre Duval, como masticando las sílabas—. ¿Qué noticias tienes para hoy?

—Poca cosa —se apresuró a responder Belman, erróneamente. La resaca y el aire viciado de aquella oprobiosa oficina estaban provocándole sonrojo, inseguridad; le ardía la pituitaria y la boca se le había secado, pero no otras eran sus reacciones bajo el dominio de su redactor jefe, a solas frente a su despótica autoridad.

—¿Algún crimen?

—No.

—¿Violaciones?

—Tampoco.

—¿Estafas, robos?

—Un tirón a una vieja, cerca de la estación.

—Dos páginas en blanco y una hora para el cierre —resumió Gabarre Duval, decepcionado, mirando el planillo como un general antes de la batalla—. ¿Cómo piensas llenarlas? ¿Sorprenderás a tus lectores con una amena redacción sobre tus hábitos nocturnos? Lo digo porque te han visto en el Stork, Mocos, hasta arriba de ron y subiendo las escaleras a cuatro patas.

Belman se atenazó. El Perro lo taladraba con una mirada metálica surcada de microscópicas venillas. El redactor jefe aguantaba tanto alcohol como un estibador del muelle, pero, antes o después, según suspiraban, esperanzados, Belman y otros colegas de la redacción, el dique habría de desbordarse. Tal como le había sucedido al crítico Madurga, ese hígado colmado de materia biliar tendría que sufrir un estallido. Que llegase el día grande de su funeral no era sino una cuestión de paciencia. La redacción en pleno asistiría al último adiós al Perro, y él, Jesús Belman, leería un responso en nombre de sus galeotes del *Diario de Bolscan*. «José Gabarre Duval fue un jefe nato, un periodista íntegro, un leal compañero...»

—En serio, Mocos —dijo el Perro, con aparente paciencia—. ¿Qué tienes?

—Una interviú de lujo —murmuró Belman, intentando improvisar una salida brillante, mientras luchaba contra un sentimiento de culpabilidad—. Algo muy especial.

—¿Una entrevista a quién?

—A la subinspectora Martina de Santo.

—¿La detective que ha resuelto los crímenes de Portocristo?

—La misma.

—No pretendas venderme dos veces la misma burrra, Mocos. Ya le diste cancha. Diciembre, veintiocho.

A veces, el Perro hablaba así, taquigráfico, para ahorrar saliva o para que los reporteros no le apearan el respeto.

—Día de los Santos Inocentes —añadió—. Más de un lector, ya que inocentes no son, aunque santos tal vez, por soportar plumas como la tuya, pensará que le tomas por lelo. ¿Dos veces, la misma interviú?

Herido, Belman se irguió en toda su estatura. Le sacaba treinta centímetros al redactor jefe, pero eso no le aportaba ventaja alguna sobre él.

—No la entrevisté, si recuerda. Me limité a recogerle unas breves declaraciones oficiales.

Gabarre Duval sonrió. Su sonrisa no era célebre por su caridad.

—¿Crees que no sé lo que publico? ¿Opinas que chocheo?

—Yo no...

—¿Tú, qué? ¡Mi mente sigue siendo una caja registradora! Podría recitarte cada palabra de esa información, pero se ha hecho antigua. ¡Hay que arrojar leña a la hoguera! Y ésta es la gran pregunta, Mocos: ¿qué les doy a los lectores? ¿Sangre? ¿Horchata?

—¿Carnaza? —apuntó el reportero.

—¿Tú qué crees? ¿O aspiras a dirigir el suplemento de religión?

Belman estornudó. Buscó un pañuelo, pero en sus bolsillos sólo encontró un pedazo de papel de váter. Se sonó la nariz, estrepitosamente.

—Puedo ponerme con esa entrevista —insistió con voz nasal, sin dejar de moquear—. La subinspectora me ha dado una primicia.

—¿Cuál?

Belman mintió con todo el descaro de que era capaz:

—Revela que estuvo a punto de morir a manos de la Hermandad de la Costa y explica cómo resolvió los crímenes.

Gabarre Duval se sacó un cigarrillo de detrás de la oreja y le apuntó con el filtro.

—Llevas una buena época, Belman. Has levantado temas, y te has adelantado a la competencia. Tus últimas crónicas han merecido los elogios del director. Por eso te di un generoso aguinaldo, que supongo te habrás fundido. Pero no puedes dormirte en los laureles. Quiero asuntos de primera página. Quiero, a cualquier precio, tragedia, emoción. Espero que esa entrevista valga la pena.

Belman aseguró que así sería, salió del despacho del redactor jefe y regresó a su sección. Ésa era la recompensa a su entrega, el premio a sus exclusivas, el reconocimiento por haberse adelantado a *La Crónica*, a la televisión, al resto de los medios.

El reportero de casos contempló caer la nieve tras el cristal de su ventana. Tuvo la impresión de que los copos espolvoreaban su materia gris, crionizando su resaca en una nevera de pensamientos inútiles.

Se encontraba fatal. Al bajar la cabeza hacia sus papelotes, la vista se le nubló. Bebió a escondidas un trago de anís Machaquito de su petaca y corrió a vomitar al baño. Los mocos le salieron líquidos, como si tuviese un grifo en el puente de la nariz. Lo poco que había comido lo arrojó.

Se lavó la cara y regresó a su mesa atravesando la sala de redacción, envarado y pálido como un cadáver altivo. Todos los malditos lunes tenía que sucederle una u otra calamidad, y aquel lunes de Año Nuevo no iba a resultar diferente.

4

Alarmada, Sonia se inclinó sobre su pecho. Juan respiraba. Era un hércules, un ejemplar de primera clase, pero ella lo había domado, hecho que se arrodillase a sus pies.

Sin embargo, no había quedado ahíta. Nunca estaba satisfecha. Siempre quería más.

Su voracidad sexual no conocía límites. Por eso soñaba con libidinosos calamares, con trancas de negro cimarrón y unicornios lúbricos. Hasta en la cúspide del placer vislumbraba otra montaña de gozo, una nueva cumbre de locura y martirio en cuya nieve apagar su fuego. A menudo, su compañero de viaje no podía o no se atrevía a emprender esa ascensión, y entonces ella debía buscarse otro amante. ¿No había nacido el hombre capaz de colmarla, de encadenarla a un orgasmo sin fin?

Sonia deseó que Juan se recuperase pronto, para volver a montarlo. Quizás, antes de irse al trabajo.

Eso le hizo recordar que se hacía tarde. Tenía que probarse el uniforme.

Entremezcladas, las ropas de ambos descansaban al pie de la cama, entre la mochila de Sonia y el bolso de flecos apaches que le acompañaba desde que, al cumplir los diecisiete, había decidido abandonar su localidad de origen. Una pequeña población, Los Oscuros, situada al oeste de Bolscan, en plena cordillera de La Clamor.

Sonia había huido de allí en busca de otra vida. Para correr mundo y encontrarse a sí misma. Algo así, tan vago, tan sincero, le había expuesto a su padre, propietario del quiosco de la plaza de Los Oscuros, y de una rutinaria existencia.

A sus sesenta y siete años, el padre de Sonia, Ramiro Barca, era un viudo cansino, cuyo aire de derrota se revelaba cada mañana, cuando extendía bajo el soportal los periódicos del día, las revistas semanales y las baratas colecciones de novelas cuyas cubiertas iban amarilleando con el curso de las estaciones.

En Los Oscuros, salvo la maestra, la señorita Hortensia, y el guapo profesor de teatro, Alfredo Flin, con quien Sonia había tenido su primera aventura, a los dieciséis, casi nadie leía. Tampoco lo hacía su padre, salvo los titulares deportivos y los sucesos del *Diario de Bolscan*.

Sonia, en cambio, leía mucho. Sobre todo, teatro y la literatura erótica que le facilitaba Alfredo Flin.

El viejo Ramiro no se alteró cuando su única hija le anunció que se marchaba de casa. Desde la muerte de la madre, su esposa, la señora Quiteria, el quiosquero había estado aguardando una reacción parecida. No tuvo ánimo para oponerse. Era demasiado blando como para apechugar con una adolescente difícil.

La apatía paterna hizo sospechar a Sonia que ella nunca le había importado, que su padre, en el fondo, se alegraba de perderla de vista. «Tal vez lo estaba deseando, desde que se enteró de lo mío con Alfredo Flin», pensó en ese momento Sonia, contemplando los testículos de Juan Monzón, ovalados, ubérrimos.

Su macho seguía durmiendo, agotado. Sonia se inclinó sobre su grupa, se ensalivó los dedos y le acarició la punta del pene. Temerosa de despertarle, procedió a armar un acampanado porro. Lo lió con una habilidad que revelaba práctica y salió a fumar al balcón. ¡Si su padre la viera ahora, independiente, desnuda, aspirando a grandes tragos el aire invernal de Bolscan, que a ella le parecía un elixir de vida! ¿Qué podría hacer el viejo, volver a molestar a la policía? ¿Desheredarla? ¿Ya nunca regentaría el quiosco de la plaza mayor de Los Oscuros, con sus lápices de colores y sus novelitas rosas?

Seguía nevando. Lavados por la frecuente lluvia de Bolscan, los adoquines de la calle Cuchilleros solían mostrar la textura de un caparazón de carey, pero esa noche habían desaparecido, ocultos bajo los copos. Sonia sólo llevaba encima una camiseta, y se le puso piel de gallina. Fumó con avidez. El vaho de su aliento se confundió con el acre humo del tabaco mezclado con marihuana.

La hierba y la nieve la pusieron nostálgica.

Apenas había vuelto a pensar en su padre, ni en su familia de Los Oscuros. En el soltero tío Pedro, asiduo a los prostíbulos de la comarca, pendenciero y bebedor, cuya mala sangre latía por sus venas. En su tía Reme, una beata encorvada camino de la iglesia, vestida de negro, siempre de negro; el mismo color con que Sonia sospechaba estaba tinta su alma sorda a toda palabra que no brotase de labios del padre Marcelo, o del mayestático timbre de Dios... Tras los muros sillares de aquella casa de Los Oscuros reinaba el tedio. Pero ella había descubierto un antídoto contra la rutina: el sexo.

Sonia sonrió, aspiró hasta calentar el filtro del canuto y dejó que la marihuana cauterizase sus pulmones con una grata quemazón. El aguanieve hizo que se le irrigaran los pezones. Volvió a excitarse con la visión del culo de Juan, reflejado en el vidrio del balcón. Su macho lucía un tatuaje en la nalga izquierda. Una flor de loto que la ponía a cien.

La maría la invitaba a revivir los buenos momentos. Sonia sólo miraba hacia atrás cuando estaba dopada. Serena, su memoria se esfumaba como un espectro en la niebla. Quizá, suponía, porque era joven para aprender del pasado. El reloj de su existencia corría hacia delante, sin reflexión ni cálculo. Sólo existían las nuevas sensaciones, un promisorio futuro que, ignorante del trágico destino que la acechaba, aspiraba a disfrutar con la máxima intensidad.

5

La culpa era del Perro, que lo humillaba a placer. «Negrero», pensó Jesús Belman, espiándole a través de la entornada puerta de su despacho. De perfil, la nariz de Gabarre Duval era como un gancho para colgar carne. La luz de la tulipa del Teatro Fénix, con el sátiro de bronce brillando lascivamente, arrancaba un destello ambarino a su cabello de estopa.

Belman procuró ahogar los sentimientos de exterminio que le inspiraba su redactor jefe, extendió sobre la mesa de su sección los tres reportajes que había dedicado a los asesinatos de Portocristo y los volvió a leer. Después, hizo lo propio con sus notas.

Le había sugerido al Perro que se guardaba un as en la manga, pero no era cierto. El único recurso que se le había ocurrido para apaciguarle era el de montar una falsa entrevista con la subinspectora De Santo, la detective de moda. Sabía que esa maniobra de distracción le acarrearía problemas, pero prefería enfrentarse con el jefe de prensa de la Jefatura Superior que con su propio redactor jefe.

Para inspirarse, se quedó mirando una fotografía de la subinspectora del Grupo de Homicidios.

Martina de Santo, aquella mujer policía, tenía algo especial. Era atractiva, arrogante, y acreditaba fama de excéntrica.

Belman conocía su historial, por lo que podía calcularle alrededor de treinta años.

La imagen que el periódico había publicado de ella la reflejaba a la salida de la Jefatura Superior de Policía de Bolscan, bajando las escaleras con un aire dinámico. Martina de Santo llevaba un coqueto borsalino, una ajustada chaqueta de cuero, bajo la que le abultaba la pistola, y pantalones de pinzas que estilizaban su delgada figura. Belman sabía, por otros agentes, que la subinspectora frecuentaba el gimnasio y el campo de entrenamiento de la Academia, situados al oeste de la ciudad, en medio de los polígonos industriales que se iban extendiendo al calor de la refinería, la central térmica, el Puerto Nuevo, la prosperidad de los primeros años ochenta.

El rostro anguloso, decidido, de la detective De Santo, cuyo tenso gesto manifestaba una natural inclinación hacia la acción, un gusto por el peligro, parecía contemplarle desde la página impresa.

Belman imaginó sus delgados músculos, sus pechos, el ámbar de su piel bajo la camisa blanca, cerrada con una corbata de seda oscura. Trató de barruntar su personalidad, pero sólo se arriesgó a presumir que la subinspectora pertenecía a esa clase de personas tan imbuidas en su trabajo que no se relajan nunca, porque cuando lo hacen dejan de ser ellas mismas.

Martina de Santo se estaba convirtiendo en un personaje popular. El gobernador la había elogiado en público. Se hablaba de ella como la próxima inspectora de Homicidios, en sustitución del veterano y rijoso inspector Ernesto Buj.

El comisario jefe, Conrado Satrústegui, aparecía también en la foto, descendiendo las escalinatas de Jefatura junto a Martina de Santo.

Belman se concentró en él.

La edad había comenzado a lamerle las entradas del cabello, a redondearle la mandíbula con un sufijo de carne abolsada, pero su altura y la rectitud de sus hombros apuntaban a que el comisario se mantenía en buena forma.

El reportero sabía, por los corrillos del Juzgado, que Conrado Satrústegui había visto naufragar su matrimonio. El comisario se refugiaba en el trabajo y, según le había confiado el abogado penalista Pedro Torres, una de las gargantas profundas de Belman, en un local de copas caras, El León de Oro, donde, al caer las tardes, Satrústegui, ausente la expresión, un cigarrillo consumiéndose entre sus dedos manchados de nicotina, saboreaba un brandy en un ambiente de aburridos señores, damas de la buena sociedad de Bolscan y alguna señorita de tarifa alta.

Las malas lenguas de Jefatura insinuaban que entre la subinspectora De Santo y Conrado Satrústegui fluctuaba algo más que una corriente amistosa, pero esas mismas voces se contradecían al atribuir a la subinspectora una ambigua sexualidad. Tampoco debían de saber los murmuradores (pero el reportero sí lo sabía) que el comisario se había liado con la espectacular camarera de El León de Oro, su querida y viciosa amiga Sonia Barca, ni que él, Belman, disfrutaba enormemente con los resúmenes que la chica, cuando se había fumado unos cuantos porros, le proporcionaba, entre histéricas risas, sobre sus experiencias eróticas con el severo policía.

Belman no ignoraba que la subinspectora había convivido con una mujer. Se llamaba Berta Betancourt y era fotógrafa artística. El vínculo entre ambas, que se había prolongado más o menos durante un año, no estaba claro. Para unos, eran simples amigas. En opinión de otros, como, por ejemplo, del inspector Buj, superior de Martina de Santo en el Grupo de Homicidios, formaban pareja. En cualquier caso, su amistad se había visto oscurecida por la sombra del crimen. Ahora, Berta Betancourt estaba procesada por el caso de los Hermanos de la Costa, como presunta encubridora de los asesinatos de Portocristo.

Gabarre Duval le estaba observando desde su garita. Belman pudo sentir cómo los ojos del Perro se clavaban en su piel. Juró en voz baja y hurtó la cabeza para beber un trago de la petaca de anís. Luego descolgó el teléfono y marcó el número de Jefatura.

Como cada noche, el agente de guardia le facilitó las novedades acaecidas en las últimas horas. Se había producido un accidente, sin víctimas mortales, y había sido notificada la desaparición de una mujer. Belman forcejeó dialécticamente con el policía hasta arrancarle sus datos. Cuando el agente le reveló su identidad, Belman tuvo que ahogar un rugido de satisfacción. La mujer desaparecida se llamaba Berta Betancourt y, según sus familiares, hacía veinticuatro horas que faltaba de su domicilio, en el término municipal de Pinares del Río, a treinta kilómetros de Bolscan.

Belman dio gracias a su buena estrella. Ahora sí que tenía una noticia de verdad, con la que podía abrir la sección.

Era tarde, pero podía intentar localizar a la detective De Santo. Para ello, debería llamar a su domicilio y justificar su intempestiva consulta.

Estornudó, tragó saliva y marcó el número particular de la subinspectora. Lo había obtenido de la manera más simple, localizando en la guía los apellidos del diplomático Máximo de Santo, padre de la investigadora, en cuya vivienda del barrio modernista, después de la muerte del embajador, ella seguía habitando. La casa de los De Santo, situada en la zona más alta y ventilada de Bolscan, aparecía fotografiada en algunas guías de turismo, como ejemplo singular de la arquitectura vanguardista de principios de siglo.

Belman mantuvo el aparato contra su oreja hasta que estornudó y se sonó la nariz como si estuviera tocando un solo de clarinete. Esperó cinco pitidos, pero nadie respondió.

Para hacer tiempo, el reportero llamó a El León de Oro y preguntó por su amiga Sonia Barca. Un camarero con acento suramericano le recordó que ya no trabajaba allí.

De hecho, hacía tres o cuatro semanas que no la veía. Su último encuentro había tenido cierto sabor a despedida. La propia Sonia le había confesado que se había liado con un guarda jurado. El tipo le había propuesto irse a vivir con él. Al parecer, le estaba negociando un empleo nocturno como vigilante en el Palacio Cavallería.

Al imaginarse a Sonia de uniforme y con porra, Belman sonrió para sí.

Probablemente, acabaría localizándola y reanudando con ella sus juegos masocas, pero, por el momento, podía pasarse sin su estimulante compañía. El mundo estaba lleno de mujeres huérfanas de amor, y él acreditaba una habilidad especial para alejarlas todavía más del camino recto.

Belman desterró a Sonia a las mazmorras de sus fantasías eróticas, volvió a estornudar y a sonarse, y marcó de nuevo el número de la subinspectora. Esta vez oyó la voz de Martina de Santo, pero respondía a la grabación del contestador automático.

«Ahora mismo no puedo atenderle. Deje su mensaje y me pondré en contacto con usted...»

Inseguro porque la rinitis congestionaba sus vías respiratorias, Belman grabó unas atropelladas frases, entre las que deslizó el nombre de Berta Betancourt. El reportero añadió que estaría en la redacción hasta tarde, y le rogaba que le devolviera la llamada.

6

Hacía frío en el balcón de la calle Cuchilleros, pero cuando la marihuana se hubo posado en sus párpados, y la hizo sonreír, Sonia Barca se reafirmó en que el mundo era un lugar alegre, lleno de cuerpos nacidos para inducirla al éxtasis.

Apenas recordaba con nitidez otros episodios que los que aureaban con dorado fulgor sus instantes de placer. La piel de los otros, la carne ajena y próxima, las húmedas lenguas, los ardientes labios. Cuerpos blancos y negros, o de esa mostaza tonalidad de los jóvenes orientales. Piel, siempre piel junto a ella, encima o debajo de ella.

Su pequeña vuelta al mundo había comenzado en Ibiza. Desde allí, Marruecos, Túnez, Estambul, y otra vez Ibiza.

En la isla, Sonia se acostaba con un chico italiano, Aldo, pero no siempre o no sólo con él.

Gracias a Aldo, constató lo que ya había aprendido con Alfredo Flin, el profesor de arte dramático que tenía loquitas a todas las chicas del Instituto de Los Oscuros: que el sexo la atraía de una manera incontrolable, compulsiva, y que podía practicarlo, sin prisa y sin pausa, con cualquier chico que tuviera las manos limpias —¡eran tan importantes las uñas!—, experimentando un ansia creciente de poseer y ser poseída. No había nada como un orgasmo. Nada que se le pudiera comparar.

Si acaso, otro orgasmo.

Pero, ¿cuándo segregaría su vientre el delirio del pulpo, el sensual estallido que Alfredo Flin comparaba con una erupción volcánica, con un terremoto? «Con el fuego y la creación», solía recordarle su profesor de teatro, en sus escabrosas conversaciones telefónicas.

De manera esporádica, Sonia se había mantenido en contacto con Alfredo Flin, pues no renunciaba al sueño de convertirse en actriz. Otros alumnos de Los Oscuros habían hecho real esa utopía. Junto con María, la gemela Bacamorta que había estudiado con ella en el Instituto, el propio Alfredo Flin había logrado enrolarse en la Compañía Nacional de Teatro. Y —¡lo que eran las cosas!— esos días María Bacamorta y Alfredo Flin se encontraban en Bolscan, ocupados con los ensayos de *Antígona*, que se estrenaba en breve. Alfredo iba a encarnar a Creonte. María Bacamorta, a Eurídice.

Días atrás, al término de uno de los ensayos en el Teatro Fénix, Sonia y María habían cenado juntas. María había confesado a Sonia que Alfredo y ella eran pareja, y que Flin la había ayudado a superar la muerte de su hermana gemela, Lucía, que se había ahogado en la Laguna Negra, donde los jóvenes de Los Oscuros solían ir a nadar.

A los postres, se les unió el propio Flin. Sonia lo había encontrado más guapo que nunca, pero tan incorregible como de costumbre, salido de madre y dispuesto a correr tras las primeras faldas. En un aparte, aprovechando que María había ido al cuarto de baño, Alfredo le juró a Sonia que no había podido olvidarla. «A veces me despierto con el sabor de tu piel, y me vuelvo loco», murmuró, acariciándola con el pie bajo la mesa del restaurante. A la memoria de Sonia acudieron tórridas imágenes de cuanto Alfredo le había enseñado en materia de sexo, y se estremeció. Se besaron sin pudor, hasta que María salió del lavabo. Alfredo le prometió dejarle una entrada en la puerta de actores del Teatro Fénix. Sonia se puso tan contenta que, a partir de ese momento, contaría las horas que faltaban para el estreno de *Antígona*, como si también ella fuese a salir a escena. Tenía miedo de acostarse con Flin, pero, por otra parte, lo deseaba tanto...

¿Era ninfómana? En Ibiza, Aldo, su amante italiano, la había introducido en el sado precisamente porque la acusaba de serlo. Bromeando, seguramente, al inicio de su relación; con latino desprecio, después, cuando supo que le ponía los cuernos. Por entonces, ella ni siquiera conocía el significado de un término que nunca llegaría a tomarse como un insulto. ¿Realmente era una maníaca, una obsesa? ¿Y qué, si así fuera? ¿Qué tenían de perverso el exceso o la ilusión del dolor?

Mientras aguardaba la hora de experimentar la cadena orgásmica, la fusión con el magma universal, Sonia había llegado a establecer una teoría del ciclo vital en torno a su pulsión erótica. Ella era la tierra, húmeda, profunda, pero donde no crecía otra simiente que la amapola del placer. Jamás tendría hijos. Sobre la satinada tibieza de su piel encontrarían descanso otros cuerpos. Pero ningún huésped, ningún pasajero. No habría partos, reproducción. Sus entrañas debían permanecer vacías. Intactas al dolor.

Ibiza. Había hecho el amor en yates, en playas, en discotecas, en un club donde se disfrazaba de dómina, con correajes y fustas, o en bares cerrados, encima de mesas con ceniceros y vasos que acababan quebrándose contra el suelo, reventando en su cerebro como una lluvia de abejas de cristal. Hubo días de dos y tres hombres, y se habría entregado a cualquiera que fuese capaz de seducirla con su sonrisa o su voz, con sus manos de uñas limpias. ¡Eran tan decisivas, las uñas! Lo hacía con hombres maduros, con viejos y jóvenes, y también, desde que desplegó el abanico de nuevas experiencias, con chicas o mujeres adultas que la acariciaban con dulzura y luego con frenesí, enredando su cabello con el suyo, sus bocas con la suya, sus cálidos muslos con los suyos. Necesitaba sexo urgente, festivo, al despertar, para sentir la vibración de otra cuerda más canalla en el corazón de la noche o a cualquier hora en que su imaginación recrease un encuentro erótico en el probador de una tienda de ropa, en el coche de un extraño, en una casa en la que no había estado, con alguien a quien acababa de conocer y con quien probablemente jamás volvería a coincidir.

Sonia había llegado a Bolscan a principios de octubre de 1983, en compañía de un muchacho norteamericano que viajaba por España sin destino fijo. Aldo, su novio italiano, había cometido el error de presentárselo en Ibiza, en una orgía veraniega que duró tres días con sus noches. Desde aquella fiesta, Sonia y el yanqui estuvieron juntos.

Se llamaba Larry Wilson, pero le decían Wisconsin. Era divertido, culto, y disponía de un falo culebreante y pálido como el tentáculo de una jibia. Sonia nunca preguntó de dónde procedía su dinero, pero a Larry no le faltaba. En alguna ocasión, él le habló de su amor por Nueva York, de un hermano que también viajaba por Europa, de un negocio de venta de coches en Wisconsin, una franquicia que debía de pertenecer a su padre, el señor Wilson.

Larry era historiador. Quería conocer la España interior, recrear las proezas de los brigadistas internacionales y escribir un libro.

Convenció a Sonia para que le acompañara por los antiguos frentes de la Guerra Civil. Se detuvieron en Teruel, soportando el frío más agudo que Wisconsin había padecido en toda su vida. Después, en lentas jornadas, fueron aproximándose al norte.

A Larry le encantaban esas pensiones rurales donde los despertaban con bandejas de nata fresca extendidas en hogazas, o con rebanadas de aceite puro y un café tan espeso que los posos se pegaban al filo de los tazones. Pero a Sonia esas rústicas alcobas le recordaban la suya de Los Oscuros, el colchón de lana, la almohada de plumas, el olor a leña y a humanidad ahumada con el estiércol de las bestias, y se despertaba encogida y sin ganas de follar. Por eso, cuando Larry le propuso dirigirse a Bolscan para admirar el gran puerto del norte, sus fuertes y parapetos costeros, ella aceptó de buen grado. Las luces de las ciudades la excitaban, y si pensaba en sus noches, en todas esas parejas chingando a la vez, sudorosas y acopladas en la oscuridad de los pisos, se sentía más próxima al apareamiento telúrico, al gran polvo universal, a una ecuménica comunión consagrada al placer.

Llegaron a la capital, a Bolscan, comieron, pasearon, se besaron en las alamedas e hicieron el amor, una vez, otra y otra más, pero al día siguiente Wisconsin la abandonó sin explicación alguna. Una confiada Sonia había amanecido en el Hotel Palma del Mar, uno de los mejores de la ciudad. Había estirado la mano en busca del falo de Larry, a fin de ponerlo en canción, pero él ya no estaba.

Ni siquiera había redactado una triste nota de despedida. Al menos, Larry tuvo el detalle de dejar pagado el hospedaje durante una semana. El conserje del hotel le dijo a Sonia que el rubio americano, míster Wilson, aquel yanqui atlético y parlanchín, había partido de madrugada, en un taxi, después de abonar la cuenta. «¿Es su marido?», había preguntado el recepcionista. Como ella no respondiera, el conserje agregó: «Un caballero muy amable. Dijo que era de Wisconsin, y que allá son espléndidos con las propinas.»

«Menudo cabrón —había pensado ella—. Podía habérmelas dado a mí.»

Sonia se quedó en el Palma del Mar y llamó a Ibiza, por si Larry había dado señales de vida. Pero ni Aldo ni sus antiguos camaradas sabían nada de él.

Sin contar a Alfredo Flin, que la había iniciado en los juegos eróticos, en el dolor y en el placer, pero que se acostaba con todas las chicas de la compañía de teatro aficionado de Los Oscuros, Larry Wilson era el primer hombre que había jugado con sus sentimientos. Sonia se juró que sería el último.

Apenas le quedaban recursos. Se puso a buscar trabajo. Lo encontró enseguida, cerca del hotel, en un selecto pub del ensanche marítimo de Bolscan: El León de Oro.

Sería allí, en el curso de una de las primeras noches en que ocupó la barra y aprendió a servir cubalibres, a combinar cócteles y a distinguir las marcas de los whiskies, donde iba a conocer a Juan Monzón.

«Ese chorbo tiene que ser un semental», había pensado Sonia nada más distinguirlo entre la clientela de ejecutivos, con su rotundo cuello y los muslos dibujándose contra las perneras de sus pantalones de cuero. Juan pidió cerveza, algo inapropiado en ese establecimiento, y se bebió tres birras mirándola sin pestañear, como si fuera la primera chica que veía en mucho tiempo.

Esa misma noche, después de insinuarse y de tomar copas con él en otros garitos, Sonia comprobó que, en efecto, era un toro. Un hércules. Un semental. Juan la invitó a la sesión golfa del cine porno de la calle de las Vírgenes, donde le metió mano, y después la llevó a su cuarto alquilado en la calle Cuchilleros. Al derrumbarse en la cama, Sonia estaba segura de que su nueva conquista se había propuesto matarla a polvos; pero sería Juan quien acabaría inclinando la cerviz, rindiéndose al dominio de sus juegos sadomasoquistas, aceptando su poder con todas sus consecuencias, con todas sus recompensas.

7

La noche era fría y oscura. Nevaba sin parar. Entre los copos flotaba una neblina parda, suave y brillante como la piel de un felino.

En la falda de una colina arbolada, el Monte Orgaz, cuya ladera norte daba al océano, la subinspectora Martina de Santo, la única mujer adscrita al Grupo de Homicidios de la Jefatura Superior de Policía de Bolscan, bajó de su coche, un Saab de color negro con los asientos de cuero y el salpicadero forrado de maderas nobles, y se arrebujó en su gabardina, asimismo negra.

Decidió dejar encendidos los faros, por si se extraviaba en la oscuridad. Buscó en la guantera una linterna, y encendió también un cigarrillo. El viento, que hacía rachear la nevada, dispersó el humo al salir de su boca.

Por un filo de piedras, la subinspectora evitó el enlodado prado. Ganó el lindero y fue orillando el bosque donde, de niña, solía jugar a policías y ladrones con las alumnas de Santa Ana. Pero esos juegos escolares se celebraban en primavera, a la luz del día, no en noches como aquélla, cuando el pulmón de la galerna, arremolinando la nieve y arrasando las copas de los árboles, imponía una cierta sensación de temor.

El haz de su lámpara jugó con las sombras de los robles, fomentando la impresión de que entre sus ramas se escondían seres vivos. Ojos amarillos, como la bruma, que la estarían vigilando desde un más allá plagado de amenazas.

Pero, ¿quién podía vagar a esas horas por la tenebrosa colina?

La religión de Martina de Santo no admitía otros espíritus que sus propios demonios familiares, a los que mantenía a raya embebiéndose en su labor policial. A la subinspectora no le gustaba mirar dentro de su alma porque no siempre su espejo reflejaba la verdad. Prefería concentrarse en la realidad exterior. En aquel bosque fantasmagórico, animado... ¿de acechantes seres? No, sonrió Martina, no podía haber muertos vivientes en el Monte Orgaz. La noche era inhóspita y el paisaje lo bastante espectral como para que ni siquiera las parejas más enceladas buscasen en su floresta amparo al amor clandestino. Sólo unos locos, como aquellos sectarios Hermanos de la Costa con los que se había enfrentado en las semanas anteriores, discurrirían reunirse en un paraje así. Pero los Hermanos estaban a buen recaudo.

Esa noche, la del 2 de enero de 1984, la subinspectora se sentía anímicamente vacía. El éxito de su última investigación criminal contrastaba con el desgraciado final de una historia importante en su vida.

Al salir de Jefatura, conduciendo bajo la persistente nieve, había renunciado a refugiarse en su casa. Pensando que a la intemperie ordenaría mejor sus ideas, se había desviado por el antiguo camino de acceso a la refinería, una calzada en desuso con un ramal de tierra destinado a los camiones que antaño tanqueaban en la planta.

Cerca de la orilla del mar, se había pilotado un puente nuevo que enlazaba con la autovía. Desde entonces, el tráfico pesado no precisaba ascender las rampas del Monte Orgaz. Los tráilers abandonaban la autovía a la entrada misma de la planta de refino. La carretera que ascendía los escarpes de la colina apenas se empleaba ya. A mitad de monte, la primitiva pista de carga había quedado clausurada por una valla de alambre espinoso. Un rayo había calcinado uno de sus extremos, junto al que pendía una antigua señal: «Zona industrial. Prohibido el paso.»

Al llegar caminando hasta ese letrero, semioculto por la maleza, la subinspectora se sobresaltó. En medio del vendaval, había oído una especie de tos; volvió a tener la impresión de que alguien la observaba desde una fronda de encinas, oculto tras los montículos de nieve. Pero tan sólo era el graznido de una lechuza.

Martina atravesó la valla y comenzó a encaramarse sobre las resbaladizas piedras graníticas a las que su linterna arrancaba una textura láctea. Sintiendo la nieve en los ojos, y cómo la culata de su Star del nueve corto se le clavaba en la cadera, fue ascendiendo la pendiente, hacia la cumbre del monte fustigado por la tempestad.

En la cima del Monte Orgaz, a seiscientos metros sobre el nivel del mar, la violencia del viento le arrebató el sombrero y lo hizo rodar detrás de los riscos. Martina renunció a recuperar su borsalino, tragó una aspirina a palo seco porque el frío la estaba entumeciendo y usó su barra de cacao para suavizar sus cortados labios. Un relámpago rasgó el océano, iluminando los petroleros anclados en la rada a la espera de recibir la orden para verter su carga.

Las chimeneas de la refinería, que ocupaba el lecho del valle, hasta la playa, expulsaban lenguas de un fuego azulado que parecía sobrenatural. Nevaba con más intensidad.

También los días anteriores había nevado en Bolscan. En Nochevieja, cuando los copos empezaron a caer, la subinspectora estaba de servicio. No tenía con quién celebrar Año Nuevo y se había ofrecido voluntaria para hacer un favor a sus colegas de brigada, la mayoría de los cuales, contradiciendo la leyenda de tipos duros, mantenían familias o relaciones estables.

Aquella tarde, la de Nochevieja, Martina vio nevar desde la ventana de una sala de Homicidios tan silenciosa y vacía como no podía recordarla. Después, había errado por las calles, observando a la gente que se divertía en los bares. La estampa invernal de la ciudad le había recordado a su infancia. A sus padres, ambos fallecidos. A las remotas tardes de otros inviernos en que su padre, el embajador Máximo de Santo, la llevaba a la cordillera de La Clamor, en compañía de Leo, su hermano mayor, para perseguir rastros de visones y ardillas y modelar muñecos de nieve con una zanahoria por nariz, su clásica bufanda vieja y una escoba en el regazo de la blanca barriga.

Las laderas del Monte Orgaz estaban cubiertas de nieve. Como si aquélla fuera la puerta a un mundo futuro, la refinería punteaba un onírico palacio con torres de fuego, contenedores de hormigón y desnudas oficinas donde modernos hechiceros convertirían el crudo en calidad de vida. A veces, la planta de refino inspiraba a Martina la imagen de un gran barco varado en la hondonada, un transatlántico con las luces encendidas, pero condenado a permanecer anclado frente a la negrura del mar.

En ese instante, tras la cortina de nieve, se oyó el sonido de una piedra al caer al vacío. Martina alzó la vista. Como una lúgubre y amenazante aparición, vislumbró, encaramada a las rocas, una figura humana que parecía estar a punto de abalanzarse contra ella.

Su corazón se desbocó. La subinspectora desenfundó el arma.

—¡No se mueva! ¡No haga un solo movimiento o disparo!

8

Ahora, dos meses y pico después de su llegada a Bolscan, Sonia Barca estaba allí, con Juan Monzón, en un zaquizamí del barrio gótico, caliente como una gata en celo, pero resignada a embutirse en un uniforme parecido al de su macho, sólo que de menor talla y de color verdoso, en lugar del tono tabaco que gastaba él.

Todo en Juan era grande. Las manos cuadradas —¡de uñas limpísimas!— los anchos hombros, la sonrisa blanca, la palanca que le colgaba entre las piernas, todo menos, ¡ay!, esa voz suya como de gnomo apresado en la encarnadura de un trasgo, como el silbido de un pífano brotando de la caja de resonancia de un violoncelo. Una voz de pájaro, chillona, infantil.

«Qué más dará su voz —pensaba Sonia—. Es buena gente, y chinga como dios.»

Miró el reloj. Eran las ocho y media de la noche del primer lunes de 1984. La resaca de Fin de Año le duraba ya dos días.

«¡Año nuevo, vida nueva!», había exclamado al sonar las campanadas de Nochevieja y brindar con champán barato. Su novio trabajaba esa madrugada, pero Alfredo

Flin, que se alojaba —¡lo que eran las cosas!— en el Hotel Palma del Mar, junto con el resto de los integrantes de la Compañía Nacional de Teatro, la había invitado a salir. Toni Lagreca, el famoso actor, que en *Antígona* iba a encarnar el papel de Tiresias, se había sumado a la celebración. Sonia los citó en el Stork Club, donde había encontrado un empleo suplementario como bailarina y chica de alterne; un extra alimenticio que, por el momento, ocultaba a Juan, pues en alguna circunstancia ya había tenido ocasión de comprobar que Monzón se ponía violento cuando le dominaban los celos.

Los actores y ella lo habían pasado en grande en el Stork Club, casi como en los viejos tiempos de Los Oscuros. Antes de llevársela al hotel, Alfredo la había magreado en el vestuario de las *strippers*. ¡Vida nueva, sí, pero...! En el fondo, Sonia no deseaba cambiar nada. En todo caso, le gustaría tener dinero. Ése era el motivo por el que echaba en falta a Larry. También, para qué engañarse, por su largo y sinuoso falo, que tanto placer le había regalado.

Pero, con el tiempo, tampoco a Larry le habría sido fiel. La promiscua naturaleza de Sonia habría seguido su curso.

En Bolscan, durante el último trimestre de 1983, hubo otros hombres, además de Juan Monzón.

Estaba Sócrates, el camarero negro, dominicano, de El León de Oro, con quien se había apareado un par de veces, antes de abrir el local, en la bodega, entre las cajas de licores. Estaba el periodista, Belman, cliente del Stork Club, a quien los domingos por la noche Sonia transportaba a los paraísos del sado en su mugriento apartamento, con las toallas sucias y la ropa siempre tirada; un piso tan tétrico que los polvos masocas, como los llamaba

Belman, parecían desarrollarse más en una cuadra que en una mazmorra urbana.

Y estaba también aquel maduro y solitario caballero, el cincuentón de los trajes grises, chalecos y camisas de rayas, el iluso que le regalaba flores, el policía que solía aparecer por El León de Oro a última hora de la tarde y en su día libre (los jueves) invitarla a cenar.

Al principio, el policía le había dado un nombre falso. Noches después, cuando se sintió atraído, le confesó que se llamaba Conrado. En un inicio, al madero no le gustaban los juegos. Pero, poco a poco, Sonia se iría adueñando del ámbito de su dormitorio, de su regia cama y del anexado baño, y le acostumbraría a jugar desnudos con el revólver entre las sábanas. «Además de tirotear a alguien, es increíble las cosas que se pueden hacer con una pistola, ¿no te parece?», le había soltado Sonia cuando calculó que ya tenían confianza.

Pero El León de Oro, con sus camareros y clientes, y con su escasa nómina mensual, había quedado atrás. Sonia pensaba despedirse asimismo del Stork Club. Faltaba sólo media hora para que comenzase su turno en el Palacio Cavallería, donde haría el relevo en calidad de guarda jurado. Confiaba que aquel trabajo honrado inaugurase una etapa distinta en su vida.

Juan Monzón había hablado con el gerente de su empresa de seguridad para conseguirle el empleo. Se había producido una baja laboral en el hermoso edificio de la plaza del Carmen, un palacio renacentista que hacía las veces de Museo de la Ciudad y Sala de Exposiciones, y Juan pidió el puesto para ella. Sonia fue contratada a prueba, durante un mes.

¿Sería capaz de cortar de raíz su alocado estilo de vida, de moderar su ansia erótica? Sonia no lo sabía, pero sí que debía darse prisa en salir del cuarto de Juan, si quería presentarse puntual en el Palacio Cavallería. Juan se levantaría una hora más tarde, para dirigirse a unas naves de distribución alimentaria, situadas en el extrarradio.

A diferencia de Sonia, Juan disponía de permiso de armas. Recientemente, había utilizado su pistola contra un par de extraños a quienes sorprendió merodeando por el muelle de los almacenes a su cargo. Juan había gritado a los intrusos que se identificaran, pero, como no lo hicieron, amartilló el arma. De pronto, oyó un estampido. La bala debió de pasarle muy cerca, tanto que pudo percibir cómo el proyectil hacía saltar pintura del hangar. Juan apuntó hacia un coche cuyo motor acababa de ponerse en marcha y vació el cargador. Los asaltantes consiguieron huir. La policía barajó la posibilidad de que se tratase de un comando dispuesto a escarmentar a una empresa que se resistía a pagar el impuesto revolucionario, pero nada pudo probarse. Monzón, en cualquier caso, recibió la felicitación de su agencia de seguridad y una gratificación: la de colocar a Sonia como guarda jurado. «¿De verdad es tu novia?», le había preguntado el gerente. «¿Vais en serio?» «Claro», había afirmado Monzón. «Respondo de ella.»

En la cargada atmósfera de la habitación de Juan, que ya era la suya, Sonia acabó de anudarse los cordones de los zapatos y buscó su documentación. Guardaba su cartera en la mesilla de noche, junto al carnet de una amiga suya, Camila Ruiz, otra bailarina del Stork Club con la que solía coincidir en sus noches de alterne.

Ni a Camila ni a ella les había costado reanudar su amistad porque ambas eran de la misma comarca de La Clamor y —¡lo que eran las cosas!— habían coincidido en el Instituto de Los Oscuros.

También Camila, en consecuencia, había pasado por los brazos de Alfredo Flin, pero su relación, según ella, fue fugaz, y carente de la pasión carnal que Sonia le reveló sólo a medias, cuando ambas, en clave de confidencias, se contaron lo que una y otra habían hecho con su profesor de teatro. Su encuentro íntimo tuvo lugar en esa misma habitación de la calle Cuchilleros, pero en ausencia de Juan. Sonia no se lo había nombrado a Camila porque estaba descubriendo en su novio otra personalidad oculta, taciturna, posesiva. Temía, además, que Camila lo tomara por un chulo.

Camila y ella se habían tumbado en la cama, habían fumado unos petas y charlado de las cosas que hacían con Alfredo Flin y con otros chicos del Instituto, y después habían comenzado a acariciarse y a quitarse la ropa. Camila tenía una piel suave moteada de pecas y un cabello sedoso, como el de las muñecas que anunciaban esos días de Navidad. Al vestirse, Camila se había olvidado la fundita de plástico donde llevaba algún dinero y el documento de identidad. Sonia había guardado la fundita en la mesilla. Había tenido oportunidad de devolvérsela, pero se le había olvidado.

Eran las nueve de la noche. Tenía que dirigirse a su nuevo trabajo, pero se quedó contemplando, embobada, el cuerpo de Juan. La flor de loto de su nalga izquierda se abría a narcóticas promesas, al opio de los placeres prohibidos, y los tatuajes de sus bíceps parecían grabados con el hierro de la pasión. Su pene se había hinchado, como si Juan estuviera soñando con sensuales imágenes. Un chispazo eléctrico recorrió la espina dorsal de Sonia. Habría querido sentir ese cerrojo entre sus piernas y exprimir a su semental. En lugar de eso, le programó el despertador, se despidió de él con un beso secreto, se puso un anorak sobre su chaquetilla de guarda de seguridad, bajó las escaleras y salió a la calle.

No volvió la vista atrás en todo el trayecto, y por eso, ni a lo largo de la calle Cuchilleros ni en la encrucijada con la calle de las Vírgenes, en la que se radicaban la sala porno y unos cuantos y sórdidos burdeles, pudo ver al desconocido que la seguía por el dédalo del barrio gótico, a prudente distancia. Si la chica acortaba el paso, su perseguidor hacía lo propio. Si Sonia se detenía ante un semáforo, el extraño miraba un escaparate.

Mientras se encaminaba al Palacio Cavallería, Sonia no sospechó que nunca más volvería a ver a Juan Monzón ni a ninguno de los hombres que habían inspirado su teoría sobre la piel femenina como una tierra fértil para la amapola del placer.

9

—¡Soy yo, Martina! —exclamó una voz en la oscuridad—. ¡No dispare!

La subinspectora bajó el arma. A la luz de la linterna, no tardó en reconocer al ex agente Horacio Muñoz, responsable del archivo de la Jefatura Superior de Policía de Bolscan.

Tranquilizada, enfundó la Star. Debido a su bota ortopédica, Horacio avanzó a trompicones por las resbaladizas piedras. El viento agitaba su cabello entrecano, demasiado crecido. Su barba de apóstol se esponjaba con la humedad, confiriéndole el aspecto de un lunático. En su rostro destacaban los ojos, acuosos y tímidos.

La subinspectora tuvo que forzar la voz para hacerse oír a través del vendaval:

—¿Qué está haciendo aquí? ¡He estado a punto de descerrajarle un tiro!

Renqueando, el archivero se situó a un paso de ella. Martina le había apartado el foco de la cara. Horacio anunció:

—Hay novedades, subinspectora. La testigo Betancourt puede hallarse en dificultades. Su familia ha denunciado su desaparición. Pensé que le gustaría saberlo.

Martina se caló el cuello de la gabardina. Un frío que nada tenía que ver con el temporal se le estaba introduciendo bajo la piel.

—Está usted lívida —observó Horacio—. ¿Se encuentra bien?

—¿Cómo se ha enterado?

—Por el agente de guardia. Le oí hablar con un periodista.

—Vamos a los coches. Venga, le ayudaré.

—No hará falta —protestó el archivero—. Puedo arreglármelas solo. Si mi condenado pie ha sido capaz de subir hasta aquí...

—La bajada es dura. Resbalará en la nieve.

—Vaya usted delante, subinspectora, y déjeme a mí.

No sin dificultad, fueron descendiendo las moles graníticas, hasta divisar las luces del Saab. El coche de Horacio, un Volkswagen escarabajo de color amarillo, estaba aparcado sobre la nieve. No era vehículo apropiado para un policía, pero el archivero lo justificaba arguyendo que él ya no pertenecía al servicio activo, y que el mal fario no podía castigarle más de lo que ya lo había hecho su torcido destino. Las consecuencias del balazo que, años atrás, recibió en un tobillo, mantenían a Horacio Muñoz apartado de las calles, confinado en un archivo en el que transcurría horas muertas a la espera de ser requerido por los investigadores.

Aunque, en realidad, Horacio siempre estaba ocupado con una u otra labor. Le fascinaba revisar los casos pendientes, o los que se habían cerrado en falso (como el suyo propio, pues sus compañeros jamás detuvieron al atracador que le había disparado en el curso del cerco a una sucursal bancaria), dejando en libertad a sus autores.

En la soledad del archivo, releyendo polvorientos expedientes, Muñoz trataba de colegir qué habría sido de los delincuentes y criminales que, en olvidadas circunstancias, habían burlado la acción policial. ¿Serían, en la actualidad, padres de familia, incluso, por qué no, compañeros suyos, agentes de la Policía Nacional? Ese tipo de enigmas le fascinaba. A menudo, sin comentarlo con sus superiores, Horacio investigaba por su cuenta. Al menos en una ocasión —en el reciente caso de los Hermanos de la Costa—, la subinspectora le había ayudado a resucitar misterios del pasado, el débil eco de voces inocentes que clamaban venganza. Sabía que Martina no aprobaba su actitud, pero era aragonés, era terco.

La pendiente nevada del prado se onduló, se embarró. Muñoz estuvo a punto de resbalar. La subinspectora lo sujetó de un codo. La nieve caía a rachas, nublándoles la visión. Avanzaban despacio.

—¿Cómo me ha encontrado, Horacio? ¿Me ha estado siguiendo?

—Claro que no. ¿Me cree capaz de hacer algo así?

El gesto de la subinspectora apuntó a que, en efecto, lo consideraba proclive.

Horacio hizo ademán de ahuecar los brazos. Era desmañado en sus gestos.

—No se enfade conmigo, Martina. La explicación es elemental. He venido observando que la carrocería de su coche presenta arañazos, y que los neumáticos conservaban restos de barro húmedo con fragmentos de romero. Desprendí que frecuenta usted algún lugar agreste, donde su auto roza con las ramas bajas de los árboles, y me tomé la libertad de analizar una muestra de ese barro que, a diferencia de la composición caliza, prevalente en las estribaciones de las sierras costeras, era arcilloso. Puesto que el lodo de las ruedas no había tenido tiempo para secarse, su origen debía ser cercano. Y, en las inmediaciones de Bolscan, el Monte Orgaz es la única elevación que reúne tales características, incluida la vegetación esteparia.

Martina sonrió.

—Se está convirtiendo en mi ángel guardián, Horacio. Sólo que a veces prefiero estar sola. No me pregunte por qué.

Sin embargo, el archivero se cuestionó qué tipo de mujer podía encontrar amparo en medio de una solitaria montaña y de una galerna capaz de hundir a un atunero.

—Está usted llena de misterios, Martina. Supongo que forma parte de su encanto.

Protegiendo la llama del viento, Martina encendió un cigarrillo sin dejar de caminar.

—Las mujeres creemos en los misterios, Horacio, pero la idea de rasgar sus velos nos produce una cierta desazón. Quizá, porque sabemos que el mal existe, y que su semilla puede crecer en nuestras entrañas. También sabemos que existe el bien, y que su fuerza es inconstante. Algo en nuestro ser nos remite a la magia, como si algunos de los secretos de la naturaleza estuvieran escritos en nuestra piel, con un código indescifrable. Nada de esto guarda relación con la razón. Lo único que puedo decirle es que, para enfrentarnos al mal, debemos suprimir una parte de nuestra conciencia.

—¿Cuál?

—El evangelio que sostiene la redención universal.

—¿No hay perdón, entonces?

En el fondo, y aunque se debía al barro de que están hechas las tramas de los crímenes, a Martina le atraían las paradojas. Repuso:

—Sería desolador, ¿no le parece?

Horacio se retiró el mojado flequillo, antes de opinar:

—La auténtica absolución sólo puede concedérsenos a través del arrepentimiento. Pero yo no conozco a nadie, y mucho menos a un malhechor, cuyo acto de contrición sea del todo sincero.

La subinspectora meditó unos segundos, antes de epigramar:

—El hombre aprendió a hablar, a mentir, para disfrazar sus sentimientos. Pero la disquisición ética no forma parte de nuestro trabajo, ni de la lógica. Nuestra herramienta es la ley.

Horacio enmudeció. Subieron a los coches. Martina arrancó el Saab, haciéndolo patinar sobre la nieve. El Volkswagen del archivero lo siguió dando tumbos.

Deshicieron el antiguo vial de carga de la refinería, una pista de tierra invadida por el barro y la maleza. Martina aceleró mucho más de la cuenta. A punto estuvo de caer por las laderas, pero no moderó la velocidad.

Al desembocar en la autovía, sobrecargada por un tráfico infernal, la subinspectora se lanzó a tumba abierta, obligando al archivero a conducir de manera suicida.

No habían pasado veinte minutos cuando ambos estacionaban en el patio de la Jefatura Superior de Policía de Bolscan.

10

Cuando Sonia Barca llegó al Palacio Cavallería, situado en el centro histórico de la capital, los últimos curiosos apuraban su visita a la exposición titulada «Historia de la Tortura». La muestra, compuesta por valiosas piezas, presentadas con rigor científico, estaba registrando un éxito de público, atraído por la originalidad y el morbo de la propuesta.

La instalación ocupaba buena parte de la planta del palacio. El eje temático había sido panelado en salas, cuyo itinerario quedaba establecido por flechas luminosas.

Sonia reparó en que la sala azteca, con los sagrados cuchillos de obsidiana, de doble filo, apoyados en sus peanas, y con el ara sacrificial instalada sobre una acordonada tarima junto a la escultura del dios Xipe Totec, también conocido como Nuestro Señor El Desollado, seguía reclamando el interés de los visitantes. Una vez finalizado el recorrido, algunos grupos habían vuelto sobre sus pasos para admirar de nuevo las armas y los ídolos del pueblo precolombino que creyó en la redención de la sangre.

Días antes, Sonia había visto la muestra de manera

fugaz, durante el par de ocasiones en que su novio la había acompañado para enseñarle el recinto y presentarle al otro guarda, un tal Raúl Codina, a quien tendría que dar relevo durante los turnos de noche.

A Sonia le había impactado la guillotina, cuya fúnebre maquinaria se erguía entre las columnas de la sala de la Revolución Francesa como un diabólico pájaro de mal agüero. Le impresionó la horca, que pendía de un travesaño y hacía oscilar su siniestro lazo a la más leve corriente de aire. Los artilugios de tortura de la Inquisición y las estacas turcas destinadas a empalar prisioneros le causaron escalofríos, y un inconfesable y desvergonzado placer. Pero lo que en mayor medida llamó su atención fue la sala azteca. Y, entre sus contenidos, los cuchillos ceremoniales de obsidiana y la mirada de piedra, entre piadosa y burlona, casi simpática, del dios Xipe Totec.

El pétreo torso de Su Majestad El Desollado aparecía revestido de un manto de piel humana. Sus cuatro manos, dos de las cuales, las que le eran ajenas, colgaban a sus costados, le hacían tributario de la purificación del tormento, como si, gracias a las cruentas ofrendas de cautivos, a quienes se les arrancaba el corazón, el ídolo azteca hubiera resuelto, en complicidad con la muerte, a favor de la muerte, el cónclave de la eternidad.

Juan Monzón le había sugerido a Sonia que no se molestara en contemplar las piras, los potros, las ruedas, los cadalsos, los cepos, las tenazas, el garrote vil, porque en las solitarias noches de vigilia que la aguardaban en el interior del palacio tendría tiempo sobrado hasta para memorizar las leyendas que ilustraban el origen, uso y función de tan crueles ingenios. De manera que, asesorada por el otro vigilante, Raúl Codina, Sonia se había concentrado en la seguridad del edificio, a fin de que, una vez se encontrase sola y aislada allí dentro, fuera capaz de responder a cualquier contingencia relacionada con las alarmas o con el cuadro eléctrico.

Edificado en la segunda mitad del siglo XVI por una adinerada familia judía, los Cavallería, cuyos miembros llegaron a desempeñar la función de banqueros de la realeza, el palacio circunscribía su limpio y renacentista esplendor a una planta cuadrada de una sola y exenta nave que se elevaba hasta unos quince metros de altitud. En su interior, distribuidas en hileras, se alzaban majestuosas columnas ornamentadas con bajorrelieves mitológicos, en una profana sinfonía de ecos y signos.

Al margen de la galería de arquillos corridos bajo el rico artesonado, los ciegos muros carecían de otras aberturas que unas estrechas troneras situadas en los puntos cardinales. Dichas aspilleras, como los pequeños arcos que, a modo de friso, discurrían encima, aparecían selladas por láminas de alabastro translúcido que filtraban la claridad del sol, tenue y cenital, catedralicia y mistérica, pero insuficiente para iluminar un recinto de tal amplitud. A causa de la escasez de luz natural, el sistema de iluminación eléctrica debía activarse en horarios de atención al público. Durante la noche, para ahorrar energía, sólo permanecían encendidos los apliques de la exposición, quedando en penumbra las áreas muertas de la planta, y en tinieblas la parte alta.

No había red de vídeo. La intervención municipal había licitado la instalación, pero la empresa que se alzó con el concurso no había concluido el período de pruebas. Las cámaras y monitores, cuyas carcasas se amontonaban bajo las perchas de guardarropía, todavía no prestaban servicio. Provisionalmente, una simple cámara grababa la entrada en plano fijo, sorprendiendo a los visitantes al reflejarles en una pantalla en blanco y negro situada sobre la puerta de cristal blindado.

Delante de esa transparente barrera se conservaban las recias hojas de roble de un portón original de principios del siglo XIX. Requiriendo un cierto esfuerzo, debido a su peso, se cerraban cada noche, una vez desalojado el museo, y no volvían a abrirse hasta la mañana siguiente. Otro portón similar, atravesado, asimismo, por una barra de acero, clausuraba la fachada posterior, franqueándose tan sólo cuando se hacía necesario ejecutar tareas de carga o descarga de embalajes.

En la esquina suroeste del Palacio Cavallería existía una tercera puerta, mucho más pequeña, cuyo uso se remontaba a la primera mitad del siglo XVII, cuando el fastuoso inmueble, inacabado en su primitiva fábrica, sufrió la decadencia económica de la familia que lo había soñado, fue adquirido por el concejo, vio desmontar sus pisos superiores y pasó a convertirse en lonja de mercaderes.

Por esa discreta puerta lateral hacían su aparición los inspectores de tasas, dispuestos a garantizar la correcta actividad comercial, a requerir los permisos portuarios y a prevenir fraudes en medidas y pesos. Dos herrumbrosos cerrojos reforzaban una cerradura que, a juzgar por las telas de araña y el polvo de argamasa acumulado en los quicios, no se había manipulado en muchos años. Era dudoso que los conserjes consistoriales fuesen capaces de recordar cuándo se había abierto por última vez aquella desapercibida puerta. ¿Y quién podía saber dónde se conservaba en la actualidad la llave de hierro que más de trescientos años atrás pendería del cinto de algún alguacil?

En los años cincuenta, el Palacio Cavallería, en pésimo estado de conservación tras los bombardeos de la Guerra Civil, que demolieron su techumbre, fue restaurado. Su sótano pasó a albergar el Museo de la Ciudad, mientras la planta superior se reservaría para usos protocolarios y artísticos. A partir de la década de los sesenta, se celebraron en su magno salón las recepciones oficiales y las cenas de gala donde eran elegidas las reinas de las fiestas y sus damas de honor.

De manera complementaria, el palacio transcurriría, hacia los primeros años setenta, a albergar sucesivas exposiciones. La Unidad de Patrimonio, y la propia Policía, lo consideraban uno de los edificios más seguros de la ciudad.

De hecho, nunca hubo que lamentar un solo desperfecto o hurto, el menor disgusto con las compañías aseguradoras. Y eso que, en las últimas temporadas, se habían exhibido muestras tan valiosas como colecciones de iconos rusos, una antológica goyesca, con ambas Majas enfrentadas en un pícaro diálogo, en un juego de adivinanzas, o un itinerante homenaje a Pablo Picasso que incluía préstamos procedentes de los principales museos del mundo.

Justo Abarloa, jefe del Servicio de Conservación Patrimonial del Ayuntamiento de Bolscan, solía reiterar a los comisarios de las exposiciones y a los correos de obras artísticas que, una vez cerrados los portones del palacio, allí no podría entrar ni una mosca. «Cavallería es una auténtica fortaleza», concluía Abarloa, remedando al alcaide de una prisión.

En parecidos términos se había expresado Juan Monzón. «No debes tener miedo —le había dicho a Sonia—. No hay forma humana de asaltar este edificio. Es como una caja fuerte. No se me ocurre ningún otro lugar donde pudieras estar más segura.»

Una sola vez, en el invierno de 1980, hacía cuatro años, se había producido una curiosa anomalía. Una buena mañana, un vagabundo apareció en el interior del museo, dormido junto a una columna sobre un fardo de periódicos viejos. Ni los conserjes ni el guarda acertaron a explicarse de qué manera había burlado la vigilancia. El vagabundo, un alcohólico que pasaba épocas en El Amparo para transeúntes, sostuvo, con toda naturalidad, haber entrado volando. Nadie le hizo el menor caso, salvo, en parte, una joven agente llamada Martina de Santo, adscrita por entonces a la Brigada de Seguridad Ciudadana, que fue quien le tomó declaración.

Por si acaso, se limpiaron las fachadas exteriores, se repararon las tejas, se instaló la alarma, y una segunda puerta, la de cristal blindado, fue añadida a la entrada principal. Con posterioridad, no se habían registrado incidentes.

11

A esa hora de la noche, únicamente quedaban en el aparcamiento dos o tres automóviles. Martina distinguió el Dauphine del inspector Buj. La subinspectora cerró de un golpe la portezuela de su Saab y se lanzó escaleras arriba.

—Estaré abajo, en el archivo, por si me necesita —le comunicó Horacio Muñoz, con el aliento cortado por la suicida conducción a que le había forzado la subinspectora.

Martina atravesó a la carrera el pasillo de la segunda planta y desembocó como un ciclón en la sección de Homicidios. En la sala de la brigada no había nadie. La subinspectora se quitó la gabardina y la arrojó sobre su mesa.

El inspector Ernesto Buj, más popular en Jefatura como el Hipopótamo, estaba en su despacho. Martina distinguió la oronda silueta de su superior a través del vidrio esmerilado de su oficina. Su relación con Buj era cada vez más tensa. Lo único que había conseguido de él era que dejase de tutearla, y para eso tuvo que presentar una queja.

Entró sin llamar. El Hipopótamo la escrutó con sus paquidérmicos ojillos.

—¿No le enseñaron las monjas a pedir permiso?

—¿Me va a impartir un curso de protocolo?

—¿Qué ha sucedido con sus diplomáticos modales, De Santo? ¿No ve que estoy ocupado?

—¿Tenemos una emergencia o no?

Buj esbozó una mueca sardónica.

—¿Al fin se ha caído del guindo? Llevo dos horas llamándola. ¿Dónde se había metido?

—Estaba ocupada.

—¿Trabajo o placer?

—¿A usted qué le parece?

—Viene tan arrebolada, tan mojada, que no sé...

Los chistes verdes y las alusiones sexuales eran típicas de Buj. Sus groseros dardos se clavaban a menudo en Martina de Santo, una de sus dianas predilectas.

La subinspectora intentó justificarse:

—Estaba dando una vuelta por el monte. Horacio Muñoz vino a avisarme.

—¿Partiendo las peras en compañía del rengo? —Buj rió su propio chiste, convulsivamente—. ¡Hacen una pareja cojonuda, y nunca mejor dicho!

Martina se vio en la penosa obligación de reivindicar el nombre de Horacio. Porque el suyo, frente a Buj, carecía de defensa alguna.

—Muñoz es un buen policía. Un hombre leal, capaz.

—Hasta de arrastrarla a usted por el barro, a juzgar por sus botas y la pinta que trae —siguió mofándose el inspector—. Así que nuestro cojitranco archivero fue a buscar a la desaparecida subinspectora, la encontró Dios sabe dónde y le comunicó que teníamos una emergencia. Y por eso ha irrumpido usted, para colgarse otra medalla. Pero, ¿sabe por qué estoy yo aquí? Porque a las nueve de la noche nadie sabía dónde localizar a la famosa subinspectora De Santo.

Martina decidió tragarse el orgullo. No era el momento más oportuno para mantener un nuevo enfrentamiento con el inspector.

—¿Qué hay de la mujer desaparecida?

Buj aparentaba leer un expediente. La sombra oblonga de su cara oscurecía la página. Repuso, sin mirarla:

—¿A quién se refiere?

—A Berta Betancourt.

—¿De qué me suena ese nombre? ¿No es el de su amiguita?

Martina sintió que una oleada de sangre le afluía a la cara. Su mirada se desvió hacia el bate de béisbol que atrancaba la ventana. Ese palo era un recuerdo de los tiempos de patrullero de Ernesto Buj. Todavía podían apreciarse cercos de sangre seca, mudos testigos de sus palizas a pandilleros y camellos de poca monta. Unas salpicaduras más recientes daban fe del escarmiento que el inspector había propinado a uno de sus propios hijos, detenido en el curso de una pelea en una discoteca. Agentes de Seguridad Ciudadana habían trasladado al joven Buj a los calabozos, donde compartió encierro con algún maleante. Por la mañana, al fichar en Jefatura, su padre se enteró de que habían enchironado a su primogénito. Cogió su bate, bajó a la celda y allí mismo, delante de los agentes de guardia, dobló a su chico a golpes. No le preguntó, no habló con él. Se limitó a actuar, como había hecho siempre.

—Le agradecería, inspector, que en adelante reprima cualquier comentario sobre mi vida privada.

Como si no la hubiese oído, el inspector se levantó y, aireando un olor a sudor, a fritos y a coñac, apoyó la manaza en un punto del mapa metropolitano colgado en la pared, a su espalda. La boca de Buj, gruesa y floja, se frunció en un repulsivo mohín.

—Para su conocimiento le diré, De Santo, que la señorita Betancourt ha debido de fugarse. La última vez fue vista a caballo, por las riberas del río Madre. Desde la tarde de ayer, nadie ha vuelto a saber de ella. ¿Tampoco usted?

—Me he tomado el día libre.

—Por eso se lo preguntaba, precisamente —dijo el inspector, con doble intención, volviendo a sentarse.

—No estaba de servicio. Lo que haga en mi tiempo de descanso es cosa mía.

Buj se arrellanó en la butaca e intentó sonreír, pero no pasó de mostrar dos filas de dientes cariados.

—¿Conoce el chiste del pelo y la lana?

Martina dijo que no con la cabeza.

—¿Y el del vapor y la vela?

—Tampoco.

—Se los contaré cuando tengamos ocasión de relajarnos. Porque algún día tendrá que tomar una copa conmigo.

—Tendría que estar muy desesperada.

Buj se echó a reír.

—¡Ya debe de estarlo, si la consuela el cojo!

La dionisíaca risa del inspector no duró menos de un minuto. Finalmente, consiguió dominarse.

—Por mí, De Santo, puede hacer en su ocio lo que le venga en gana. Me da lo mismo que alterne con caballeros, con señoras, o que decida probar con un gorila del zoo. Pero debe asumir que me competan aquellos aspectos de sus relaciones personales, o de su intimidad, susceptibles de hallarse vinculados con un expediente criminal. Espero que me traigan a esa mujer de inmediato. Quiero volver a interrogarla, personalmente.

—¿Lo ha autorizado el juez?

El Hipopótamo no iba a contestar a esa pregunta. O sí, pero a su manera.

—A los jueces no les gusta que les molesten fuera de horario. Me temo que, mientras usted se dedicaba a pasear bucólicamente con el cojo del archivo, esa pájara haya volado del nido.

El teléfono de Berta Betancourt estaba intervenido, y la granja de sus padres, situada a media hora escasa de la ciudad, en Pinares del Río, vigilada por una unidad. La misma Martina, días atrás, había escoltado a Berta hasta la explotación agrícola. Su amiga había quedado recluida allí por un auto judicial, con mandato de no salir de la finca bajo pena de arresto.

—Iré a buscarla.

Al inspector no le pareció mal.

—Vaya, si quiere, y súmese a la patrulla de búsqueda. Mientras la localizan, yo me quedaré a repasar sus últimas declaraciones. Llámeme en cuanto tenga alguna novedad.

12

El Palacio Cavallería se vaciaba de curiosos. Los últimos visitantes abandonaban el museo. En el interior de las salas sólo permanecían los bedeles encargados de la atención al público y de la venta de objetos conmemorativos.

Sonia Barca estaba hablando con el guarda que había realizado el turno de tarde, y que acababa de cambiarse en el cuarto de aseo. Raúl Codina era un hombre alto y fuerte, aunque algo obeso. Sin uniforme, vestido con ropa corriente, un jersey de lana de cuello vuelto y una raída parka, no parecía un vigilante.

Codina aparentó tratarla más como a la novia de un colega que como a una compañera de trabajo. Se mostró amable, casi servicial, con ella. Sonia le correspondió con la misma actitud, de manera que, casi sin darse cuenta, ambos se encontraron conversando detrás del mostrador de recepción, junto al guardarropa. Codina se puso a explicarle el cuadro eléctrico, la posición de los diferenciales, el botón de alarma, los circuitos que él mismo empezó a desconectar. Sonia observaba las manos curtidas de Codina, sus uñas romas y tersas, y se preguntó qué pasaría si se decidía a rozar la hebilla de su cinturón, descendía unos centímetros, hacia la bragueta, y de pronto el mundo comenzaba a dar vueltas y el deseo se tornaba urgente y bestial.

Pero se contuvo. No tanto por fidelidad hacia Juan como por temor a perder un empleo que podía abrirle las puertas de la estabilidad. Había decidido quedarse una temporada en Bolscan, hasta prosperar. De momento, mientras Juan cumpliese en la cama, aunque no a su plena satisfacción, mientras la protegiera y cuidase de ella a su manera un tanto brusca, pero sincera; mientras pagase las cuentas de los restaurantes y de la lavandería del barrio, no tenía por qué regresar a Ibiza. Tampoco, desde luego, a su casa de Los Oscuros, en la cordillera de La Clamor, una comarca montañosa, deprimida, que ahora se le antojaba anclada a un tiempo muy remoto, algo así como a la Edad Media.

Raúl Codina pasó a detallarle el funcionamiento de las alarmas, conectadas con la Comisaría Central, y del sistema antiincendios. Le recordó dónde estaba colocado cada extintor y se marchó diez minutos después de que salieran los dos funcionarios municipales, un hombre y una mujer, que estaban al cargo de la conserjería e intendencia del palacio. Entre ambos, haciendo acopio de fuerzas, empujaron las pesadas hojas de roble del antiguo portón nobiliar. Desde el interior, Sonia clausuró los cerrojos, dio vuelta a la llave y cerró después la gruesa puerta de vidrio que daba acceso al vestíbulo del museo.

El Palacio Cavallería acababa de convertirse en una cámara herméticamente sellada. Ni siquiera una lagartija habría encontrado un resquicio para colarse dentro.

Sonia rellenó el parte de vigilancia, haciendo constar sus datos y la hora exacta en que había rendido el relevo.

A continuación, un tanto acobardada por el solemne silencio del edificio, dio un vistazo por el perímetro de las salas. Codina tan sólo había dejado encendidas las lamparitas interiores de las vitrinas de la exposición, cuyas piezas se iluminaban al trasluz. Los restantes espacios, los ángulos muertos situados detrás de los negros telones que convertían el área expositiva en una cámara oscura, y, por supuesto, la techumbre, quedaban en una profunda tiniebla.

Tras inspeccionar el conjunto de la muestra, la chica regresó al vestíbulo y ocupó el taburete de recepción. En el mostrador se apilaban los folletos explicativos, más una docena de ejemplares del lujoso catálogo firmado por el comisario de la exposición, Néstor Raisiac, con increíbles ilustraciones, impresas en papel satinado, que reproducían grabados y cuadros de sacrificios humanos, así como torturas de toda índole.

Inquieta, Sonia estuvo hojeando las láminas. Algunas de esas imágenes, las más cruentas, la perturbaron.

Minutos después de la medianoche, sonó el teléfono. Era Juan. La llamaba desde la otra punta de la ciudad. Había cogido un autobús para desplazarse hasta la periferia industrial, y luego había caminado hasta las naves de distribución alimentaria que debía vigilar. Hizo el relevo y se dispuso a afrontar la soledad de su turno de noche. Pero su pensamiento seguía fijo en ella. En su cuerpo. En su piel.

—Tengo ganas de ti —dijo Juan, al otro extremo del hilo, con su voz chillona.

La sangre de Sonia empezó a hervir. Imaginó a su macho desnudo entre los ídolos, bruñido el torso a la luz de las vitrinas. Imaginó su enorme y picuda lanza enhiesta en la penumbra del palacio.

—Yo también tengo ganas.

—¿Estás mojada?

—Sí.

—¿Quieres que vaya a por ti?

Sonia vaciló.

—Es mi primera noche. No sé...

—¿Quién se dará cuenta? Nos lo montaremos en el museo. Será muy excitante. En una hora tendrás palanca. Espérame discurriendo alguno de tus jueguecitos. Instrumentos no te van a faltar...

—Tendría que abrirte la puerta y...

—¿Quién nos verá? En todo caso, pensarán que soy el vigilante de refuerzo. Nos lo hacemos y me vuelvo a mis putas naves. ¿Cuál es el problema?

«Ninguno», decidió Sonia, al colgar. La conversación con Juan la había puesto a mil. Cogió la porra, la deslizó entre sus pechos y la lamió hasta que estuvo a punto de correrse. Pero pensó que sería mejor reservarse para él. ¿Dónde lo harían? ¿En la sala de la Inquisición? ¿Entre las estacas turcas? ¿En la sala azteca?

Siguió leyendo el catálogo, intentando entretenerse hasta la llegada de Juan, pero estaba cada vez más excitada. Para relajarse, armó un canuto. Había cogido tal práctica que liaba los porros en menos tiempo del que tardaba en pensarlo. Aspiró con avidez, sintiendo cómo el calor de la marihuana le templaba el cuerpo, la piel, hasta conjurar el frío y la humedad que no la habían abandonado desde que dejó a Juan tendido en la helada cama del piso de Cuchilleros. Aquel compartido cuartucho carecía de radiador. Disponían de un brasero, pero su resistencia eléctrica apenas alcanzaba para calentarles los pies.

Tampoco el Palacio Cavallería contaba con un sistema de calefacción. En el resto de las estaciones, sus gruesos muros y el suave clima atlántico de Bolscan bastaban para mantener una temperatura agradable, pero en los inviernos crudos, como aquél, los curiosos debían visitar el museo protegidos por ropa de abrigo, con gruesos jerséis como el que usaba Raúl Codina.

También ella, en Los Oscuros, había poseído una de esas prendas, un jersey de cuello de cisne con columnas de ochos trenzados con dos clases de lana. Al evocar el tacto de aquel tejido, su doméstica calidez, y de qué manera Alfredo Flin, su profesor de arte dramático, se lo había ido subiendo muy despacio, en el vestuario utilizado por las alumnas, mientras la acariciaba y le besaba las puntas de los pechos a través de las copas del sujetador, Sonia experimentó un principio de descontrol. Aquella sensación, que tan bien conocía, de dulce ensoñación, al principio, y de incontrolable ardor, después.

Apuró el porro y se puso a curiosear el equipo de sonido, que tenía metida una cinta. Conectó el aparato y subió el volumen al máximo.

Una música espectral empezó a retumbar en el palacio. No era clásica, ni de ningún grupo experimental que Sonia pudiese reconocer; tampoco una de esas sincopadas composiciones a base de sintetizadores y cajas de ritmos, sino una banda compuesta por susurros melódicos, oboes, flautas (¿mandolinas, quizá?), más el redoble espaciado de una batería o de un tambor. Sonia escuchó esa gótica sinfonía durante un buen rato, fumando sin parar mientras pensaba en Alfredo Flin, en Larry Wilson, en Belman, incluso en aquel policía llamado Conrado, y notaba una sequedad creciente en la boca, erizamiento en la piel.

Cuando estuvo fumada, la conquistó el irresistible impulso de bailar al son de aquella hipnótica melodía. Salió del guardarropa y se dirigió a la primera de las salas. Unos metros por debajo del invisible artesonado, la horca pendía sobre las losas.

Sonia armó otro canuto y empezó a bailar una danza salvaje, doblando las rodillas y alzando y dejando caer los brazos, hasta que el sudor le corrió por la espalda. El uniforme le resultó un engorro y se despojó de la chaquetilla, arrojándola con descuido a un rincón. Siguió bailando, contorsionándose, hasta entrar en una suerte de trance. La camisa siguió el mismo camino, yendo a aterrizar bajo una vitrina en la que podía admirarse una colección de hachas de verdugo. Sus filos brillaban con destellos de plata.

Al quedarse en sujetador, Sonia sintió frío y calor a la vez. Cuando decidió desabrochárselo, una bocanada de libertad la dejó momentáneamente aturdida, como si acabara de iniciarse en un desconocido rito erótico, transgresor, étnico, inequívocamente blasfemo.

Se despojó de los zapatos y el cinturón y, después, del resto de sus ropas. Sabía que se hallaba sola, pero quizá porque algo así, algo como lo que estaba a punto de suceder, merecía ser compartido, tuvo la impresión de estar siendo contemplada. De que un invisible admirador, alguien que conocía los secretos del volcán y del fuego, se disponía a disfrutar del espectáculo.

Completamente desnuda, Sonia avanzó hacia la próxima dependencia, correspondiente a la sala azteca.

En esa falsa estancia, la penumbra era más densa. Las figuras antropomorfas, los collares y vasos estucados parecían flotar en las vitrinas. El ara de los sacrificios, los tocados de los guerreros tigres y las borrosas máscaras funerarias, algunas de las cuales mostraban piezas de dentaduras humanas, causaban pavor.

Debido a la rasa y mínima iluminación, la mirada pétrea, que Sonia había juzgado entre piadosa y burlona, casi simpática, de Xipe Totec, permanecía en una oscura vigilia, como si Nuestro Señor El Desollado velara en el umbral del inframundo.

Sólo se distinguían con claridad los cuchillos de obsidiana.

13

En la primera parte del trayecto, Martina de Santo y Horacio Muñoz apenas intercambiaron una palabra. En medio de la oscuridad de la noche fueron dejando atrás los arrabales industriales de la ciudad, y remontando el valle del río Madre. Los faros iluminaban chupones de hielo en las ramas de las coníferas. Cuando hubieron ascendido las elevaciones de las sierras costeras, dejó de nevar.

Manejando el volante del Saab con una sola mano, la subinspectora encendió un cigarrillo. Como si albergara malos presentimientos, continuó refugiada en el mutismo hasta que la granja de los Betancourt apareció en el páramo. La carretera que, en línea recta, atravesando campos frutales, y dejando a un lado la población de Pinares del Río, se dirigía hacia la explotación, era tan estrecha que un vehículo debería invadir la cuneta para dejar paso a otro en dirección contraria.

Llegaron a la finca. En primer término, se alzaba la casa familiar de los Betancourt, de dos plantas; tras ella, los graneros y cuadras. En la rotonda principal, vallada con una cerca de alambre y un perjudicado seto de boj, estaban aparcados una camioneta y un vagón para el transporte caballar. Entre la nieve, las pesadas llantas de un tractor habían hecho aflorar charquitos de agua.

Horacio y ella descendieron del coche y se encaminaron a la casa. Desde las cuadras traseras, se oía mugir a las vacas. Las puertas de los establos permanecían abiertas, como bocas oscuras.

No se veía a nadie. La puerta de la casa estaba cerrada. En lugar de timbre, tuvieron que accionar una recia aldaba en forma de concha de hierro, alusiva al camino de Santiago, uno de cuyos senderos atravesaba la finca. Berta había referido a Martina que los peregrinos se detenían a beber en la fuente romana que manaba a un kilómetro escaso, entre un roquedal, o solicitaban permiso para pernoctar en los graneros. Los Betancourt tenían a gala mostrarse hospitalarios. Sus itinerantes huéspedes siempre eran bien atendidos.

Al cabo de un rato, la señora Betancourt, la madre de Berta, abrió la puerta. Llevaba una bata de sarga de andar por casa y unas zapatillas de fieltro con calcetines grises de lana. En sus buenos tiempos debía de haber sido una mujer hermosa, pero la edad había estragado su cabello, reduciéndolo a una capa plúmbea, como el plumón de un pájaro, y acartonado sus mejillas con una mortecina y gastada capa de piel. Los ojos, en cambio, eran vivos.

—Buenas noches, Úrsula —la saludó Martina—. Siento presentarme a estas horas.

—Ah, es usted. Pase.

—Estaré fuera —dijo Horacio—. Aprovecharé para echar un vistazo por los alrededores de la casa.

La subinspectora entró a una estancia que se correspondía con la salita de estar. Un hogar, sobre cuya repisa descansaba el lomo de un Evangelio, seguía alimentando brasas.

Todo estaba en desorden. Sobre los arruinados tresillos, dispuestos en ángulo recto alrededor de la chimenea, se arrugaban bastas mantas de campaña, que debían de abrigar al anciano matrimonio durante las largas noches de invierno. En una mesa camilla, protegida por un tapete bordado, sucio de migas de bizcocho y goterones de café con leche, se advertían restos de la cena.

El señor Betancourt era un hombre mayor, que no disfrutaba de salud. Úrsula había alumbrado a Berta, su única hija, con más de cuarenta años. Su marido, Jacobo, le llevaba más de diez, por lo que, en la actualidad, calculó Martina, el padre de Berta habría superado los setenta.

—Mi marido está arriba, acostado —explicó Úrsula—. Pero no puede dormir.

Martina recordó la única vez que había visto a Jacobo Betancourt. Hacía de ello algunos meses, cuando comenzó su amistad con Berta y ambas hicieron una breve visita a sus padres. En aquella ocasión, Jacobo Betancourt se sostuvo en pie a duras penas, apoyándose en una muleta. Todo el rato estuvo mirando a la subinspectora con desconfianza. ¿Habría servido de algo que hubiese intentado explicarle que Berta había elegido su camino por sí misma, dejándose arrastrar por una corriente demasiado fuerte como para oponerse a su impulso?

Los Betancourt eran religiosos. «Fue una de las razones por las que me aparté de su lado», le había confesado Berta a Martina en una de sus largas conversaciones en los atardeceres de Playa Quemada. «Para que no acabasen viendo en mí a una encarnación del mal.»

—Siéntese —la invitó Úrsula—. ¿Quiere que caliente café?

—No pretendía molestarles. Sé que Berta ha desaparecido. ¿Tiene idea de dónde puede estar?

Úrsula se puso a recoger con un paño las migas de pan de la mesa. Sus manos se movían con lentitud, como si tuviera que planificar cada movimiento. Martina la siguió hasta la cocina. Sobre uno de los hornillos de gas comenzó a humear una cafetera. Úrsula alcanzó una taza limpia del aparador, la llenó hasta el borde de café y, derramando algunas gotas, se la ofreció a la subinspectora, mientras decía, lacónicamente:

—Salió a cabalgar, pero no regresó.

—¿Puedo ver su habitación?

—Si quiere...

Martina dejó la taza, subió a la segunda planta y encendió la luz del pasillo. Del dormitorio principal escapaban irregulares ronquidos, como de alguien que estuviera durmiendo a estertores, o de un enfermo crónico.

La puerta estaba entornada. La subinspectora se asomó. Debajo de un crucifijo tan grande que habría podido presidir una capilla, el perfil de Jacobo Betancourt, con el pelo gris, se apoyaba en la almohada con la levedad de una estampa impresa en un libro de horas. Martina pensó que tenía cara de mártir, y que la parca, cuando acudiese en su búsqueda, le concedería un trato de favor, para eludir su ira y su fe.

Bajo la sábana, el cuerpo del anciano apenas abultaba. La muleta descansaba a los pies de la cama, atravesada sobre la colcha como un signo de exclamación. De las paredes colgaban antiguos óleos de inspiración sacra. Rústicos muebles de madera de cerezo alternaban sus volúmenes con vitrinas donde se acumulaban vajillas y platas, dorados candelabros, benditeras, escapularios, misales, reliquias de santuarios donde purificar la carne y obtener el perdón de los pecados.

La subinspectora iba a cerrar la puerta cuando una voz cascada brotó de la almohada:

—La Magdalena era más pura que tú.

Con las manos pegadas al cuerpo, Martina avanzó unos pasos. Los ojos le ardían. Jacobo Betancourt se había incorporado y la señalaba con un tembloroso índice.

—¡Por tu culpa, perdí a mi hija! ¡Por tu maldita culpa, Berta será condenada en el Juicio Final!

La subinspectora acumuló una rabia sorda. El clamor de una injusticia crecía en su interior, golpeando con impotencia sus paredes de hielo.

—Yo la eduqué —siguió diciendo el granjero—. No como a una virgen. No a mi imagen y semejanza. No como a las hijas de Lot. Simplemente, como a una mujer honesta, capaz de apreciar el bien, y de distinguirlo del mal.

Jacobo Betancourt hizo una pausa para respirar. Una oscura emoción apenas le dejaba hablar:

—De niña, sentada en mis rodillas, Berta leía la Biblia. Era tan linda... Fue una muchacha sensata, hasta que te conoció... Entonces, su alma se corrompió. Todo cuanto le ha sucedido tiene su causa en el mismo veneno. La mordedura de una sierpe la hizo arrastrarse por el fango de la creación, entre alimañas. Nunca más leerá el Libro conmigo. Nunca más escuchará la voz de Dios...

Martina entornó los párpados, abatida, y salió de la alcoba. Oyó toser al viejo, y cómo, tras derribar la muleta, intentaba abandonar el lecho y ponerse en pie. Seguramente volvería a acostarse, pasado un rato.

La subinspectora entró a la habitación de Berta, contigua al dormitorio paterno, y encendió la luz.

Su amiga no se encontraba allí. El cuarto, con los postigos cerrados y unas sucias cortinas de estera colgando de una barra de cobre, era de una desnudez monástica. No había otro mobiliario que la cama, estrecha y baja, sin hacer, una mesita de noche y un armario sin espejo. Sobre la mesilla, enmarcada en un sencillo baquetón, descansaba una fotografía de la propia Martina. Un año más joven, la subinspectora aparecía caminando por la arena de Playa Quemada, con un fondo de mar bravo y el cielo lobulado por nubes de tormenta. Como si la cámara de Berta la hubiese sorprendido en el instante de ir a disparar, Martina volvía el rostro hacia el objetivo. Tenía una expresión extraña en ella, llena de serenidad y de paz.

La subinspectora cogió el marco y sopló el polvo adherido al cristal. En el reverso, había una nota:

Querida Martina:

Conocerte no fue un error. Fuiste lo mejor que me sucedió en mucho tiempo. La próxima vez que me veas, tampoco seré digna de ti. Recuérdame en mi esplendor, y no dejes de volver a aquellas dunas de Playa Quemada donde me hiciste feliz.

Te quiere, Berta

Martina depositó la foto en su lugar y abrió el armario. Las prendas de Berta se amontonaban de cualquier manera. De las perchas colgaban un chaquetón y un par de desgastados vaqueros.

En las restantes habitaciones no había nadie. Martina comenzó a bajar las escaleras, pero se detuvo a mitad de rellano.

Horacio la esperaba en el salón, sosteniendo una fusta de cuero.

—La he encontrado cerca de las cuadras. Su madre la ha reconocido. Es de su hija. La señorita Betancourt la llevaba cuando salió a montar.

La subinspectora salió de la casa tras él. Sobre la nieve del patio, el zapato ortopédico de Horacio dejaba huellas más hondas. Se había levantado viento.

Recorrieron las cuadras y los corrales, en vano. La puerta del granero estaba entreabierta. Al golpear una hoja contra la otra, la corriente hacía rechinar los cerrojos.

El interior del almacén se reveló a la luz de una bombilla cubierta de telarañas. Martina vio ristras de cebollas colgadas a secar, un remolque vacío, la carrocería enorme, hostil, de una cosechadora y, allá arriba, detrás de su embarrada pala, a más de dos metros de altura sobre el piso de alquitrán manchado de aceite y gasóleo, el cuerpo de Berta oscilando con suavidad al extremo de una soga.

Llevaba una camisa blanca, pantalón de pana y las botas de cuero que utilizaba para montar. Sus brazos parecían más largos; le caían rígidos a lo largo de los costados, pero sin llegar a tocarle la cintura. La cuerda apretaba de tal forma su cuello que la expresión de su cara se había congestionado y descompuesto. La boca permanecía abierta, mostrando dos hileras de dientes blanquísimos y, en medio, repugnante, una negruzca lengua. Los ojos, también abiertos, miraban con atónita fijeza la escalera tumbada bajo sus pies.

La subinspectora sintió la mano de Horacio posándose en su hombro.

—Lo siento, Martina. Créame que lo siento de verdad.

Una paloma torcaz aleteó entre las vigas del granero, pero la subinspectora no reparó en su alocado vuelo. Tampoco en la presencia de los padres de Berta, que se sostenían mutuamente, bajo el umbral. Los Betancourt sollozaban sordamente, con ese llanto obstinado y grave de quienes han perdido la esperanza.

Horacio incorporó la escalera, sacó su navaja, cortó la cuerda y, con ayuda de Martina, hizo descender el cuerpo. Pesaba, y tuvieron que trasladarlo entre ambos. La subinspectora temió que los Betancourt se negaran a franquearles el paso, pero el viejo, apoyado en su muleta, no se movió. Como si se hubiese quedado ciego, el granjero contemplaba con pavorosa inmovilidad la viga de la que se había colgado su hija. Finalmente, se giró hacia Martina y gritó:

—¡Tú la has matado! ¡Tendrás que responder de este crimen!

La subinspectora se refugió en el coche y le dio las llaves a Horacio. El Saab derrapó sobre la nieve del patio y enfiló los campos oscuros.

Rígida en el asiento de atrás, Martina sostuvo en su regazo la cabeza de Berta. Sabía que el nudo de la soga podía llegar a ser una prueba pericial, pero lo fue aflojando hasta desprendérselo del cuello. Allá donde la cuerda había oprimido las yugulares y carótidas, y hundido la tráquea, se veía una franja de piel tumefacta y rojiza, que contrastaba con la extrema palidez del rostro.

Desde la granja, tardaron cuarenta minutos en arribar al Servicio de Urgencias del Hospital Clínico de Bolscan. Martina depositó el cadáver en brazos de un celador y se derrumbó en los bancos de espera, entre los familiares de otros pacientes. Vio cómo Horacio, rodeado de enfermeras y médicos, desaparecía en un ascensor.

La subinspectora sepultó la cara entre las manos pensando que su dolor era egoísta, y que las lágrimas que no acertaban a brotar, como las palabras de consuelo que ya nunca pronunciaría, iban a desvanecerse entre los pliegues de una historia que había muerto con su amiga en aquella aciaga noche de invierno.

También en esta ocasión había llegado demasiado tarde.

14

Una mórbida aura envolvía a Xipe Totec. Nuestro Señor El Desollado pareció contemplarla con sus ojos sin vida.

Sonia cruzó la sala azteca y avanzó hacia el ídolo. Esquivó el altar sacrificial, cuya porosa piedra no hacía sospechar que en otra edad, en otro tiempo y lugar, hubiese corrido por ella sangre humana, y rozó su piel contra la piel de arcilla de la estatua.

En la penumbra del Palacio Cavallería, el ritmo de los tambores sonaba ahora más vivo, e incluía el lamento de un violín y de una funeraria trompeta.

Sin dejar de moverse con lascivia, Sonia sostenía el porro en la boca mientras las yemas de sus dedos acariciaban la cara del dios.

La oscuridad acentuaba la voluptuosa crueldad de sus labios fríos, pero Xipe Totec no le inspiró temor. ¿Cómo entender que los guerreros aztecas, capaces de enfrentarse a los arcabuces de los conquistadores españoles, temblasen de espanto ante Su Majestad El Desollado? Las uñas de la divinidad estaban limpias, pero aquellas otras, las de los humanos trofeos, las de las ajenas falanges que pendían de su manto de piel humana mostraban una agónica crispación, el espasmo que debió de estremecerlas por última vez en lo alto de la pirámide sagrada, tan cerca del cielo, cuando el alma de su cautivo dueño escapase de un torso abierto en canal.

Aquel ídolo le sonreía. No podía hacerle daño. Si acaso, proporcionarle un placer supremo. Pero, ¿cómo saber si su danza seduciría al divino mensajero del inframundo?

Contoneándose, Sonia arrimó su vientre desnudo a la cintura del dios. Contempló sus ojos como habría arrobado los de un hombre vivo y desnudo que la aguardase para el amor, rozó el torso de Xipe Totec con sus endurecidos pezones y, pensando en la tranca de Juan Monzón, calibró el falo de piedra que se intuía a través de los pliegues de la estatua. Habría dado cualquier cosa para que la escultura cobrase aliento y la poseyese entre las máscaras y estelas de piedra, a la mínima luz de la exposición. Para que el ídolo la arrastrase por las salas, horadándola con su poder, hasta el pie de la guillotina y del garrote vil.

La música era ahora tan lúgubre que pareció colmar el palacio con susurros de aparecidos, con lamentos de muertos. Sonia ciñó la estatua y abrazó su coraza de piel. Besó sus labios de terracota y oprimió sus pechos contra el pecho de Xipe Totec.

Los ojos le ardían. El corazón iba a saltársele del pecho. Aspiró una bocanada de maría, se balanceó y se fundió con el ídolo. El orgasmo le llegó en lentas oleadas, pero enseguida la demencia. Empezó a jadear de placer y, casi al momento, sin que pudiera explicarse la causa, a sollozar como una colegiala.

La profecía de Alfredo Flin se hacía realidad. Estaba encadenando un orgasmo con otro. El volcán y el fuego abrasaban su piel.

Las lágrimas le nublaban los ojos. Tal vez por eso, no advirtió la presencia de una figura opaca que se había deslizado hasta situarse detrás de ella, apenas a unos pasos. Inmóvil como Xipe Totec, el intruso observaba burlonamente sus movimientos, de qué manera Sonia se balanceaba, gemía y lloraba a horcajadas del dios.

El extraño aguardó un rato, sin dejar de mirarla, y luego rió entre dientes. El sonido de esa risa heladora hizo que Sonia se volviera, alarmada. Al asimilar que en el Palacio Cavallería había alguien más, un hombre de carne y hueso, su pulso se aceleró.

—¿Juan? —exclamó.

Todo sucedió muy deprisa. Unos fuertes brazos la arrebataron del ídolo y la derribaron sobre el ajedrez de mármol. Dos puñetazos, uno entre los ojos, otro en la base del cráneo, la aturdieron como si hubiese chocado contra un muro.

—¡Juan! —gritó Sonia.

La chica se había arrodillado, cubriéndose con los brazos para protegerse. Un arma compacta le machacó la espalda. La estaban golpeando con un palo o con una barra; o quizá, temió, con su propia porra, que tan estúpidamente había dejado abandonada sobre el mostrador de recepción. Otro impacto en el pómulo le astilló el arco cigomático.

Sonia se dio cuenta de que estaba tirada en el suelo, a merced de su agresor. Intentó levantarse, pero los porrazos la abatieron de nuevo.

Alzó una mano, demandando piedad. Un último y certero golpe en la sien le hizo perder el conocimiento.

Cuando volvió en sí, tenía las manos atadas con cinta aislante detrás de la nuca, y el cuerpo en una posición retorcida y forzada, con la espalda apoyada sobre una superficie alta y estrecha. Estaba indefensa. Trató de mover las piernas, pero el intruso la apaleó sin piedad, hasta dejarla de nuevo inconsciente.

Sonia nunca supo cuánto tiempo pudo durar aquel segundo desvanecimiento.

Un estrépito de vidrios rotos le hizo recobrar el sentido. Por un instante, pensó que se encontraba en la habitación de Juan Monzón, acostada junto a él, y que una explosión había reventado la ventana. Un estallido de gas. Un rayo. Pero, al abrir los ojos, no reconoció ninguno de los objetos cotidianos que la rodeaban cada mañana, al despertar, o cada vez que Juan y ella, después de comer en las tascas del barrio, hacían el amor, jugaban con las capuchas, con las correas, con las velas, se lamían el uno al otro como animales en celo, para, exhaustos, quedarse dormidos durante toda la tarde.

Sólo vio cristales que fulgían sobre el pavimento del palacio como trozos de hielo.

Giró el cuello, experimentando una aguda contracción. Por la punta del ojo alcanzó a entrever una figura humana. Pero la percibía en una inversa verticalidad, como si estuviera deslizándose por la techumbre del palacio.

Si el dolor no hubiese sido tan intenso, habría pensado que todo aquello no era más que una pesadilla. Sin embargo, el desconocido seguía allí, cerca, y su presencia resultaba demasiado real. Un relámpago de lucidez iluminó la sobreexcitada mente de Sonia. Esa súbita claridad mental sólo le sirvió para acceder a la comprensión de una doble amenaza: el intruso no iba a irse de allí porque aún no había terminado con ella.

El pánico le encogió el corazón. Sintió miedo físico, un torrente de mercurio circulando por sus venas, bloqueando sus centros motores. Las náuseas descendieron por su estómago, hasta obstruirle la respiración. Pensó que, si vomitaba, se ahogaría. Gritó, con desesperación:

—¡Juan, por Dios, si eres tú, déjalo ya!

El intruso volvió a golpearla. Sonia tenía la cabeza inclinada hacia atrás. La baba le resbalaba por la frente e iba cayendo sobre su cabello rubio desparramado por el suelo.

Pasado un minuto, se dio cuenta de que había dejado de ver al agresor. Intentó fabricar una redentora ilusión. Se obligó a creer que estaba sola, que todo aquello obedecía a una broma cruel o a un montaje teatral, como los que las alumnas de la compañía ensayaban en el Instituto de Los Oscuros.

No funcionó.

Era incapaz de serenarse. La cabeza le dolía cada vez más. A escasos centímetros de sus pupilas, dilatadas por el terror, las vetas de mármol del suelo dibujaban una caprichosa caligrafía.

Negras serpientes, rosadas runas.

Otro violento estallido de cristales disparó su pulso. Sonia trató de incorporarse. Sus vértebras cervicales crujieron con el esfuerzo.

La sombría figura que había conseguido penetrar en el palacio se movía con felina agilidad. Sonia pensó en una pantera, en un mimo. Elevó la frente todo lo que pudo, hasta que tuvo la impresión de que el cuello iba a partírsele, y emitió un aullido desgarrador. El desconocido estaba de espaldas a ella, inclinado sobre una vitrina cuyos últimos pedazos de luna acababan de saltar. No se inmutó. Sopesaba los cuchillos ceremoniales, como eligiendo uno. Las negras ropas se le ajustaban al cuerpo. Una capucha le preservaba el rostro.

Con un giro, la enfrentó. Sonia pudo ver sus ojos, de un verde mineral, y volvió a gritar, estremecedoramente.

Era la mirada de un depredador.

Implacable.

Impía.

En sus enguantadas manos, con ternura, casi con unción, el asaltante sostenía uno de los cuchillos de obsidiana. Parecía reverenciarlo, como si durante mucho tiempo hubiese deseado acariciar aquel objeto de culto.

Lo empuñó con ambas manos y alzó su hoja. El filo de obsidiana brilló en la tiniebla con un fulgor azabache.

Los gritos de Sonia resonaron en el museo. No dejó de gritar hasta que los zapatos del intruso, lisos y gastados en las puntas, se plantaron a un palmo de su garganta. Sonia comprendió que todo el rato había estado cabeza abajo, con la nuca apoyada contra una superficie porosa, mientras recibía de sus propias arterias una corriente de sangre que poco a poco le iba saturando el cerebro.

«¡El ara del sacrificio!», pensó enloquecida. «¡Estoy atada al altar de la muerte!»

La mirada del depredador encontró la suya. Se había detenido junto a Xipe Totec y le pasaba cordialmente un brazo por los hombros. Sonia tuvo tanto miedo que sus cuerdas vocales se negaron a obedecerle. Su cuerpo empezó a convulsionarse. Sintió un cálido chorro de orina entre sus muslos.

La sombra se irguió sobre ella. Paralizada por el espanto, Sonia pudo ver cómo el cuchillo cambiaba de mano, una y otra vez, una y otra vez, aleteando como una mariposa de obsidiana.

Sus pensamientos se fundieron en un turbulento río. Deseó vivir. Únicamente, vivir.

El sacerdote de los ojos de jade había alzado los brazos. El filo del arma concentraba la luz.

La mariposa de obsidiana se elevó hacia las columnas del palacio, revoloteó contra los capiteles, contra los bajorrelieves, hasta detenerse sobre su pecho.

La hoja se abatió. El rayo de luz negra aniquiló el corazón de Sonia Barca.

Un chorro de sangre roció a Xipe Totec, salpicándolo con una viva flor escarlata. Alrededor del ara sacrificial, el mármol se fue tiñendo de rojo.

El depredador retrocedió y admiró su obra. No imaginaba que un cuerpo humano pudiera contener tanta sangre. Se arrodilló junto a la herida abierta y la saboreó con la lengua.

Sonia no había muerto aún. El verdugo volvió a alejarse unos pasos para contemplar, embelesado, la agonía de su víctima, disfrutando con su estertor y preparándose para lo que estaba por venir.

Al cabo de un rato, la herida dejó de manar. El cadáver de Sonia Barca irradiaba una sombría blancura, como si estuviera tallado en marfil. A través del desgarrado pecho, se distinguían las vísceras, sus refulgentes colores.

El siniestro oficiante se acercó a su ofrenda, chapoteando en su sangre. Arrancó al cadáver los pendientes, un colgante y un anillo, y los guardó. Registró el uniforme de Sonia y se hizo con su documentación, pero dejó en su lugar el juego de llaves del palacio.

Luego cortó las ligaduras que oprimían al cadáver y esgrimió el filo del arma sobre la piel de su víctima. Dibujó una serie de incisiones presionando con la punta del cuchillo y realizó varios cortes, ni demasiado superficiales ni demasiado profundos.

Casi experimentaba ya el vértigo, la liviandad, las alas

de la mariposa elevándole hacia un cielo de estrellas pintadas y lunas de cartón.

Los labios del asesino se estiraron en una satisfecha sonrisa. El Palacio Cavallería era un lugar seguro. Tal como había dado por hecho, las alarmas no se habían disparado. Nadie había acudido a los gritos de la víctima. Disponía de toda la noche por delante, pero debía aprestarse a completar su tarea.

SEGUNDA PARTE

15

A las tres de la madrugada del martes, 3 de enero, el Saab subió la cuesta de la zona residencial y quedó aparcado frente a la residencia de los De Santo, junto a la puerta de un edificio modernista de tres plantas.

Bajo la lluvia, que comenzaba a licuar la nieve, Martina empujó la cancela de forja labrada, recorrió el jardín y se refugió en el porche. Entró al vestíbulo y arrojó la gabardina y la pistola sobre el banco de respeto.

La casa estaba en silencio. Tan sólo se oía el zumbido del frigorífico, que emitía un mortecino rumor a través de la puerta de la cocina.

Era como si Berta siguiese viviendo allí. Sus equipos fotográficos continuaban en el ático. La imagen de su amiga muerta entre sus brazos, en el asiento trasero del Saab, mientras Horacio conducía hacia el hospital en la oscuridad de la noche, la abrumó.

No tenía hambre, pero necesitaba comer algo. Abrió la nevera. No había mucho donde escoger. Los pisos del refrigerador estaban vacíos. En una bandeja asomaba un lomo de salmón envasado al vacío. Una botella de tinto, tapada con un corcho, y un cartón de leche que, a juzgar por su fecha de caducidad, debía de llevar semanas abierto, completaban sus reservas alimenticias. El tinto se había convertido en vinagre, y la leche en un agrio grumo a punto de transcurrir al estado sólido. Su repugnante papilla borboteó al deslizarse por el desagüe.

Bajó a la bodega y descorchó otra botella. Prefería el whisky, que la despejaba, mientras que el vino solía adormecerla, pero recordó que a Berta le gustaba esa marca y bebió dos copas casi sin respirar, agradeciendo su lasitud y calor. Cortó un trozo de salmón y lo apoyó en un panecillo integral que encontró en la despensa. Aborrecía la carne, pero no le desagradaba el sabor del pescado. Ella se arreglaba con un plato de fresas, o con verduras crudas troceadas a finas láminas. Su dieta favorita, en realidad, consistía en tabaco y café, y, a veces, cuando se encontraba baja de defensas, en un malta con hielo.

Encendió el fuego y tomó un par de aspirinas, a las que era adicta. Buscó en la colección de vinilos un disco de Alban Berg, lo pinchó a alto volumen, subió al dormitorio y se desnudó. Sobre la ropa interior se puso tan sólo un jersey de lana de su padre, que olía a alcanfor y le llegaba casi hasta las rodillas. Máximo de Santo había sido un hombre esbelto, de largas piernas y delgados brazos, y con unas manos elegantes y pálidas, como las de un trompetista de jazz.

La memoria del embajador siempre le aportaba equilibrio. A Martina le gustaba rememorarlo en plenitud de facultades, cuando, al término de una jornada de trabajo en cualquiera de las legaciones que había ido desempeñando, Filipinas, Chile, Mozambique, se dejaba masajear la nuca por su esposa, la madre de la subinspectora.

El embajador había sido el primer sorprendido al oír hablar a su hija de su vocación policial. Albergaba la esperanza de que Martina, una vez se hubiera graduado en Derecho, ingresaría en la Escuela Diplomática. Esos planes se habían visto truncados cuando su hija decidió matricularse en la Academia de Policía. El embajador fingió respetar su decisión, pero ella sabía que le había infligido un duro golpe. No obstante, el afecto paterno pudo más que cualquier otra consideración. Máximo de Santo asistiría a su fiesta de graduación, junto al resto de progenitores de la última promoción de policías nacionales. Habían transcurrido unos cuantos años desde aquella fecha, pero Martina seguía viendo a su padre en el patio de armas de la Dirección General, platicando con el ministro del Interior. Aquel día se había jurado a sí misma no defraudarle jamás. Y, mucho menos, después de lo que había sucedido con su hermano Leo... Pero no estaba segura de haber cumplido su promesa.

Descalza, la subinspectora se sentó como un bonzo sobre una alfombra de pelo blanco. Delante de ella, en el centro del salón, una mesa baja de translúcido cristal sostenía un tablero de ajedrez que el embajador había adquirido en México, durante una visita a las pirámides de Chichen Itzá. Las figuras eran de alabastro y obsidiana, rosadas y negras. Iluminadas por el fuego de la chimenea, parecían flotar en el aire.

Mientras seguía sonando la música de Berg, la espalda de Martina permaneció inmóvil, y absorto su rostro. Su mirada se había concentrado con hipnótica atención en los dos ejércitos en liza. Cuando discernía una jugada, la pinza de sus dedos movía un caballo o un alfil. De modo inconsciente, la mano libre acercaba a sus labios el cabo de un cigarrillo. Sus pulmones retenían el humo, para ir liberándolo en volutas que se enroscaban alrededor de las torres, de las reinas, y que, absorbidas por el tiro de la chimenea, volaban hacia el fuego, desintegrándose en la atmósfera templada de la casa.

Al terminar la partida, que ganaron las negras, Martina bebió otra copa en memoria de Berta. El vino la mareó y decidió acostarse. Quitó el disco. Al pasar junto al teléfono, advirtió que tenía varios mensajes grabados. Rebobinó la cinta y, apoyándose en la mesita, porque la cabeza le daba vueltas, se dispuso a escucharlos.

El primero de los mensajes correspondía a Jesús Belman, aquel entrometido reportero del *Diario de Bolscan*.

Siento llamarla a estas horas, subinspectora, pero tengo urgencia en hablar con usted, respecto a Berta Betancourt. Estaré en la redacción hasta muy tarde. Por favor, llámeme al...

Martina oprimió la tecla de borrado y escuchó el segundo mensaje. La cinta emitió un ruido confuso. Tras unos segundos de pausa, con una ahogada respiración y rumor de automóviles de fondo, sobrevino un metálico clic procedente de una cabina pública.

Todavía había una tercera llamada, cuyo registro hizo a la subinspectora empuñar su pluma de plata. Porque una voz falsa, distorsionada, acababa de decir:

Pronto vas a morir. Y, cuando hayas muerto, no encontrarán... sino tu piel.

A continuación, sonó el mismo clic que había interrumpido el mensaje anterior.

No era la primera amenaza que Martina de Santo recibía a lo largo de su carrera policial, ni seguramente sería la última, pero la afectó. Parecía ir muy en serio.

Volvió a escuchar el amenazador mensaje. La última frase parecía contener un siniestro enigma. «No encontrarán... sino tu piel.» ¿Qué podían significar aquellas oscuras palabras?

16

El despertador del comisario había sonado a las siete y media de la mañana.

Conrado Satrústegui emergió de una pesadilla. Estaba soñando con la subinspectora Martina de Santo y con alguien más, una sombra que la acechaba, pero a la que ni ella ni él acertaban a identificar.

El comisario se levantó, se quitó la camisa del pijama, abrió la ventana y respiró a pleno pulmón el aire frío y húmedo de Bolscan. Dobló la espalda y, para practicar sus flexiones matinales, apoyó en un *kilim* las palmas de las manos. Aquella alfombra la había adquirido su mujer, Antonia, durante su luna de miel. Tal como había terminado por suceder con su matrimonio, el paso del tiempo había desvaído sus ricos colores.

Al flexionar los brazos, la frente del comisario rozaba el *kilim* y la colcha de la cama. Fue entonces, junto a una de las patas del somier, cuando vio la pulsera.

Extendió los dedos y la cogió. Se trataba del fetiche de pelo de elefante que aquella camarera de El León de Oro, Sonia, se quitaba, junto con un anillo y los pendientes, antes de desnudarse y desnudarle a él.

Satrústegui quiso encender la lamparilla de noche para mirar debajo de la cama, pero no funcionaba. En uno de aquellos combates eróticos, Sonia y él habían rodado sobre las sábanas y derribado la mesilla. Como consecuencia, la lámpara se había dañado. No había tenido tiempo ni ganas de reponer la bombilla.

No tenía ganas ni tiempo para nada. Sólo el deber seguía motivándole.

«Y Sonia», pensó.

Felicitándose porque Petra, la señora que, tres veces por semana, de martes a jueves, acudía a ocuparse de las tareas domésticas, no hubiera encontrado la pulsera, la ocultó en el cajón de su ropa interior.

Hacía un par de semanas que Conrado Satrústegui apenas sabía nada de Sonia. La echaba de menos.

Había preguntado por ella en El León de Oro. Un camarero mulato, llamado Sócrates, le comunicó que Sonia se había despedido. Así, sin más. El comisario insistió: «¿Dejó un teléfono, una dirección?» Sócrates lo había evaluado con una pícara expresión, y reído al contestar: «Se echó de novio a un mazas. Puro músculo, pero poquitico cerebro.» Satrústegui decidió escribirle una nota. Fue a un estanco, compró un sobre, metió la carta dentro y se la entregó al camarero. «Por si aparece Sonia», le encomendó.

Satrústegui hizo discretas averiguaciones, pero era como si a Sonia se la hubiese tragado la tierra. Por pura casualidad, la sorprendió una tarde junto al Palacio Cavallería, caminando junto a un hombre robusto, vestido con un pantalón de cuero y una cazadora de aviador. Una especie de posesivo macarra que introducía una mano en el bolsillo trasero de sus vaqueros, moviéndola al compás de las nalgas de la chica. Sonia distinguió al comisario, pero se limitó a saludarle frunciendo las cejas, como si sólo le conociera de vista. En el fondo, Satrústegui se alegró. Estaba comenzando a perder la chaveta por aquella monada que podía ser su hija, pero cuya desequilibrada voracidad sexual le atribuía una edad indefinible. Sonia había llegado a inspirarle cierta prevención, cierto temor, un ambiguo desasosiego vencido siempre por el anhelante erotismo que emanaba. En más de una de sus noches bárbaras, el comisario había tenido la impresión de que iba a ser engullido. Succionado. Devorado. Satrústegui no había disfrutado en la intimidad con demasiadas mujeres, pero aquella chica, aquella bellísima camarera que no era de la ciudad y que había vivido una liberadora etapa en Ibiza, parecía insaciable. Nunca tenía bastante. Cuando él, rendido por el esfuerzo, se adormilaba, lo hacía con la sensación de que Sonia iba a permanecer al borde de la cama, observándole, vigilándole, lista para encender su chispa.

Satrústegui trató de relegar a la camarera de su mente y se dirigió a la cocina para prepararse el desayuno. El fregadero rebosaba de platos sucios. La pobre Petra, la mandadera, a quien había decidido mantener a su servicio en recompensa a su antigua fidelidad, se estaba haciendo vieja. Si la ponía en la calle, difícilmente encontraría ocupación. Antonia, la ex mujer del comisario, había pretendido deshacerse de Petra alegando el deterioro de sus facultades. Él se había opuesto, por compasión. Así de contradictoria era la vida: Petra seguía a su lado, pero Antonia, no.

Tampoco iba a regresar. El abogado de Antonia, el penalista Pedro Torres, a quien Satrústegui había tenido la desagradable sorpresa de tropezarse en El León de Oro, se había puesto oficialmente en contacto con él para iniciar los trámites del divorcio. Diecisiete años de matrimonio se esfumaban en un parpadeo. El comisario volvía a ser un hombre libre. Sólo que no sabía muy bien cómo emplear su recién estrenada libertad.

Abrió la puerta del apartamento y recogió del rellano los dos periódicos a los que estaba suscrito. *La Crónica* incluía un avance sobre el estreno de *Antígona*, evento que, al parecer, estaba un tanto en el aire debido a una indisposición de Gloria Lamasón, la primera actriz. La sección de sucesos de *La Crónica* no traía nada de relieve, pero el *Diario de Bolscan* informaba acerca de la desaparición de una mujer implicada en el caso de los Hermanos de la Costa, Berta Betancourt.

El comisario devoró unos huevos fritos, empujándolos con café, llamó a Jefatura y preguntó por el inspector Buj.

Ernesto Buj había pasado la noche en vela. A las dos de la madrugada había recibido una llamada del servicio de guardia, para notificarle el suicidio de Berta Betancourt. De un humor de perros, se había desplazado al Hospital Clínico, donde había coincidido con una demudada Martina de Santo.

—¿Cómo estaba la subinspectora? —se interesó el comisario—. ¿Afectada?

Viendo clara la oportunidad de perjudicarla, el Hipopótamo contestó:

—Como usted sabe, la subinspectora está complicada en el caso de los Hermanos en su vertiente emocional. No en vano había convivido con esa fotógrafa, la tal Berta. No puedo saberlo por experiencia propia, como usted supondrá, pero me han asegurado que esa clase de relaciones deja una huella indeleble.

—¿A qué clase de relaciones se refiere exactamente, inspector?

El Hipopótamo carraspeó para eludir la respuesta y proponer, alternativamente:

—Permítame una sugerencia, señor. Opino que debería relevar por algún tiempo a la subinspectora De Santo. No está en condiciones de rendir. Ha perdido la ecuanimidad, el punto de vista.

Satrústegui no podía tomar decisiones sin hablar con su subordinada. Se limitó a comentar que estaría en su despacho a partir de las nueve, y colgó.

El descaro de Buj, que rozaba la insubordinación, le había puesto de mal humor. Se dio una rápida ducha y se afeitó con prisa, tanta que la cuchilla le levantó un trocito de piel. Mantuvo una toalla contra la cara, hasta que el corte se cerró. Pero la sangre le había manchado la camisa, y tuvo que ponerse otra limpia; también de rayas, como todas las suyas. Se vistió, cogió el maletín, el revólver, bajó al garaje y condujo hasta el edificio de Jefatura.

A las nueve en punto, entraba en su despacho. Adela, su secretaria, le trajo un café, la prensa nacional y una mala noticia:

—Acaba de producirse un atentado. Lo están dando en Radio Nacional.

17

El comisario se precipitó al antedespacho. Adela subió el volumen del receptor. Dos policías nacionales habían sido tiroteados en el Camino Viejo de Leganés, a las afueras de Madrid. Según testigos presenciales, entre los terroristas que habían acribillado el vehículo zeta con ráfagas de ametralladoras figuraba, al menos, una mujer.

—Hijos de puta —masculló Satrústegui.

Adela repitió lo que había oído en la emisora:

—Creen que ha sido el Grapo.

—El Comando Norte, supongo. Aunque yo no descartaría a los etarras, por lo de Txapela. —Satrústegui permaneció pensativo unos segundos; la cólera le desbordaba—. Cabe la posibilidad de que el ministro del Interior cancele la visita prevista. Recuérdeme que consulte al gobernador. Y hágame el favor de comprobar si se ha presentado la subinspectora De Santo.

Adela llamó al Grupo de Homicidios por la línea interior. La subinspectora no había llegado aún.

—Inténtelo en el busca —persistió Satrústegui.

El localizador estaba encendido, pero no contestaba.

—De Santo no responde, señor.

—Avise a Buj, entonces.

Mientras esperaba al inspector, y para disipar su rabia, el comisario ojeó el correo. A pesar de su larga experiencia, la muerte de un policía era algo que no podía superar.

Entre las cartas, que Adela abría y clasificaba por orden de prioridad, había una invitación para el estreno de *Antígona*, en el Teatro Fénix, al que el ministro del Interior, Sánchez Porras, se proponía asistir por razones particulares (tenía amistad con Toni Lagreca, uno de los actores).

La representación no daría comienzo hasta las diez y media de la noche del día siguiente. A lo largo de toda la jornada del miércoles, el ministro, si es que llegaba a venir, se proponía aprovechar su estancia en Bolscan cumplimentando a las autoridades locales e inspeccionando acuartelamientos de la Guardia Civil y de la Policía Nacional. En el año y pico que llevaba al frente de las Fuerzas de Seguridad, Sánchez Porras todavía no había visitado la región, por lo que el gobernador civil se había aplicado a organizarle un intenso programa de actos.

Por supuesto, Conrado Satrústegui integraría la comitiva de altos mandos. El comisario repasó en su dietario la lista de compromisos que debería respetar a partir del instante en que el ministro pusiera los pies en la ciudad. El protocolo daría comienzo a las diez de la mañana, con una misa catedralicia en honor a un agente caído un par de meses atrás en acto de servicio. «Otro más», pensó Satrústegui, amargado. Después se celebraría un desfile, y girarían luego visita al parque móvil y a las Unidades Especiales.

El comisario suspiró. No iba a disponer de un minuto libre. Sólo le faltaba, para rematar la jornada, tener que componerse para el teatro, que no pisaba desde hacía años. Repasó mentalmente sus trajes. Tenía uno gris marengo, de franela, que podría servir para la ocasión.

Se dio cuenta de que la gerencia del Teatro Fénix le había adjudicado dos butacas en uno de los palcos. Dedujo que no conocían su situación familiar. Todo lo contrario, dada la endogamia corporativa, de lo que sucedía en Jefatura, donde los inspectores y jefes de servicio, y quizás hasta los agentes de a pie, estarían al cabo de la calle en lo que a su destrozado matrimonio concernía.

De improviso, le vino a la cabeza la idea de invitar al estreno a Martina de Santo. La ocurrencia le pareció absurda, pero permitió que anidara en su cerebro, como un dulce pájaro de juventud. ¿Qué le parecería a ella? ¿Aceptaría? ¿Y cómo se interpretaría en Jefatura esa distinción? ¿No alimentaría todavía más los rumores que apuntaban a una predilección suya hacia la atractiva mujer policía?

En buena parte, esa inclinación era sincera. Satrústegui había protegido a Martina desde su ingreso en el Cuerpo. No tanto por la influencia del embajador Máximo de Santo, su padre, a quien el comisario había tratado en alguna ocasión, lo que dio pie al diplomático a hablarle de su hija, recomendándosela con sutileza, como por ella misma. A Satrústegui le asombraba su profunda vocación —y más en una mujer joven y bonita que habría podido aspirar a cualquier posición social—, y se sentía halagado por el hecho de que Martina acatase sus recomendaciones al pie de la letra. Era disciplinada, eficaz. Satrústegui apreciaba su disposición, su capacidad resolutiva, esa mezcla de sofisticación, elegancia y autoridad con que encaraba una labor que a menudo ponía en riesgo su integridad física. El comisario no habría podido señalar a demasiados colegas suyos, hombres o mujeres, capaces de reunir tanto valor, comenzando por la renuncia a sus privilegios de casta.

Sin embargo, su panorámica no dejaba de resultar limitada. Satrústegui intuía que, detrás de la detective De Santo, se escondía una fascinadora mujer, pero, habituado a compartir un mundo masculino, impositivo, no acababa de penetrar su compleja psicología. Sonia Barca le había guiado hasta el umbral de otro ámbito, un universo de carne y saliva, de tormentos y éxtasis. Un precipicio de cuyo púrpura abismo haría bien en alejarse.

Se dio cuenta de que deseaba ver a Martina. Pero, en su lugar, quien se presentó en su despacho fue Ernesto Buj.

—Comisario.

—Tome asiento, inspector.

Satrústegui conocía a Ernesto Buj desde hacía tres lustros, los mismos que él llevaba destinado en Bolscan. Nadie mejor que el propio comisario para inventariar sus defectos. No obstante, en un examen global le habría parecido injusto omitir sus virtudes. Buj era retrógrado, machista, expeditivo; también, a su brusco y anticuado estilo, un profesional. A lo largo de su experimentada carrera, había resuelto multitud de casos, algunos de extrema dificultad. A pesar de su brusco y rijoso carácter, Buj mantenía el crédito en las alturas del Cuerpo, siendo incuestionable que sus hombres, forjados en su escuela, en la universidad del asfalto, le respetaban.

Homicidios venía funcionando como un cerrado clan regido por sus propias normas, hasta que la incorporación de una mujer, Martina de Santo, había roto su unidad y, de manera indirecta, cuestionado los métodos imperantes. Satrústegui sabía que cualquier intento de conciliación entre la subinspectora De Santo y el inspector Buj pasaba necesariamente por un improbable acto de generosidad o, de modo más previsible, por una claudicación, por la vicaria adaptación de uno de los dos al dominio del otro. Teniendo en cuenta la fuerte personalidad de ambos, el comisario no confiaba en un próximo horizonte de concordia. Estaba escrito que esos dos iban a seguir a la greña, y que la brigada criminal continuaría deparándole serios quebraderos de cabeza.

El sudoroso aspecto de Buj denotaba que había pasado la noche en blanco. El inspector llevaba la cartuchera torcida, los tirantes caídos y los faldones de la camisa entremetidos de cualquier forma. Puntas de una barba cana afloraban en sus gruesos carrillos. Hasta el olfato del comisario, a pesar de que los separaba la anchura del escritorio, flotó su aliento a coñac.

—Tiene usted mal aspecto —le censuró Satrústegui.

La mirada turbia de Buj seguía revelando una inteligencia astuta. Repuso:

—Tal como le adelantaba, señor, anoche tuve que encargarme de trasladar al depósito a la señorita Betancourt. La amiguita de De Santo, ya sabe usted.

—No le tolero que siga insultando a la subinspectora —se irritó Satrústegui—. ¿Le gustaría a usted que cualquier compañero suyo aludiese a su afición a la bebida?

El Hipopótamo se rascó el cogote.

—No tengo nada que ocultar, señor. Nadie podrá decir que me haya visto borracho estando de servicio. Puede que tenga algún pequeño vicio, pero jamás interfiere con mi deber.

El comisario hizo un gesto de exasperación. La terquedad de Buj podía resultar positiva en el plano policial, pero con respecto a sus relaciones personales solía reducirse a un mezquino muestrario de inquinas.

—Ya basta, inspector. Recuerde que fue la subinspectora quien resolvió los crímenes de Portocristo. Algo que acaso usted no hubiese logrado.

Los ojitos porcinos de Ernesto Buj parpadearon como si su dueño estuviese discurriendo una respuesta adecuada. Pero no la encontró y permaneció mirando con obstinada fijeza por encima del comisario, hacia algún punto periférico del retrato del Rey.

La melena mechada de Adela asomó por la puerta. Detrás de ella, el comisario distinguió el perfil de Horacio Muñoz, el archivero. Satrústegui recordó que le había encargado unos informes sobre otro asunto pendiente.

—Creí haber dicho...

—Una llamada urgente, señor.

—¿De quién?

—El superintendente —susurró la secretaria, tapando el auricular.

—Páseme.

—¿Desea que me retire? —preguntó Buj.

Satrústegui le indicó que no era necesario, y atendió la llamada. Su expresión se fue apagando a medida que, al otro lado del hilo, la voz del superintendente de la Policía Municipal de Bolscan subía de tono al informarle de lo que sus agentes acababan de descubrir.

—Por Dios bendito —dijo Satrústegui nada más colgar.

—¿Algún problema, señor? —se interesó Buj.

El comisario se había puesto en pie.

—Alguien ha sido asesinado en el Palacio Cavallería. Aplace cuanto tenga que hacer y movilice a sus hombres. Usted me acompañará, Buj. Ah, Muñoz —añadió Satrústegui al reparar en el archivero, clavado en una esquina del antedespacho—. Deje esos informes en cualquier parte.

Apenas un cuarto de hora más tarde, el coche patrulla que trasladaba a los mandos cruzaba en rojo varios semáforos, atravesaba la doble raya de la mediana, daba un tumbo en la acera y enfilaba el callejón trasero del Palacio Cavallería, prohibido al tráfico. Haciendo gala de una sorprendente agilidad, el Hipopótamo, que ni siquiera se había puesto la chaqueta, abrió la portezuela en marcha y se precipitó hacia la fachada principal. Satrústegui le siguió a media carrera.

Para sorpresa del comisario, el propio alcalde, Miguel Mau, los estaba esperando en el vestíbulo del palacio, rodeado de funcionarios y policías locales. La gravedad del asunto, la proximidad del Ayuntamiento y el hecho de que el Palacio Cavallería fuese de gestión municipal explicaban el hecho de que el primer edil se hubiera apresurado a desplazarse hasta allí.

—Al fin han llegado —acertó a decir el alcalde, con una mezcla de recriminación y alivio.

Todas las luces de la nave estaban encendidas. De la batería de focos adosados al artesonado y a las columnas brotaba una luz cruda, compacta. Satrústegui la asoció a la de una sala de autopsias.

Había mucha gente en el vestíbulo. «Demasiada», pensó el comisario. Junto a los asesores del alcalde, y a un par de lívidos concejales, permanecían, expectantes y tensos, media docena de policías municipales. Satrústegui reconoció al superintendente. Le hizo una seña amistosa y éste le siguió, si bien permitiendo que el alcalde embocara en cabeza el laberíntico corredor que comunicaba las salas, repletas de instrumentos de tortura. Atravesaron dos o tres de ellas, hasta que el alcalde Mau se frenó en seco.

—¿Quién, en nombre del cielo, ha podido hacer algo así?

Conrado Satrústegui tuvo la vertiginosa sensación de que aquello no era real. Que no era humana la sangre que se extendía sobre las ajedrezadas losas, y que aquel cuerpo, o lo que restaba de él, aquel cadáver que alguien había maniatado, aniquilado, abandonado sobre un pétreo plinto, tampoco podía ser auténtico, sino una truculenta escenografía diseñada en el marco de tan lúgubre exposición.

La mirada de Satrústegui recorrió las manchas de sangre que lo salpicaban todo, y se detuvo en la despellejada cara del cadáver. Jamás había visto nada parecido.

18

Obviamente, el escenario del crimen había sido alterado con antelación a la llegada del comisario Satrústegui al Palacio Cavallería.

Como si alguien hubiese resbalado en el gran charco de sangre y, al incorporarse, se hubiera apoyado en las maquetas y elementos arquitectónicos de la muestra, se veían impresiones de manos en las vitrinas y en los paneles de conglomerado, y se advertían huellas por todas partes.

El comisario observó que los zapatos del alcalde estaban manchados de sangre. Y, asimismo, los del superintendente. Ambos —además, supuso Satrústegui, de un número indeterminado de agentes locales— habrían intentado aproximarse al cuerpo, hasta reparar en que no era posible hacerlo sin pisar la sangre derramada.

Cuatro metros separaban a Satrústegui del altar azteca. El comisario intuyó que la víctima era una mujer. No habría podido asegurarlo porque le habían mutilado el cuero cabelludo, y la habían desollado desde los hombros hasta las rodillas. El busto era un ensangrentado amasijo de tejidos y vísceras.

El alcalde se había retirado hacia el vestíbulo, incapaz de seguir soportando el macabro espectáculo. Un leve olor a matadero, a sala de despiece, impregnaba la sala. Satrústegui hizo un esfuerzo para controlar las náuseas.

—Mi gente acaba de llegar, señor —informó Buj—. Será mejor que les dejemos actuar.

—Sin pérdida de tiempo —aprobó el comisario—. ¿Han avisado al juez?

—El superintendente lo hizo.

Hasta que se presentó el juez Bórquez, Satrústegui permaneció frente al cadáver iluminado por aquella luz láctea, casi obscena.

Al juez le costó sobreponerse a la imagen del cuerpo tendido sobre el ara ceremonial. Bórquez ordenó convocar de inmediato al forense, acordando con el comisario que, en una primera inspección, únicamente el médico manipulase los restos.

El comisario retrocedió hasta la sala donde se erguía la guillotina. Carrasco, uno de los agentes de Homicidios, se ajustaba unos guantes de látex y protegía su recio calzado con fundas de plástico. Dos de sus compañeros de brigada le imitaron en silencio. Uno de ellos empuñó una máquina de fotos y se dirigió a la sala azteca. El *flash* empezó a funcionar, pero su blanco relámpago apenas resaltaba contra la incandescente luz que bañaba el recinto.

El cerebro del comisario se puso a trabajar. Había superado el impacto anímico, la sórdida bestialidad del crimen, e impartía órdenes con frialdad. La primera consistió en invitar al alcalde a abandonar el lugar. El político accedió.

—No me moveré de Alcaldía hasta que reciba una llamada suya.

—Descuide. Le mantendré informado.

Acto seguido, Satrústegui hizo salir a los policías locales, ordenándoles que acordonasen el edificio y que impidieran la entrada a cualquier persona sin expresa autorización suya.

—El resto, que se agrupe junto al mostrador de recepción. Quiero saber quién descubrió el cuerpo.

Un funcionario y el vigilante del primer turno se adelantaron. Los dos estaban blancos como la tiza.

—¿Fueron ustedes quienes encontraron el cadáver? —les preguntó Satrústegui.

Ambos asintieron.

—¿A qué hora?

—Sobre las nueve cuarenta de la mañana —dijo el bedel—. Llamé al timbre, pero nadie respondía.

—¿Sonaba la alarma?

—No. Insistí llamando hasta que, extrañado, decidí regresar al Ayuntamiento, a por el juego de llaves de repuesto.

—¿Y el original?

—Se queda dentro —dijo el vigilante—, a cargo del guarda nocturno.

—Que era una mujer —musitó Satrústegui.

El vigilante del turno de mañana lo confirmó. Apenas le sostenían las piernas. Estaba tan pálido que se le transparentaban las venas del cuello.

—Una chica, sí. Era su primera noche de trabajo. Se llamaba...

—Después —le interrumpió el comisario—. Continúen cronológicamente con su relato, sin omitir nada.

El bedel cerró los ojos para avivar la memoria.

—Abrimos el portón y la puerta auxiliar, la de cristal blindado, y volvimos a llamar a la vigilante en voz alta, pero no hubo respuesta. En apariencia, todo estaba tranquilo. Nos confundió que sonase la música ambiental, a un volumen muy alto.

—¿Y las luces?

—Estaban apagadas —contestó el bedel—. Yo mismo las encendí.

Satrústegui no pudo reprimir un gesto airado.

—¿Qué más hicieron ustedes? ¿Resbalar en el charco de sangre e ir dejando huellas por todo el palacio?

—Pensamos que el asesino podía estar agazapado —se azoró el funcionario.

—Hemos revisado el edificio —informó el superintendente—, incluidos los sótanos y cuartos de baño. No había nadie. El criminal no pudo escapar después de que nosotros entrásemos. Tuvo que huir nada más cometer el homicidio.

Satrústegui contempló al jefe de los municipales como si acabase de descubrir América.

—¿Ah, sí? ¿Y por dónde salió? Le recuerdo, superintendente, que las dos puertas de entrada estaban cerradas por dentro.

—No lo sé. Es un misterio.

—Volveré a hacerle la misma o parecida pregunta: ¿por dónde entró el asesino?

El superintendente guardó silencio. Satrústegui hizo una señal al bedel para que prosiguiera hablando.

—Nos decía que las luces estaban apagadas, y que usted, debido a un reflejo de pánico, las conectó.

—Estaban apagadas, en efecto —reiteró el ordenanza—, pero no todas. Los apliques de las vitrinas permanecían encendidos.

—¿Qué fue lo primero que vieron?

—Las ropas. El uniforme de la vigilante estaba arrugado en un rincón.

—¿Ensangrentado?

—No.

—¿Se hallaban las llaves del edificio en los bolsillos del uniforme?

El superintendente lo confirmó. Un agente de la Policía Local había registrado las prendas. Satrústegui frunció el ceño, disgustado. Se preguntó cuántas imprudencias más, espoleados, a buen seguro, por la histeria del alcalde, habrían cometido los municipales.

—¿Y la documentación de la víctima?

—No apareció.

—¿Había sangre en su ropa interior? —Satrústegui volvió a señalar al bedel—. Le estoy preguntando a usted.

—No —repuso el ordenanza.

—¿Dónde estaban esas prendas? ¿Junto al uniforme?

—Más allá. Tiradas en una sala, pero no en la que la iban a... sino en la antepenúltima, en la de la Inquisición.

—¿Esparcidas por el suelo?

—De cualquier manera, sí.

—¿Las tocaron ustedes?

El bedel y el vigilante del turno de mañana negaron con la cabeza. Satrústegui estaba acostumbrado a ese tipo de exculpaciones, que no siempre coincidían con la verdad. Más tarde, alguno de sus hombres investigaría a fondo a esos testigos. A la diestra del comisario, el inspector Buj tomaba notas en una libretita que en su mano parecía sólo un poco más grande que un sello de correos.

—No tocaron las prendas íntimas —gruñó Buj—. Muy bien. Prosigan.

El funcionario se agarró las bocamangas para disimular su temblor.

—Cruzamos las salas, hasta el módulo azteca, y vimos a esa pobre mujer... Muerta, despellejada... No hacía doce horas que me había despedido de ella y del otro vigilante, el del turno de tarde...

—Su nombre —exigió Buj.

—Codina, Raúl Codina —contestó su compañero.

—¿Cuánto tiempo llevaba ese guarda en su puesto?

—Alrededor de un año. Es un muchacho estupendo.

—Raúl Codina —repitió Buj a Salcedo, otro de sus hombres—. Localicen a ese estupendo muchacho, así como al responsable de su agencia de seguridad, y trasládenles a nuestra estupenda Comisaría. Usted —dijo el inspector al vigilante—. El nombre de su compañera del turno de noche.

El vigilante no lo recordaba, pero indicó:

—Estamos obligados a firmar un parte de servicio. En el libro constarán los datos.

Él mismo cruzó el mostrador de recepción y buscó una especie de agenda de contabilidad, pautada y con renglones al pie para anotar observaciones. Se la tendió al comisario abierta por la última hoja, correspondiente a la jornada de la fecha anterior, cuyo encabezamiento había sido cumplimentado con letras mayúsculas.

El nombre de Sonia Barca impactó a Satrústegui. El suelo romboidal del palacio se difuminó a sus ojos, mareándole. Un caos de imágenes inconexas lo perturbó. El comisario volvió a ver a Sonia en la cama de su dormitorio, cabalgándole a rítmicos impulsos y, en cuanto le sobrevenía el orgasmo, arqueando la espalda hacia atrás, precisamente en la posición en que la había sorprendido su espantosa muerte.

—¿Se encuentra bien, señor?

Era el agente Carrasco quien había hablado. Había sangre en sus guantes, y también en las calzas de plástico. Se había colocado una mascarilla, a través de la cual su voz sonaba entubada. Satrústegui cerró el libro de registro y se quedó mirando a Carrasco como si no supiese quién era.

Otro agente se les acercó.

—Acaba de llegar el forense, señor.

—Que proceda —reaccionó el comisario.

En compañía del juez Bórquez, el doctor Marugán saludó a Satrústegui y se perdió hacia el interior del recinto. Los resplandores del *flash*, atenuados por la violenta iluminación, apenas destellaban por encima de los paneles. Satrústegui recayó en que hacía frío, la misma clase de humedad que podría adueñarse de una bodega o de un convento.

Buj estaba de nuevo a su lado. Satrústegui le encomendó:

—Siga por mí, inspector. Estaré en Alcaldía. Tome declaración a cuantos hayan pisado la sala azteca. Bedeles, funcionarios, municipales. Que hagan memoria, por si consiguen recordar algún detalle que pueda ayudarnos. Interroguen a los vecinos y a los dueños de los establecimientos cercanos. Tal vez algún testigo viera abrirse las puertas del palacio a lo largo de la noche. Y pongan controles en las principales salidas de la ciudad.

—Entendido, señor.

—Otra cosa, inspector. Que alguien avise a la subinspectora De Santo. Quiero que analice el escenario del crimen mientras todavía esté a tiempo. Ustedes quédense hasta que el forense haya concluido un primer examen.

Satrústegui salió del Palacio Cavallería. Un sol joven le acarició la cara. En contraste con los focos de la exposición, la luz natural que se derramaba sobre la plaza del Carmen emitía una ternura materna, como si el mundo acabase de nacer y fuese todavía inocente.

Una bandada de palomas revoloteaba en torno a un niño que arrojaba al aire puñaditos de maíz. El chiquillo llevaba un abriguito demasiado grande para él, heredado, con toda seguridad, y un gorro con pompón bajo cuya visera le asomaba el flequillo. Satrústegui deseó que ese niño hubiese sido su hijo. Antonia y él no habían podido tenerlos. A veces, cuando se sentía mal, como en ese momento, su carencia desgarraba algo dentro de él.

19

El comisario decidió que necesitaba un café cargado. Se dirigió a tomarlo a una de las cafeterías de la plaza, un local impersonal que solían frecuentar jueces, abogados y procuradores de los cercanos Juzgados. Ocupó una mesa apartada junto a las lunas que dejaban ver la iglesia del Carmen, su mole barroca, su airosa torre con campanil y, muy cerca, el Palacio Cavallería, tan puro en sus renacentistas líneas. Tan ajeno al drama que se había perpetrado en su seno.

Infringiendo todas las señales y, en particular, la prohibición de estacionar en el área peatonal de la plaza, una Vespa acababa de aparcar ante la fachada del palacio. El motorista, un individuo alto, desgarbado y flaco, se dirigió a los agentes que custodiaban la entrada y se puso a discutir con ellos. Era obvio que pretendía entrar al museo. Los policías intentaron disuadirle de buenas maneras, pero como aquel ciudadano insistiera, y no precisamente con civismo, acabaron propinándole un par de disuasorios empujones. El motorista se giró, exasperado, agitando los brazos como un airado quijote frente a molinos de viento. Atentos a él, los agentes no se dieron cuenta de que, mientras discutían con el motorista, un individuo bajito, armado con una cámara fotográfica, se había deslizado en el interior del vestíbulo. Se trataba de Damián Espumoso, alias Enano, y era uno de los fotógrafos del *Diario de Bolscan*.

Tampoco Satrústegui se había percibido de la treta. En cambio, sí reconoció al motorista. No era otro que Jesús Belman, el reportero de casos del *Diario*. El comisario se preguntó por qué conducto habría podido enterarse tan pronto del suceso.

El propio Belman iba a explicárselo. El periodista debió de distinguir a Satrústegui a través de la luna de la cafetería porque atravesó a grandes zancadas la plaza. Ingresó en el café y se acercó a su mesa.

—¿Está libre la silla, comisario?

—Sí, pero ya me iba.

—¿Por qué tanta prisa? ¿Es que se ha cometido un crimen?

Satrústegui evaluó al reportero con una mirada crítica, no exenta de cierto desprecio. Belman llevaba la corbata con un nudo imposible, por debajo del cual, y de la desabrochada camisa, se apreciaba una raída camiseta térmica. Estaba mal afeitado y sorbía por la nariz. Las ojeras le dibujaban violáceas bolsas. Era hipotético que se hubiese acostado en las últimas cuarenta y ocho horas.

—¿Ha leído mi reportaje de hoy?

Satrústegui no respondió. Belman se dirigió jovialmente al camarero:

—Café negro, sin azúcar. Doble.

—Tendrá que tomarlo solo —intentó desanimarle Satrústegui.

—Creo que le conviene escucharme, comisario.

Belman se puso cómodo. Otro mozo le sirvió el café.

El reportero tocó la taza con el extremo de las falanges, de uñas recortadas y limpias, tanto que el comisario aventuró que debían de ser los únicos elementos de su anatomía a los que prestaba atención higiénica. La taza ardía. Belman encogió los dedos, dejándolos crispados sobre el mantel, como los de una rapaz. Después, sacó una petaca del bolsillo interior de su chaqueta de pana y vertió un chorro de anís en la taza.

—Será un minuto, comisario. El tiempo justo para que me confirme que la víctima es una mujer llamada Sonia Barca.

Belman hizo una pausa para sonarse.

—Conocida de usted.

Satrústegui abrió la boca, pero no acertó a decir nada.

—Por ahora, será un secreto entre nosotros —le garantizó el reportero, en tono benévolo, como satisfecho del efecto obtenido—. Prometo no inmiscuirme en la investigación, y mucho menos en su vida privada. Al fin y al cabo, en materia de cama todos tenemos nuestros secretillos. ¿No está conmigo, comisario?

Satrústegui tomó aire.

—¿Quién es su chivato en Jefatura? ¡Le exijo que me dé el nombre de esa rata!

Afilando la expresión, el reportero señaló con vaguedad hacia la barra. De espaldas, atentos al periódico, o enfrascados en consultar documentos, se alineaban media docena de trajeados abogados.

—No sólo en la Policía hay ratas. Mi trabajo consiste en saber, pero no en publicar todo lo que sé. Puede estar tranquilo, comisario. Intuyo que me conviene cerrar la hucha.

—¿Qué piensa publicar?

—La verdad. ¿Cuándo sabrán quién la mató?

—Quizá cuando los resultados de la autopsia sean definitivos.

—¿Y hasta entonces?

Satrústegui se removió en la silla, dispuesto a marcharse. De los labios de Belman brotó un bufido.

—Es invendible, comisario. La opinión pública no lo admitirá. ¿Se da cuenta de que está en el filo de la navaja?

—Procuraré no cortarme —murmuró Satrústegui, levantándose y arrojando unas monedas al platillo de madera—. Ha sido un placer charlar con usted. Por eso le invito.

Belman se sonó con un arrugado pañuelo y le dirigió un malévolo guiño.

—Tampoco se va a arruinar. Esta cafetería es bastante más económica que El León de Oro. Me han asegurado que en ese establecimiento las copas no son baratas. No sé la compañía.

En la plaza, Conrado Satrústegui sintió que le faltaba el oxígeno. Un magistrado le saludó con cortesía. El comisario apenas pudo hilvanar unos pocos lugares comunes para salir del paso. Se dirigió hacia el Ayuntamiento, pero, antes de entrar y sentarse a soportar las diatribas del alcalde, cambió de idea. Rodeó el Palacio Cavallería hasta el callejón y subió al coche patrulla. El conductor encendió el motor y aguardó instrucciones. Satrústegui prendió un cigarrillo y se puso a fumar en silencio, la mirada clavada en la ventanilla. Estuvo ausente varios minutos, hasta que el conductor, tímidamente, inquirió:

—¿Nos vamos, señor?

—¿Le he dicho que nos dirijamos a algún sitio?

El chófer apagó el motor. La voz del comisario resonó dentro del coche:

—¿Le he ordenado que quite el contacto?

—Disculpe, señor.

El motor volvió a ponerse en marcha. Satrústegui reparó en que los policías locales que acordonaban el palacio estaban observándole. Podía verlos por el espejo retrovisor, mirando hacia el coche mientras se frotaban las manos para entrar en calor. El superintendente se encontraba entre ellos. Seguramente, también se estaría preguntando qué hacía el comisario allí parado.

—Arranque de una vez —decidió Satrústegui, al fin.

20

El coche patrulla avanzó hasta la boca del callejón y torció a la derecha, mezclándose con el tráfico de la avenida que corría paralela al paseo marítimo.

La fortaleza de San Sebastián se adentraba en el mar. Un poco más allá se perfilaba el Puerto Nuevo, con los barcos haciendo ondear sus banderines bajo el impulso del viento. De niño, en Bilbao, su ciudad natal, Satrústegui solía jugar a adivinar los países representados por exóticas enseñas. Lugares lejanos, existentes tan sólo en los mapas escolares, pero que tal vez, a bordo de uno de esos buques, él llegaría a visitar algún día. El comisario pensó que ya no quedaba nada de todo aquello. Tan sólo una serie de distorsionados recuerdos, que apenas le pertenecían.

El conductor se situó en el carril central y avanzó hasta detenerse en un semáforo. La fachada encalada del Teatro Fénix surgió reverberante de luz, con las banderolas del estreno, sacudidas por el viento, haciendo flamear las letras de la función en cartel. *Antígona*. Satrústegui había leído la tragedia en algún curso del bachillerato, pero no recordaba su argumento. Repasó distraídamente los nombres de los actores. Gloria Lamasón, la gran trágica, en el papel principal; Toni Lagreca, como Tiresias; Alfredo Flin, Creonte; María Bacamorta, Eurídice... No iba a tener más remedio que verlos actuar a la noche siguiente.

Sólo le sonaba la protagonista, Gloria Lamasón, famosa por sus interpretaciones cinematográficas y sus frecuentes apariciones en televisión. En los periódicos de la mañana, Satrústegui había leído una noticia referente a esa gran dama del teatro que estaba a punto de estrenar en Bolscan. ¿De qué se trataba, exactamente? ¿De algún problema relacionado con la salud de la actriz? ¿Se apuntaba la posibilidad de que, a última hora, tuviera que ser sustituida? El comisario deseó que se suspendiera el estreno, y que el ministro del Interior, privado del espectáculo, y retenido por el último atentado, optara por permanecer en Madrid.

Porque, en caso contrario, la estancia en Bolscan del máximo responsable de las Fuerzas de Seguridad podía presentársele bajo la óptica de una amenaza. Era seguro que los periodistas estarían detrás de ellos durante toda la jornada. Les acompañarían a la misa en la Catedral (aunque Satrústegui sabía que se refugiarían en cualquier bar cercano, a la espera de que finalizase el oficio religioso), los escoltarían por los acuartelamientos, asistirían a una exhibición de técnicas de asalto, comerían con ellos en uno de los puestos, someterían a rueda de prensa a Sánchez Porras y retornarían a sus redacciones para referir lo que de sí había dado la visita ministerial. A la gala nocturna en el Teatro Fénix, si es que llegaba a celebrarse, asistirían, invitados, como el propio comisario, los directores de los medios.

De la mañana a la noche, iba a estar rodeado de periodistas. Entre los cuales, podía apostar, figuraría Belman, el reportero del *Diario de Bolscan*. Alguien que sabía de buena fuente que entre Sonia Barca, la chica asesinada en el Palacio Cavallería, y él había existido un vínculo sentimental.

—A mi casa —ordenó el comisario—. He olvidado algo.

—Como usted mande, señor —obedeció el conductor.

Recostado en el asiento posterior, nervioso, casi asustado, el comisario intentó esclarecer de qué manera habría podido acceder Belman a uno de sus secretos mejor guardados.

Nadie de su entorno conocía su relación con la explosiva camarera de El León de Oro. Su discreción había sido absoluta. Era posible, sin embargo, que alguien, quizás el propio Belman, los hubiera sorprendido a Sonia y a él cenando juntos (aunque el comisario elegía los restaurantes en función de su lejanía del centro), o tomando una copa en cualquiera de esos tugurios que a Sonia tanto parecían gustarle, pero en los que él jamás, salvo para dirigir alguna redada, habría puesto los pies por iniciativa propia. Había un antro, el Stork Club, en el que las chicas bailaban semidesnudas alrededor de una barra de níquel. Prostitutas, presumiblemente, aunque el club poseía licencia y al concluir el *show* se habilitaba una pista de baile con música atronadora y luces estroboscópicas que a Satrústegui parecían estallarle dentro de la cabeza.

Sonia tenía una amiga allí, una tal Camila, tan rubia y sexy como ella. Ambas eran del mismo pueblo o de la misma zona. Según había comentado Camila, a veces los clientes las confundían. ¿Era Sonia otra puta? Conrado Satrústegui jamás se había atrevido a preguntárselo directamente. Pero, ¿qué sabía de Sonia Barca? Tan sólo que trabajaba en El León de Oro, y que en el Stork Club la trataban como a una pupila de la casa. Que era muy joven, apenas veinte o veintiún años cumplidos, y que procedía de alguna apartada población de la cordillera de La Clamor, a la que no tenía la menor intención de regresar. Sabía que le gustaban los juegos de cama más que a cualquier otra mujer que él hubiese conocido, o de la que hubiera oído hablar, y que ponía en práctica esas prohibidas diversiones con una meticulosa fruición. Y sabía que Sonia usaba pocas joyas, y de escaso valor, pero que de vez en cuando uno de esos adornos de bisutería rodaba bajo la cama de su amante, acreditando que ella había estado allí.

En su cama, por ejemplo.

21

—Hemos llegado a su casa, señor —dijo el conductor—. ¿Espero a que baje?

El comisario se dio cuenta demasiado tarde de que acababa de cometer un error. Intentó enmendarlo:

—Disculpe, Guillén. Llevo tantos temas encima... En realidad, quería dirigirme al Anatómico Forense. Déjeme a un par de manzanas, me sentará bien respirar un poco de aire fresco.

El coche se detuvo a doscientos metros del Instituto. El comisario indicó al conductor que no iba a necesitarle.

Una idea iba tomando forma en su mente. Tenía que deshacerse de cualquier prueba que lo asociara con Sonia. Era mucho lo que estaba en juego. Para empezar, su carrera.

En lugar de dirigirse al Anatómico, el comisario encaminó sus pasos hacia su propio domicilio. Tomó por calles laterales, alzó el cuello de su abrigo y se puso unas gafas oscuras.

Cuando llegó a su portal comprobó, aliviado, que el portero no estaba. Evitó el ascensor. Subió hasta su apartamento por las escaleras y abrió la puerta con el mismo sigilo con que lo hacía en las madrugadas en las que le acompañaba Sonia.

Se dirigió al dormitorio. La cama estaba hecha. Era ése uno de los días en que trabajaba Petra. Seguramente, la mandadera habría bajado a hacer la compra. Era mayor, era lenta, pero no podía tardar demasiado en regresar.

El comisario no recordaba desde cuándo no se cambiaban las sábanas. Las quitó, junto con la funda de la almohada, y las metió en la lavadora. Dobló el pesado edredón en un saco de dormir e hizo la cama con sábanas limpias. Se tumbó largo en el suelo y se aseguró de que Sonia no hubiese perdido nada más, una horquilla, un lazo. De repente, recordó que el cadáver de la chica no conservaba una sola joya. El asesino debía de haberla despojado.

Abrió la ventana y corrió a un lado el somier. Unos pocos cabellos rubios se enroscaban sobre el polvo, allá donde no llegaban los riñones ni la escoba de Petra. Satrústegui los hizo desaparecer por el váter, asegurándose de que eran engullidos por la descarga de la cisterna.

Al colocar la cama en su lugar, el comisario se dio cuenta de que el cabezal tenía marcas metálicas. Las habían provocado las esposas, sus propias esposas, en el curso de los juegos eróticos que Sonia le invitaba a practicar. La camarera solía utilizar un pañuelo de seda negra para vendarle los ojos. Satrústegui estaba seguro de que la última vez ella lo había guardado en el bolsillo de sus pantalones vaqueros. Por si acaso, lo buscó.

No encontró nada incriminador, pero las señales del acero de las esposas en el cabezal eran evidentes. Fue a por un destornillador, desmontó el cabezal y envolvió sus piezas en una manta, que ató con una cuerda. Agarró el saco de dormir y sacó los dos bultos al rellano. Desde allí, por las escaleras, sudando, los bajó al cuarto trastero, situado en el garaje, junto a su plaza de aparcamiento, y los ocultó entre la montaña de objetos que se acumulaban en el congestionado habitáculo. El portero no había vuelto, y nadie le vio.

El comisario volvió a subir al piso y revisó el resto de la casa, habitación por habitación, borrando con un pañuelo limpio las huellas de interruptores y pomos, del asa de la nevera, de los mandos de la televisión y del equipo de música. Alguna noche, como en sueños, le había parecido que Sonia vagaba por el pasillo, curioseando los otros cuartos o devorando restos de comida fría en la cocina; pero le había dejado hacer, agradecido por las inusuales emociones que le reportaba.

Estaba terminando cuando oyó la puerta. Era Petra, que volvía de la compra.

La mujer resopló en el rellano y entró el pesado carro. Al ver al comisario en el pasillo soltó un chillido.

—¡Vaya susto, don Conrado!

—Lo siento, Petra. Olvidé la cartera. Un comisario no debe andar indocumentado.

La mandadera emitió una risita.

—Si quiere que le haga café...

Eran las diez y media de la mañana cuando Satrústegui regresaba a Jefatura. El gobernador Merino y el alcalde Mau le habían telefoneado dos veces cada uno, y la lista de llamadas de medios de comunicación no cesaba de aumentar. El comisario habló con el gobernador, que se mostró muy preocupado por la repercusión de tan llamativo crimen en víspera del desembarco del ministro del Interior. La buena noticia era que Sánchez Porras había decidido mantener su compromiso de visitar Bolscan. Llegaría al aeropuerto a las nueve de la mañana del día siguiente, a bordo de un helicóptero de la Guardia Civil.

A continuación, Satrústegui contactó con Alcaldía y capeó como pudo la histérica actitud del primer edil.

—¡Quiero resultados, comisario!

—Lo sé, alcalde. Estamos en ello.

—¿Tienen alguna pista?

—Mis hombres están analizando la escena del crimen, y hemos cerrado todas las salidas; pero no, ninguna pista sólida por ahora.

El alcalde lo tuvo diez minutos al aparato. Cuando le colgó, Satrústegui se aflojó el nudo de la corbata y ordenó a su secretaria que no le molestara nadie.

No se encontraba bien. Un confuso arrepentimiento llamaba a las puertas de su conciencia. ¿Por qué había desmontado su cama, por qué había borrado las huellas de Sonia? No estaba seguro de haber obrado con inteligencia, pero sí lo estaba de otra cosa: de que ni siquiera su autoridad bastaría para demostrar de antemano que él no había matado a la camarera de El León de Oro. Conrado Satrústegui sabía mejor que nadie de qué modo funcionaba esa clase de asuntos.

Por otra parte, no conocía a ningún periodista capaz de guardar un secreto. Era más que probable que Belman informase a su redactor jefe sobre su relación con la mujer desollada. El comisario sabía que Gabarre Duval se la tenía jurada. Tarde o temprano (y Satrústegui se temía esto último), su nombre, negro sobre blanco, saldría a relucir asociado al de la víctima.

22

Antes de que se decidiera a cogerlo, el teléfono de Martina de Santo sonó repetidamente. De hecho, había estado sonando de forma casi ininterrumpida desde hacía más de diez minutos. Pero los acontecimientos de la noche anterior y la botella de vino que se había bebido ella sola parecieron aliarse para aplastarla contra las sábanas. Cuando al fin se animó a responder, se arrepintió de no haberlo hecho mucho antes. La voz de Horacio Muñoz le urgió:

—¡Despierte, subinspectora, y dese prisa en venir a Comisaría!

—¿Qué ha ocurrido?

—¡Se ha cometido un crimen!

—¿Dónde?

—En el Palacio Cavallería, en la plaza del Carmen.

—Vaya para allá, yo acudiré directamente.

Veinte minutos después, el Saab de la subinspectora aparcaba en el callejón del palacio, junto a otros vehículos policiales. Martina se dirigía a la carrera hacia la entrada principal cuando, sentado en uno de los bancos de la plaza, con las largas piernas cruzadas, le pareció distinguir a Belman, el reportero del *Diario de Bolscan*. La subinspectora debía de estar en lo cierto porque el periodista, al verla, se levantó y fue hacia ella con la grabadora en la mano. Martina le dio la espalda y entró al palacio sin esperar a Horacio, al que los municipales exigieron una identificación. Cuando logró pasar, el archivero se perdió en el laberinto de la exposición, y no pudo encontrar a la subinspectora hasta que hubo dado la vuelta entera a la planta rectangular del recinto.

Martina se encontraba ya en la escena del crimen. El cadáver, sin embargo, no estaba en la sala azteca.

Una limpiadora terminaba de fregar la sangre del suelo. Junto a los expositores se veía un cubo de agua sucia, rojiza, y otro lleno de cristales procedentes de una de las lunas, reventada a golpes.

La subinspectora entendió que no le iba a resultar nada fácil establecer conclusiones en un escenario a todas luces pervertido.

—Márchese, por favor —le dijo a la limpiadora—. ¿Quién le ha ordenado fregar?

Un tanto atemorizada, la mujer señaló hacia una oronda figura embutida en una camisa blanca dos tallas pequeña. El estómago del inspector Buj dibujaba un globo a punto de estallar. Se le habían vuelto a caer los tirantes, y portaba la cartuchera como Pancho Villa.

El inspector impartía instrucciones a sus hombres, que lo rodeaban en círculo. El agente Carrasco se encaminaba hacia el Hipopótamo; al tropezarse con Martina de Santo, ésta lo detuvo.

—¿Por qué están limpiando?

—El inspector lo ha dispuesto así. No querrá que los políticos vean la sangre. De todos modos, hemos tomado las huellas.

—¿Dónde está el cuerpo?

El agente miró de reojo la espalda del inspector Buj, como si temiera informar a la subinspectora hallándose su superior al frente de la investigación. El tono de Martina se hizo imperativo.

—Responda, Carrasco.

El agente dio la razón a quienes aseguraban que aquella mujer estaba hecha de algún material insensible.

—Lo trasladamos a otra sala.

—Un cadáver jamás debe ser desplazado del lugar del crimen.

—Lo movimos a fin de analizar la piedra sobre la que la vigilante fue ejecutada.

—¿Se trata de una mujer?

—Sí.

—¿Nombre, edad?

—Sonia Barca —contestó Carrasco—. En cuanto a su edad... Le han despellejado la cara y buena parte del tronco, pero creemos que debía de ser muy joven. Y era su primera noche de turno.

—¿Qué más sabemos de ella?

—Apenas nada más.

—¿Qué tipo de arma se utilizó en el crimen?

—Sospechamos que un cuchillo de sílex. Había cuatro en la exposición, pero falta uno.

Martina entró en la última sala, dedicada a la silla eléctrica. El cadáver de Sonia Barca estaba extendido encima de una camilla, tapado por un lienzo. El forense, Ricardo Marugán, concluía su examen provisional. Era calvo y goloso, con una tendencia a engordar que esos días de Navidad se había manifestado libremente.

—Buenos días, subinspectora.

—Buenos días, doctor.

Martina se acercó al cadáver. El rostro de la víctima le hizo recordar esas láminas que se estudiaban en los manuales de Medicina. Habían desaparecido los párpados, los labios, las orejas. Del mondo y ensangrentado cráneo manaba un líquido incoloro. El tórax era una masa sanguinolenta.

—¿Cómo la mataron, doctor?

Marugán peroró:

—A fin de evitar la sugestión o el error, no suelo extraer conclusiones recién acabada la observación inicial, pero...

—¿Pero? —lo apremió Martina.

—Le quitaron la vida de una cuchillada.

—¿Una sola?

—Eso es —afirmó el forense, con rotundidad—. Asestada con violencia y precisión.

—¿Por un hombre?

—Yo diría que sí.

—¿Un solo hombre?

—Probablemente.

—¿Hubo resistencia por parte de la víctima?

—Tal vez. Pero debía de estar inmovilizada.

Martina señaló hacia la sala azteca.

—¿Tumbada sobre el altar del sacrificio?

El forense se estremeció.

—Allí, sí, desnuda, en posición de hiperlordosis, con la cabeza hacia atrás y las extremidades atadas.

—¿Cuál fue el ángulo de penetración de la hoja?

—El criminal se elevó verticalmente sobre ella, dejando caer los brazos con todo su ímpetu.

—¿Podría adelantarme la hora de la muerte, doctor?

—Le he tomado la temperatura del recto, pero...

—¿Pero?

Marugán la miró con enfado. Aunque había coincidido con la subinspectora en algún caso anterior, era la primera vez que hablaban a solas. Le habían asegurado que esa mujer policía acuñaba fama de implacable, y no habían exagerado un ápice.

El forense estimó:

—Al haberle sido arrancada buena parte de la piel, el cuerpo debió de enfriarse con mayor rapidez. He asegurado la data practicando una mínima incisión hasta alcanzar la cavidad peritoneal, a fin de poner en contacto la cubeta del termómetro con la cara interna del hígado. A falta de un examen más profundo, aseguraría por el momento que el deceso debió de sobrevenirle entre la una y las dos horas de la pasada madrugada.

—¿Margen de error?

—No podré estar absolutamente seguro hasta que no realice los análisis pertinentes.

La subinspectora quedó con el médico en pasar más tarde por el Instituto Anatómico Forense, y regresó a la sala azteca.

Tal como le había adelantado Carrasco, en la destrozada vitrina sólo faltaba una de las piezas expuestas, el cuchillo de obsidiana que presuntamente había ocasionado la muerte de Sonia Barca. Sobre las peanas reposaban otros tres cuchillos similares.

Martina se acercó a sus colegas de Homicidios, cuyos equipos aparecían desparramados por el suelo. Se puso unos guantes de látex, se aproximó a la vitrina, cogió uno de los cuchillos y lo sostuvo en las manos. Asimilando la sensación de poder que emanaba del arma, evaluó su peso y acarició sus cortantes filos. Observó el tétrico fulgor de la negra hoja de piedra, y de qué manera concentraba e irradiaba la luz.

Horacio la observaba desde un rincón, callado. Martina le ordenó:

—Póngase unos guantes y revise metro a metro el perímetro del edificio. En especial, el callejón. Recoja todo lo que encuentre: colillas, papeles... todo.

El archivero asintió y salió de la sala. El agente Carrasco entró un instante para advertir a la subinspectora:

—Acaban de presentarse los comisarios de la exposición. ¿Qué quiere que les diga?

—Que vengan aquí.

Néstor Raisiac y una mujer joven y morena, de aspecto distinguido, entraron en la sala azteca. Contemplando con indisimulado horror las manchas de sangre todavía frescas sobre el ara sacrificial, el catedrático se quedó paralizado junto a las vitrinas.

—Se temía usted lo peor, doctora Insausti, y estaba en lo cierto —dijo Raisiac, conmocionado, dirigiéndose a la mujer que le acompañaba—. Ha ocurrido una tragedia.

23

Pasados unos segundos, el comisario de la exposición aparentó rehacerse. Ahora, los ojos verdes de Néstor Raisiac examinaban a la subinspectora con una expectante severidad. Se había presentado en el museo en compañía de una de sus colaboradoras en la cátedra de Historia Antigua de la Universidad de Bolscan, la arqueóloga Cristina Insausti.

Néstor Raisiac vestía una chaqueta de ante, chaleco de piel con botones de madera, pajarita y un pantalón príncipe de Gales. La doctora, por su parte, llevaba un jersey de lana blanca de cuello vuelto y un pantalón crudo de tela, sin bolsillos, que realzaba su delgada figura.

—¿Qué ha sucedido, exactamente? —preguntó Raisiac.

—En circunstancias como éstas el cometido de exigir aclaraciones corresponde a la policía —repuso Martina—. No obstante, y teniendo en cuenta que son ustedes responsables de la exposición, en su momento les facilitaré los datos que considere oportunos.

—¿Quién es usted?

—Subinspectora De Santo. Homicidios.

—Díganos qué ha pasado —insistió Raisiac—. ¿O tendré que preguntarle directamente a mi buen amigo, y alcalde de la ciudad, Miguel Mau?

La referencia no impresionó a Martina, pero accedió a responder:

—Una persona ha muerto esta noche.

—¿Asesinada?

—Me temo que sí.

—¿Quién era?

—La guarda jurado.

—¡Una mujer, santo Dios! —exclamó Raisiac—. ¡Se lo decía, doctora! ¡Será una catástrofe para nuestra Fundación!

Martina le reprochó:

—No parece el mejor momento para inquietarse por intereses mercantiles.

Raisiac iba a manifestar su irritación, pero el aspecto impávido de la subinspectora le hizo moderarse.

—Recuerdo haber saludado a esa guarda de seguridad, hace unos días. Vino a familiarizarse con los sistemas de alarma. Alguien, uno de los funcionarios, me la presentó. Guapísima, una auténtica belleza. Y tan joven... ¿Quién ha podido matarla?

—No lo sabemos —contestó Martina.

—¿Cómo ocurrió? —siguió preguntando Raisiac—. ¿De un disparo?

—Tampoco lo sabemos con exactitud.

—¿No puede decirme nada más? —porfió el arqueólogo—. Los préstamos de las piezas proceden de distintos países. Voy a tener que justificarme ante una delegación de embajadores. El canciller de Guatemala todavía permanece en Bolscan. ¿Qué puedo explicarle?

—De momento, nada —le aconsejó Martina.

—¿Por qué? —estalló Raisiac— ¿Porque nadie sabe nada?

—El crimen se cometió en esta sala —repuso la subinspectora, con paciencia.

—¿Sobre el ara sacrificial? ¿Mataron a esa mujer en un acto ritual?

Martina no contestó. La doctora Cristina Insausti se encaró con ella.

—¿Puedo preguntarle, subinspectora, por qué ha cogido uno de esos cuchillos?

Martina seguía sosteniendo el arma en la diestra. Repuso:

—Trataba de establecer una hipótesis.

La pareja de arqueólogos guardó silencio. Raisiac sondeó:

—¿Una hipótesis sobre el modo en que fue cometido el asesinato?

La subinspectora contestó con otra pregunta:

—¿Podrían describirme la mecánica del sacrificio azteca?

Raisiac tosió. Desde la puerta principal del palacio, una corriente de aire frío se distribuía por la exposición.

—¿Quiere saber de qué manera los sacerdotes llevaban a cabo las ofrendas?

—Eso es.

El catedrático contempló con mirada grave el ensangrentado altar y accedió a ilustrar a la mujer policía:

—Los cautivos, desnudos, eran conducidos de uno en uno hasta la capilla del templo. Cuatro sacerdotes los tendían sobre el ara y sujetaban sus extremidades. El sumo sacerdote alzaba el cuchillo y, con pericia, de un solo golpe, les abría el tórax. Enseguida, introducía una mano por la herida, les arrancaba el corazón, cortaba sus venas y lo ofrendaba al sol. Las víctimas se agitaban en espasmos, hasta que se enfriaban sus cuerpos, que serían arrojados, palpitantes aún, gradas abajo. Hemos de imaginarnos el inmisericorde sol, la vertiginosa pirámide, las máscaras de animales, los cuerpos pintados, emplumados, el redoble de los tambores...

—Puedo representarme todo eso, profesor. ¿Querría hacerme ahora una demostración práctica?

—No, creo que no.

La doctora Insausti señaló uno de los paneles laterales.

—En aquel expositor hemos incluido grabados de los antiguos códices indígenas, donde se muestra de qué forma ejecutaban el supremo ritual los sacerdotes afectos al culto de Xipe Totec.

Martina y la arqueóloga se aproximaron a los códices. La subinspectora observó con atención los grabados y tendió el cuchillo a la profesora.

—Cójalo y realice el simulacro.

La doctora Insausti objetó:

—Dejaré mis huellas.

—¿Eso le preocupa? —incidió Martina.

Ante el sesgo que estaba tomando la conversación, Néstor Raisiac sonrió conciliadoramente.

—La doctora Insausti y yo manipulamos las piezas al montar la exposición. Encontrarán nuestras huellas en muchos de los objetos. Suelo recomendar a los curadores y correos el uso de guantes, pero debo admitir que yo mismo incumplo la norma. Personalmente, nunca he sido capaz de renunciar al placer de tocar esas reliquias. Es como si su tacto me transmitiese algo especial.

—¿Llegó usted a tocar estos cuchillos de obsidiana? —quiso asegurarse la subinspectora.

—Desde luego. Yo mismo los desembalé, los clasifiqué y los coloqué en sus peanas.

—¿Qué sensaciones le transmitieron?

El arqueólogo entrecerró los ojos.

—Economía —murmuró.

—¿Perdón?

Raisiac adoptó un aire académico.

—La práctica sacrificial, entre los aztecas, y probablemente también entre los mayas, reunía, además de su propio significado ritual, religioso, imperial, un sentido regenerativo.

—Me temo que no alcanzo a entenderle —se sinceró la subinspectora.

Raisiac se mostró comprensivo.

—Los sacrificios resultaban decisivos para la supervivencia de la etnia, pues contribuían a renovar su energía, a afirmar y sostener sus fundamentos como pueblos dominantes. Suponían, en primer término, una ofrenda a los dioses, pero implicaban también un significante de autorregulación de su propia expansión jerárquica y demográfica.

—¿Un tributo?

—Básicamente —aprobó el historiador, con el tono en que se habría dirigido a un alumno—. Aunque habría que matizar ese concepto.

—El cuchillo de obsidiana comunica asimismo piedad —agregó Cristina Insausti.

—Explíquese —le solicitó Martina.

La doctora se ahuecó la melena. En la muñeca izquierda llevaba unas pulseras de cuentas, que chocaron entre sí, produciendo un rumor de cascabeles.

—Las víctimas eran, hasta cierto punto, habitantes privilegiados de las ciudades-estado. Se hallaban privadas de libertad, cierto, pero recibían la consideración de sus captores. Eran alimentadas con las mejores viandas. Los médicos cuidaban de su salud, preocupándose de que comieran y durmieran debidamente. Los niños jugaban con los cautivos, las mujeres les obsequiaban sus mejores abalorios y los sacerdotes les animaban a no padecer temor alguno, preparándoles para entregar sus vidas con la confianza en una recompensa cósmica.

—¿Cree que la mujer que ha sido asesinada esta noche acaba de ingresar en el paraíso de los aztecas? —aventuró Martina, con un deje de ironía en la voz.

—No, supongo que no.

—¿Querría hacer ya el simulacro, doctora?

Cristina Insausti cogió el cuchillo que le ofrecía Martina y se dirigió al altar de piedra. La sangre de la víctima se había absorbido en la superficie porosa, pero todavía brillaba a la luz de los focos. La arqueóloga se situó a un lado del ara, alzó los brazos y dejó caer el cuchillo, que trazó un silbido en el aire.

—Sólo le ha faltado un detalle, doctora —apuntó Raisiac.

—¿Cuál? —preguntó la subinspectora.

—Cambiarse el cuchillo de mano varias veces, justo antes de asestar el golpe letal —pormenorizó el arqueólogo—. De esa manera, por el efecto de la hoja al reflejar el sol, el cautivo accedería a la última visión de su existencia terrena: la mariposa de obsidiana aleteando ante sus ojos, anticipándole el milagro de la reencarnación en la luz solar, la radiante promesa de la vida eterna.

La doctora Insausti devolvió el cuchillo a Martina. La subinspectora lo depositó en la vitrina, sobre su peana.

—¿De dónde proceden los cuchillos, de México?

—Estas piezas, en concreto, proceden de los templos de Tikal, en plena selva guatemalteca del Petén —precisó Raisiac—. Civilización maya. Para serle sincero, en la producción de la muestra nos tomamos ciertas libertades, dependiendo de la disponibilidad de los préstamos. Los Museos Nacionales de México y Guatemala han contribuido por igual. Las civilizaciones maya y azteca guardan numerosos puntos en común. Ya que parece tener tanto interés por estas armas, le diré, subinspectora, que la fábrica y uso ritual de los cuchillos de obsidiana obedecían, en ambos pueblos, a similares patrones.

En ese momento, Horacio Muñoz apareció en la sala. El archivero se quedó en un rincón, para no interferir.

—Todo cuanto están refiriendo me parece sugerente en grado sumo —dijo Martina—, pero preferiría posponer esta conversación al interrogatorio policial que deberé formularles en su calidad de comisarios de la exposición.

El catedrático se atusó la pajarita. Martina le comunicó:

—Le veré por la tarde, a las cuatro. Si no quiere desplazarse a Jefatura, puedo visitarle en su despacho de la facultad.

Raisiac se pasó una mano por el lustroso y blanco pelo. Lo llevaba peinado hacia atrás, y apelmazado con fijador.

—¿Qué tal en mi casa? Hablaremos con más tranquilidad.

Martina se mostró de acuerdo.

—Facilítele las señas al agente Muñoz. No me olvido de usted, doctora Insausti. La llamaré en cuanto tenga un momento, no se preocupe. Déjenos un número de teléfono, y vaya intentando recordar los nombres de todas y cada una de las personas que vieron o tocaron las piezas de la exposición, antes de la inauguración de la muestra. Ahora no tengo más remedio que invitarles a abandonar el palacio. Le veré esta tarde, profesor Raisiac.

24

Los arqueólogos salieron de la sala azteca. Martina preguntó a Horacio Muñoz:

—¿Ha terminado de rastrear el perímetro del edificio?

—Sí. Me concentré en el callejón, como usted me indicó.

—¿Encontró algo de interés?

—Una docena de colillas, chapas de botellas, papeles y... esto.

Horacio abrió la palma de la mano para mostrar dos cápsulas rosadas del tamaño de una uña de su dedo meñique.

—Estaban en el callejón, junto al bordillo. ¿Procedo a clasificarlas?

La subinspectora las cogió y las observó con curiosidad.

—Quédese una de estas cápsulas y trate de averiguar a qué medicamento corresponden. Yo guardaré la otra.

A continuación, la subinspectora se concentró en inspeccionar con minuciosidad el interior del Palacio Cavallería.

En primer lugar, estudió las cerraduras de las dos puertas de la entrada principal. Pidió a los agentes municipales que la ayudasen a entornar los gruesos portones de roble, e indicó a un agente de su brigada que tomase huellas en la superficie de cristal blindado de la puerta de seguridad. Luego, de forma ordenada, según la iban orientando las flechas que comunicaban entre sí las distintas salas, recorrió la muestra sobre la Historia de la Tortura.

Una vez hubo realizado el itinerario, volvió sobre sus pasos, echó un vistazo a los espacios muertos del museo y se dirigió al fondo de la nave, cuya fachada posterior quedaba cerrada por otro portón protegido por una barra de acero. Finalmente, Martina reparó en el tercer y último hueco en el muro: la pequeña puerta lateral incrustada en la fachada suroeste, junto al chaflán.

La subinspectora dibujó en su libreta un croquis del palacio, con sus tres puertas, y señaló el punto exacto donde se hallaba ubicada la sala azteca. Equidistante de ambos portones principales, pero más alejada de la puertecita lateral.

Martina retornó al espacio precolombino, se acuclilló junto al altar de la muerte y observó detenidamente su basamento y pátina, y de qué modo la sangre de la víctima había resbalado y goteado hasta caer al suelo. Después, avanzó por el laberinto de cadalsos y tormentos, hasta detenerse en la sala de la guillotina y analizar las huellas de pisadas ensangrentadas. Encorvada, cruzó el vestíbulo y, muy lentamente, escrutando cada losa, cada esquina, se deslizó hacia los espacios muertos situados detrás de los telones. A unos veinte metros de la sala azteca, junto al portón de la fachada posterior y a una columna adosada al muro, distinguió varias gotas de un líquido rojo oscuro.

—¡Carrasco! —llamó.

Su compañero estaba atendiendo a Buj, y no se apresuró en aproximarse.

—Mire.

El agente se arrodilló en el piso.

—Parece sangre.

—Es sangre —corroboró la subinspectora—. El diámetro de las gotas indica que cayeron verticalmente, y yo diría que desde una cierta altura. Tomen muestras y comparen los resultados con el tipo sanguíneo de la víctima. Quiero una analítica completa.

—Descuide —asintió Carrasco—. Yo mismo trasladaré las muestras al laboratorio.

—Quisiera pedirle otro favor, Carrasco. ¿Puede llamar a un camión de bomberos?

El agente no pudo adivinar el motivo.

—¿Con qué propósito?

—¿Se le ocurre una manera más rápida de subir allá arriba?

Martina señalaba el artesonado. Deslumbrado por los focos, Carrasco elevó los ojos hacia la techumbre.

—¿Adónde?

—Hasta el lugar por donde descendió el criminal. Hasta esa galería de arquillos abierta bajo el artesonado.

—¿El asesino entró por ahí?

—No tardaremos en comprobarlo. Advierta a los bomberos que traigan una escala mecánica. Salcedo subirá conmigo. Haga precintar esta zona y comprueben si aparecen otros restos de sangre. Es posible que encontremos fibras sintéticas procedentes de una cuerda o de una soga.

—¿Qué cree que está haciendo?

Buj acababa de irrumpir en la escena. Había estado observando el peculiar examen de campo de su colaboradora, y escuchado sus últimas palabras. El Hipopótamo tenía el rostro congestionado, y cara de pocos amigos.

—Prepararme para subir hasta lo más alto —repuso la subinspectora—. Y no es una metáfora.

—Ya la he oído. Porque tengo orejas para oír.

—¿Y ojos para ver?

—Más agudos que los suyos, De Santo. Por eso le digo que el sádico no pudo entrar por el tejado.

—¿Por dónde lo hizo, entonces?

Buj señaló la puertecita del chaflán.

—Por aquella entrada. La cámara de la puerta principal no registra movimientos desde la tarde de ayer, y la vigilante nocturna, según acabo de enterarme por el zoquete del bedel, no disponía de llaves del portón trasero. De manera que sólo nos queda esa posibilidad.

—Por eliminación.

—Eso es —Buj la miraba, retadoramente.

—He comprobado esa puerta auxiliar. Es evidente, inspector, que no ha sido abierta desde hace mucho tiempo.

El Hipopótamo soltó un bufido.

—No sé qué está tramando, De Santo, pero piénselo dos veces antes de jugarme alguna mala pasada. Ahora tengo que volver a Comisaría. Infórmeme de cuanto suceda aquí.

—¿Significa eso que me deja al frente del caso?

Buj volvió a emitir un sonido gutural y se encaminó a la salida del palacio. En cuanto hubo desaparecido, Martina ordenó a Carrasco:

—Quiero esa unidad de bomberos. ¡Ya!

25

Sin embargo, el camión demoró alrededor de un cuarto de hora en arribar a Cavallería. Los bedeles se encargaron de abrir el portón de la fachada posterior, por el que el vehículo entró casi milagrosamente. Consumada la maniobra, el camión quedó en posición, bajo la galería de arquillos, con el motor apagado. Una escala de acero fue desplegándose hacia el artesonado.

—¡Arriba, Salcedo! —ordenó Martina.

—¿No va a comprobar esa puerta lateral? —preguntó Carrasco.

—Hágalo usted.

Salcedo combinó con Carrasco un gesto de resignación, se quitó la chaqueta y empezó a subir los elevados peldaños de la escalera detrás de la subinspectora. Horacio, desde abajo, los observaba con una curiosidad no exenta de inquietud. Ni Martina ni Salcedo habían tomado precaución alguna. Los arneses que deberían haberles sido asignados proseguían en poder de uno de los bomberos, que parecía desconcertado, sin saber cómo actuar.

—¿A qué espera usted? —le urgió Horacio—. ¡Suba con ellos, pueden necesitar ayuda!

En el caso de Martina, no lo parecía. La subinspectora había trepado la escala con pasmosa facilidad y esperaba a Salcedo a horcajadas de la torreta. Horacio vio cómo Martina, de puntillas, se esforzaba por presionar una de las láminas de alabastro que ocluían los arquillos. La primera losa no cedió, pero la segunda, al ser empujada, se deslizó en sentido lateral. Originando un fuerte ruido, cayó al interior de la falsa.

—¿Se encuentra bien, subinspectora? —gritó Horacio—. ¡Deje de arriesgarse!

Pero Martina se había encaramado al hueco y ascendía a pulso hasta la galería. Cuando su cuerpo desapareció, engullido por la oscuridad, Horacio contuvo el aliento. Unos segundos después, el busto de Martina asomó por el vano.

—¡Vamos, Salcedo! ¡Le estoy esperando!

El agente había conseguido encimar la escalera, que, pese a apoyarse contra una de las columnas adosadas al muro y permanecer calzada en el friso de ladrillos, oscilaba bajo el peso del policía y del bombero que le seguía unos peldaños más abajo. Martina estiró los brazos y ayudó a Salcedo a reunirse con ella. La figura del agente se desvaneció en la falsa.

—¿Qué diablos hay arriba? —preguntó Horacio a uno de los ordenanzas.

—Yo sólo estuve una vez —repuso el bedel—. Fue hace ya muchos años, en época del anterior alcalde, el de Franco. La galería es estrecha y baja. Las palomas se habían abierto paso y tuvimos que subir para limpiar aquello. Pero lo hicimos por el exterior, con un andamiaje. Se había roto una de las planchas de alabastro, y por el boquete entraban los pájaros. Anidaron, incluso. Tardamos varios días en limpiarlo todo. No fue agradable, se lo puedo asegurar.

—¿Las planchas de alabastro no están consolidadas?

—Son piezas individuales, y algunas ajustan mal.

—Entonces, ¿alguien pudo haber entrado por esa vía la pasada noche?

—Teóricamente, sí.

—¿Cómo no nos previno?

—No se me ocurrió. Además, ¿de qué manera iba a descender nadie desde semejante altura?

—Apostaría a que la subinspectora está a punto de resolver esa cuestión —aventuró Horacio.

En el interior de la claustrofóbica galería, Martina tuvo que encogerse para poder avanzar. Salcedo, que era corpulento, la siguió a duras penas. El piso era de madera, a base de tablas irregulares, y se hallaba en mal estado.

—¿A quién se le ocurriría hacer este maldito pasadizo aéreo? —protestó Salcedo.

—En el siglo diecisiete ya existían los espías —repuso Martina—, y en aquella época un desván resultaría muy útil para ver sin ser visto. Tal como anoche hizo el criminal.

La atmósfera de la falsa resultaba asfixiante. El aire era irrespirable. Una litúrgica luz se transparentaba a través de las planchas de alabastro.

Sobre el polvo acumulado en las tablas, Martina descubrió unas huellas planas. La suela carecía de dibujo.

—Fíjese en esto, Salcedo. Coinciden con las de la sala de la guillotina.

—Son unas pisadas muy extrañas, subinspectora. Como de unas zapatillas ligeras. ¿No estaremos buscando a un funambulista?

—¿Por qué lo pregunta?

—Porque hay un circo en la ciudad. Yo mismo llevé a mis chicos la otra tarde. La función incluye un número de trapecistas. Apostaría a que actúan con zapatillas de ese tipo.

—Ya —dijo la subinspectora, pero su mente especulaba en otra dirección—. Quien pudo descender desde semejante altitud debe poseer unas cualidades atléticas fuera de lo común.

—Por eso lo digo, subinspectora —se ratificó Salcedo—. Valdría la pena investigar en ese circo. Los trapecistas eran tres, dos hombres y una mujer. Se hacen llamar los Corelli.

—¿Como el músico?

—¿Perdone?

—Olvídelo, Salcedo —sonrió Martina—. En cuanto terminemos aquí, encárguese de verificar sus coartadas. Concentrémonos ahora en encontrar la liana.

—¿Qué liana?

—La que se utilizó para el descenso, claro está. ¿O cree que sus trapecistas han aprendido a volar sin red?

En la galería no había nada más que un amarillento pedazo de periódico, pegado a las tablas por la acción de la humedad. Martina comprobó su fecha y sonrió para sí: coincidía con el vuelo imaginario de aquel vagabundo que años atrás sorprendió a los vigilantes colándose en el palacio.

La subinspectora retrocedió para analizar las planas y leves huellas que se concentraban en un reducido entorno, como si su dueño hubiese permanecido acuclillado, quieto, observando lo que sucedía abajo. Frente a las pisadas, una de las planchas de alabastro mostraba una superficie algo más limpia, acaso desempolvada con el dorso de una mano. La subinspectora forcejeó con esa lámina, hasta descorrerla. Cuando lo hubo conseguido, asomó la cabeza. Abajo, un empequeñecido Horacio Muñoz permanecía entre la dotación de bomberos, expectante.

—¿Han encontrado algo, subinspectora? —gritó el archivero.

—¡Bajó por aquí, con una cuerda, o bien deslizándose por la columna adosada al muro!

—Imposible —estimó Salcedo, observando la superficie lisa de la columna, y la enorme altura que separaba su capitel del suelo—. ¿Y cómo tensó y sujetó la cuerda? No hay nada donde amarrar un cabo.

—Esa marca —le indicó Martina, señalando una hendidura en la tablazón, junto a la calza del arco. El anclaje. Debió de utilizar una herramienta rígida. Un pico pequeño o un piolet.

—En ese caso —objetó Salcedo—, la vigilante habría oído el ruido.

—No necesariamente.

—Lleva razón —admitió Salcedo—. Uno de los ordenanzas ha declarado que, cuando entró al museo, justo antes de descubrir el cadáver, la música ambiental estaba muy alta.

—Eso explicaría su impunidad. ¡Horacio! —exclamó la subinspectora—. ¿Quiere hacerme el favor de ordenar que cierren las puertas, que apaguen las luces y que conecten la música al máximo volumen?

El archivero impartió las órdenes. La nave del palacio quedó en penumbra. Los altavoces comenzaron a desgranar una sinfonía fúnebre, acorde a los contenidos de la exposición.

Desde la altura en que se encontraban los dos policías, la cámara oscura quedaba apenas iluminada por los apliques de las vitrinas, regulados por un circuito independiente al sistema general de iluminación. A través de los telones, los mínimos focos de los expositores dibujaban con precisión el laberinto de la muestra. Dos lucecitas rojas señalaban los pilotos situados sobre la puerta de entrada, junto al mostrador de recepción.

La subinspectora reflexionó:

—Pudo hacerlo. Un experto en escalada libre habría descendido por la columna, pero definitivamente no lo era, porque prefirió descolgarse por una cuerda. Oculto tras los telones, acecharía a la vigilante aguardando el momento oportuno para atacarla. La asesinó, volvió a trepar por la cuerda y huyó.

—¿Por dónde? —preguntó Salcedo.

Martina tanteó una tras otra las láminas de alabastro que daban a la fachada norte. Una de ellas se descorrió. Un metro más abajo, en el exterior, la fachada disponía de una cornisa ornamental de ladrillo, que ofrecía puntos de apoyo. El mismo friso se repetía, simétrico, unos metros más abajo.

—¿Descendió por aquí? —dudó Salcedo, asomándose al hueco; la acera de la pequeña plaza abierta en la parte posterior del palacio parecía imposible de alcanzar.

En ese instante, se oyó un fuerte crujido y el frágil piso de la falsa se abrió bajo los pies de los agentes. Una lluvia de tablas se derrumbó hacia la nave. Salcedo, arrodillado junto al vano, tuvo el reflejo de aferrarse a uno de los arcos. La subinspectora, de un ágil salto, logró desplazarse y evitar la caída. Durante unos interminables segundos, el cuerpo de Salcedo se balanceó pendularmente.

Martina miró hacia abajo. Horacio gesticulaba, mientras los bomberos corrían de un lado para otro.

—¡El camión! —voceaba el archivero—. ¡Muevan el camión!

La escala, desviada de sus puntos de apoyo, había quedado a unos tres metros de la cornisa donde Salcedo permanecía colgado.

—¡Aguante! —volvió a gritar Horacio; su voz retumbó en la nave.

Se oyó el motor del camión, y la rígida escala avanzó con precaución hacia el policía. Desde el suelo podía verse cómo Salcedo sepultaba la barbilla en el esternón para concentrarse en el esfuerzo de sostener sus ochenta y cinco kilos de peso. La subinspectora había enlazado sus manos con las que le tendía el bombero encaramado a la torreta. De inmediato, rescataron también a Salcedo. Horacio emitió un suspiro de alivio.

—Creí que no lo contaban, subinspectora —se congratuló el archivero, cuando Salcedo y ella pisaron suelo firme—. Les ha faltado el canto de un duro.

—Necesito esas huellas —dijo Martina—, así como comprobar la posible existencia de fibras procedentes de la cuerda.

—No creo que sea posible volver a subir allá arriba —opinó Horacio, alzando la vista hacia el ancho agujero que el derrumbe había abierto en el desván.

El archivero se agachó y recogió uno de los tablones.

—Carcoma —dictaminó, soplando el serrín—. Han tenido mucha suerte. Las tablas pudieron ceder apenas pisarlas. Y, en ese caso...

—Insisto en que necesitamos esas huellas —reiteró Martina—. Encárguese de ello, Salcedo. Me da igual que vuelvan a subir o que decidan desmontar la galería entera. Tómese todo el día, si hace falta, y requiera los medios que sean necesarios. Tengo que hablar con el comisario. ¿Dónde hay un teléfono?

—En recepción —indicó Horacio.

Martina se precipitó al aparato, que disponía de tres líneas. Dos de ellas, internas, comunicaban con distintas dependencias del Ayuntamiento, con la concejalía de Cultura, concretamente, y con la unidad fija de la Policía Local destinada en el Consistorio. La tercera era externa.

Martina reparó en que la centralita del palacio disponía de un sistema de grabación. Rebobinó y se dispuso a escuchar la cinta.

En primer término, el altavoz reprodujo una insulsa charla entre uno de los bedeles y alguien, otro funcionario, seguramente, del departamento cultural. El ordenanza reclamaba más folletos y catálogos de la exposición.

A continuación, la cinta grabada en el teléfono de recepción del Palacio Cavallería reprodujo el siguiente diálogo:

—Tengo ganas de ti.

—Yo también tengo ganas.

—¿Estás mojada?

—Sí.

—¿Quieres que vaya a por ti?

—Es mi primera noche. No sé...

—¿Quién se dará cuenta? Nos lo montaremos en el museo. Será muy excitante. En una hora tendrás palanca. Espérame discurriendo alguno de tus jueguecitos. Instrumentos no te van a faltar.

—Tendría que abrirte la puerta y...

—En todo caso, pensarán que soy el vigilante de refuerzo. Nos lo hacemos y me vuelvo a mis putas naves. ¿Cuál es el problema?...

La subinspectora volvió a escuchar la grabación. Resultaba evidente que esa conversación había tenido lugar poco antes del crimen, y que una de las voces correspondía a la de la mujer asesinada. La otra voz era de un varón, pero nada viril.

Pensativa, Martina guardó la cinta.

26

—¿Qué sabe usted de la obsidiana, Horacio?

Estaban junto a la puerta de entrada del palacio. Un sol tímido se esforzaba en disipar la niebla matinal.

—No gran cosa, a decir verdad. Sé que es de color negro, y creo que se parece al sílex, en algunas de sus características y usos. ¿Es una roca granítica?

La subinspectora señaló un banco en la plaza. Se encaramó al respaldo, apoyando las botas en el asiento, encendió un cigarrillo y lo sostuvo en la comisura de la boca.

—La obsidiana es una roca vítrea, de origen volcánico.

Horacio se sentó junto a ella, correctamente.

—Me suena que abundaba en el antiguo México.

—Hubo canteras y minas, y se extraía con regularidad. Cuando yo tenía catorce años, mi padre nos invitó a unas vacaciones en la península de Yucatán. Él se pasó toda la vida viajando, de una punta a otra del globo, pero nunca se quejaba por ello. Solía decir que viajar era la mejor manera de descansar. Permanecimos en Yucatán alrededor de dos meses.

—¿Tanto se aficionó a los mariachis? ¿O le dio por el tequila?

Martina sonrió. El cáustico humor de Horacio no era muy distinto al suyo.

—Puede creerme si le digo que aprovechamos el tiempo. Tengo el recuerdo de haber visitado varios museos, y de haber ascendido a numerosos templos. La primera vez que oí hablar de la obsidiana fue en las pirámides de Chichen Itzá. Mi padre compró un ajedrez, que todavía conservo, cuyas figuras están talladas en esa piedra.

—Me debe una revancha al ajedrez. En la última partida me liquidó en quince jugadas.

—Pude despacharle antes, pero me dio pena.

—¿Eso es cuanto le inspiro, compasión?

—Una mujer no debe desvelar lo que le inspira un hombre.

—¿Por qué?

—Porque en ese momento quedaría a su merced.

—Caramba, subinspectora, qué drástica es usted. Ahora comprendo que permanezca soltera.

—Estuve a punto de casarme una vez.

—¿De verdad? ¿Con quién?

—Con un error. ¿Seguimos hablando de la obsidiana?

—¿Esa roca es tan dura como su corazón?

—Un poco menos —sonrió Martina—. Desde un principio, la obsidiana estuvo asociada al sacrificio y a la guerra. Con ella, o con pedernal, se fabricaban navajas y puntas de lanza, talladas a percusión sobre los bloques de cantera. ¿Se ha fijado en los cuchillos de la exposición? Su superficie facetada podría cortar en cualquier ángulo, y los filos siguen siendo tan agudos como en el momento en que fueron desbastados y pulidos. Las ofrendas humanas se ejecutaban siempre a filo de obsidiana.

Horacio trataba de refrescar en su memoria algunas lecturas históricas mal asimiladas, pero no pasó de representarse a un emplumado Moctezuma postrado de rodillas ante Hernán Cortés.

Martina añadió:

—Me llamó la atención que Néstor Raisiac admitiese que esos cuchillos, pese a exhibirse en una sala dedicada a los aztecas, fuesen de origen maya.

—Ciertamente, parece raro —coincidió Horacio—. ¿Ese detalle esconde algún significado oculto para usted?

—No lo sé, pero hay algo extraño en ello.

—¿Y qué me dice del ídolo? —preguntó el archivero—. ¿Esa estatua está relacionada con el crimen?

—La talla de Xipe Tótec, que resultó salpicada con la sangre de la víctima, es de procedencia azteca —afirmó la subinspectora, con seguridad—. No necesité consultar a Néstor Raisiac para reconocer su estilo. Es obvio que los comisarios concibieron la exposición a su conveniencia, según la disponibilidad temporal de los préstamos patrimoniales. Nadie, en puridad, salvo algún pedante, iba a protestar por el hecho de que, en el contexto de una muestra divulgativa, la sala azteca dedicada a sacrificios humanos incluyese algunas piezas de obsidiana muy anteriores, procedentes de los alrededores de Tikal, en la selva del Petén, en pleno corazón de la civilización maya.

—Parece usted advertir en esa licencia, además de un anacronismo, una cierta anomalía —redundó Horacio—. Pero quizá Raisiac pueda justificarlo. La explicación podría ser tan simple como que no dispusiera de cuchillos aztecas.

—Tal vez —murmuró Martina, pero en absoluto parecía persuadida—. Mi padre era un apasionado de las civilizaciones antiguas. Creo que iré a dar un vistazo a su biblioteca. Después le veré, Horacio.

—Mientras tanto, me acercaré al laboratorio, a ver si averiguo qué son esas cápsulas rosadas que aparecieron en el callejón. La llamaré en cuanto lo sepa.

—¿No le echará en falta su mujer?

—Se conforma con que aparezca a dormir.

Martina fingió escandalizarse.

—¡Eso suena muy antiguo, Horacio!

—Soy antiguo. Me gustan las películas mudas, los coches de época, los casos complejos y las mujeres difíciles.

—¿Debo responder por alusiones?

—Usted no es difícil, Martina; es imposible. A veces, dudo que tenga existencia real.

La subinspectora le dedicó una de sus sonrisas de ángel caído del cielo. El sol le dio en la cara, y transparentó su piel.

27

Martina cogió el coche y se dirigió a su casa. Pensó que una ducha aliviaría su malestar, pero se limitó a subir a su dormitorio y a cambiarse de chaqueta, una de cuyas hombreras se había desgarrado como consecuencia del derrumbe de la falsa del Palacio Cavallería.

Hizo café y llamó por teléfono al comisario para informarle del hallazgo del cuerpo de Berta Betancourt (cuyo suicidio él ya conocía por el inspector Buj) y de la grabación telefónica del museo, con las voces de Sonia Barca y de un desconocido que se proponía encontrarse con ella más o menos a la hora en que fue cometido el crimen en la sala azteca. Satrústegui asimiló esas novedades.

—¿Ha almorzado ya, Martina?

—No.

—¿Tiene hambre?

—No podría comer nada.

—Algún día tendrá que explicarme de qué se alimenta. Son casi las tres, pero déjeme que insista en invitarla a un restaurante. Creo que a ambos nos vendría bien reponer fuerzas y recapitular sobre todo lo sucedido desde el día de ayer.

—Tengo una cita con Néstor Raisiac, a las cuatro, pero puedo ofrecerle un whisky rápido.

—De acuerdo. Espéreme, no tardaré.

Mientras aguardaba a su superior, Martina comparó la voz masculina de la grabación del Palacio Cavallería con aquella otra que la había amenazado de muerte, dejando su siniestro mensaje («No encontrarán... sino tu piel») en su contestador. No se parecían en nada. Las inflexiones y el tono eran disímiles.

La subinspectora puso en una bandeja una botella de malta, vasos y una cubitera de hielo, y salió al porche. Limpió de hojas de acacia la mesa de mármol, espigó un par de monografías en la biblioteca étnica de su padre y estuvo leyendo y fumando hasta que el coche de Satrústegui se detuvo ante la verja.

El comisario avanzó hacia ella con aire paternal, pues esperaba encontrarla alterada. Al verla tranquila, con un volumen sobre los mayas y la primera copa casi vacía, le tendió la mano abiertamente. Martina se la estrechó con firmeza, pero Satrústegui pudo sentir su ausencia de calor. El comisario pensó que la sangre de aquella mujer era más fría.

La expresión de Martina se revelaba remota, como si su mente estuviera lejos de allí. La subinspectora le ofreció una copa.

—Lo tomo con mucho hielo, ¿y usted?

—Estando en ayunas, lo prudente será imitarla.

—Siento no poder ofrecerle nada de aperitivo.

—No suele hacer la compra, ¿verdad? —sonrió Satrústegui.

—Me deprime.

—También a mí —se solidarizó el comisario, sentándose en una butaca de mimbre y arrimándose a la mesa para coger el mechero de oro de la subinspectora—. Antonia me ha pedido formalmente el divorcio —añadió, encendiendo un cigarrillo y tosiendo al tragar el humo—. Supongo que la mala noticia ya es oficial.

—Lo lamento.

Satrústegui hizo un gesto de aparente resignación. Martina pensó que su procesión iba por dentro.

—Se lo agradezco, subinspectora. Podré sobrevivir, en cuanto organice mi vida doméstica. Mi madre solía decir que necesitaba una muchacha para mí solo, y eso que éramos cinco hermanos. De todos modos, la invitación que antes le formulaba queda en pie. Podríamos trasladarla a la noche de mañana. Estrenan *Antígona* en el Teatro Fénix, y me han enviado dos invitaciones. He pensado que quizá no le importaría acompañarme.

—Como usted desee.

El comisario se envaró.

—No era mi intención impartirle una orden.

—Me apetece, en serio —se enmendó ella, dedicándole una sonrisa algo más animosa.

Sin embargo, Satrústegui coligió que seguía ausente, y que su cordialidad no era espontánea.

—Hace siglos que no voy al teatro —agregó la subinspectora—. Me encantará ver la obra.

—Confirmado, entonces —resolvió el comisario, como temiendo que ella se arrepintiese.

El hecho de que, a pesar de su falta de entusiasmo, aceptase ser su pareja, le había llenado de satisfacción y, allá por el nebuloso fondo de su masculinidad, de una imprecisa expectativa. Sin embargo, Satrústegui recordó que había trabajo pendiente.

—¿Tiene alguna idea, subinspectora, de quién ha podido cometer el crimen del Palacio Cavallería?

—Es pronto para extraer conclusiones, pero no podemos descartar a la pareja de la víctima.

El comisario palideció.

—¿A quién se refiere?

—Al hombre que habló por teléfono con Sonia Barca poco antes de su muerte. Tengo la grabación. Es explícita. ¿Quiere escucharla?

Satrústegui hizo un gesto dilatorio, como si estuviera reflexionando en otra cuestión. Sostenía el vaso de whisky en el hueco de las manos, haciendo sonar los cubitos de hielo.

—Por ahora, no tengo ganas de seguir especulando.

Martina le miró, extrañada.

—En tal caso, ya me dirá cuándo quiere escucharla. Ese individuo, sea quien sea, tiene una voz inconfundible. Aflautada, viciosa. Y otra cosa, señor. El criminal no entró al palacio por ninguna de las puertas, sino por la techumbre.

—¿Y cómo descendió desde semejante altura?

—Se deslizó por una cuerda. En la galería alta hay huellas de un anclaje y de pisadas que se corresponden con las del escenario del crimen.

Esta vez, su superior pareció interesarse.

—¿Qué dice la grabación?

—El hombre pide a la vigilante nocturna que le espere y que le abra la puerta. Hasta que él llegue al palacio, le anima a ir preparando uno de sus juegos.

—¿Qué clase de juegos?

—Del contexto de la conversación se desprende algún tipo de actividad sexual de carácter sadomasoquista. Da la impresión de que se proponían utilizar elementos de la exposición para excitarse eróticamente.

El comisario asintió con vigor. Su inercia se había transformado en una actitud policial.

—No sería la primera vez que un rito erótico desemboque en la muerte de uno de los partícipes. Debemos identificar e investigar a ese sujeto. Encárguese de ello, subinspectora.

—¿Significa eso que me encomienda el caso?

—Coordínese con el inspector Buj.

—Pero...

El comisario alzó una mano.

—¿Decía, Martina?

—Así lo haré, señor. Por otra parte, hay que profundizar en el pasado de la víctima. Es muy poco lo que sabemos de Sonia Barca. Por el lenguaje de la cinta, y por la manera como el hombre la trata, yo no descartaría que se tratase de una prostituta.

El comisario dejó la copa y se frotó las palmas. Su expresión estaba cambiando.

—No, no lo era.

—¿Cómo lo sabe? —se asombró la subinspectora.

—Porque yo la conocía.

La perplejidad de Martina se prolongó durante unos tensos segundos. Un gato callejero había asomado su hirsuto lomo por la valla. Saltó al jardín y se acomodó sobre la removida tierra de los parterres.

La explicación de Satrústegui fue concisa:

—Esa chica, Sonia Barca, la guarda jurado, trabajaba en El León de Oro, un local que frecuento esporádicamente.

La voz de Martina no registró inflexión alguna al observar:

—El cadáver estaba irreconocible. ¿Cómo ha sabido que pertenecía a esa mujer?

—Su nombre figuraba en el registro de los turnos de vigilancia —repuso Satrústegui, crispado—. Sonia Barca.

Es fácil de recordar. Supongo que lo habré oído en el bar, a algún cliente, o a los camareros, quizá. Empiece a investigar por ahí.

A la subinspectora le pareció poco habitual que a una camarera la llamasen por su nombre y apellido, pero, prudentemente, se reservó esa duda.

Eran las cuatro menos cuarto. Martina adujo que debía dirigirse a su cita con Néstor Raisiac. El comisario apuró su whisky y se levantó con pesadez, como si el malta le hubiera afectado.

—Estaré en mi despacho, subinspectora. Mañana tendremos aquí al ministro del Interior, que ha decidido no suspender su visita a pesar del último atentado, y debo ocuparme de cerrar sus horarios. Manténgame informado de su conversación con el arqueólogo. Por mi parte, despacharé con el inspector Buj, a fin de coordinar otros aspectos de la investigación. Según los datos de que disponemos, y suponiendo, subinspectora, que sus hipótesis sean certeras, buscamos a alguien de fuerte complexión y condiciones atléticas, capaz de escalar una fachada lisa de quince metros de altura y cometer un crimen ritual. ¿No es así?

—No he dicho que fuese un hombre, señor.

El enfado de Satrústegui fue evidente.

—Ya sé que no lo ha dicho, pero es obvio.

—¿Por qué?

—Las mujeres no matan de esa manera.

—Siempre hay una primera vez, comisario.

—No conozco a ninguna asesina capaz de reventar un torso con un cuchillo de pedernal.

—Tampoco he dicho que la ejecutora fuese una mujer.

—¿Hubo cómplices?

—Forzosamente tuvo que haberlos.

—¿Quiénes? —se alteró el comisario; incluso a él, a veces, el estilo parco de Martina le hacía perder los nervios—. ¿Miembros de alguna otra secta satánica, quizá?

La subinspectora no respondió. Satrústegui le dijo que debía volver al Palacio Cavallería para lidiar con los políticos que le estaban presionando para solucionar el caso y evitar la alarma social. Agradeció con cierta frialdad la invitación de Martina y cruzó el jardín con veloces pasos. Desde el otro lado de la verja, se oyó el motor de su coche.

Las nubes seguían acumulándose en el horizonte. No era seguro que no volviese a llover.

La subinspectora cogió su gabardina y su pistola y se encaminó hacia el Puerto Viejo. Según la dirección que llevaba anotada, Néstor Raisiac habitaba en uno de los *lofts* de la antigua fábrica conservera.

Un lugar, según recordaba Martina, del que nunca había desaparecido por completo el fuerte olor a pescado.

28

La peste a salmuera, en efecto, perduraba como adherida al Puerto Viejo. De los abandonados viveros fluía un agua rebalsada y sucia que las olas empujaban contra el malecón. Por doquier se veían, tiradas, rotas artes de pesca.

La restauración de la fábrica conservera había respetado las fachadas de la factoría, cuyo aspecto externo apenas había variado desde que albergaba la jornada laboral de decenas de mujeres afanadas entre las cajas de capturas, el hielo y la sal. Sin embargo, los espacios interiores habían sido distribuidos en amplios *lofts*, que serían adquiridos, a escandaloso precio, por adinerados ciudadanos de Bolscan que nada tenían en común, salvo, tal vez, la ilusión de vivir de una manera distinta, más original o bohemia.

El viejo muelle mercante, en franca decadencia desde finales de los años sesenta, cuando, al otro lado de la bahía, se construyeron dársenas más próximas al astillero, parecía diminuto comparado con las modernas instalaciones del Puerto Nuevo. Así, al menos, lo juzgó Martina, que no lo visitaba desde hacía tiempo. Las herrumbrosas grúas y los oxidados noráis la saludaron como silenciosos testigos de una ruina anunciada. En la punta del malecón, entre los contenedores, se acumulaba basura.

Los nuevos *lofts* habían respetado las ventanas ojivales de la fábrica, a través de las cuales debía de filtrarse la caliginosa luz de la bahía. Martina observó que los ojos de buey de la vivienda de Néstor Raisiac, situada en un extremo del edificio, se matizaban con finas persianas venecianas.

La subinspectora llamó al timbre. No tuvo que esperar. El propio Raisiac acudió a recibirla.

—Buenas tardes, subinspectora. Compruebo que le gusta la puntualidad.

—Suele ser una virtud inherente a mi oficio. ¿Olmeca?

Martina estaba señalando una enorme cabeza de piedra porosa que permanecía anclada en el vestíbulo del *loft*. Sus ojos ciegos, su ancha nariz y sus gruesos labios de piedra aparentaban sonreír, pero en su expresión latía algo atávico, vestigios de un cruento pasado.

—Acertó.

—¿Una pieza original, profesor?

—Ah, no —repuso Raisiac, con una jovialidad un tanto forzada porque el frío aspecto y el estricto tono de aquella mujer policía acababan de recordarle que estaba a punto de sufrir un interrogatorio encausado en un asunto criminal—. Un arqueólogo honesto jamás expoliaría un yacimiento y, por otra parte, el gobierno mexicano nunca habría permitido sacar del país una pieza arqueológica como ésa. Se trata de una reproducción en materiales sintéticos. Pero pase, por favor.

Néstor Raisiac seguía vistiendo la misma ropa con la que por la mañana se había presentado en el palacio. Idéntica pajarita, el mismo chaleco de ante, pantalones de lana a cuadros y un par de zapatos hechos a mano. Sus ojos inteligentes, color esmeralda, no disimulaban un poso de cansancio, como si hubiese estado trabajando sin pausa bajo una inapropiada luz, o como si la subinspectora lo hubiera sorprendido emergiendo de una siesta posterior a un almuerzo copioso.

—¿Puedo ofrecerle algo de beber? ¿Whisky?

—Acabo de tomar uno, gracias.

—¿Tequila, entonces?

—¿Por qué no?

—¿Con sal y limón?

—Solo, si no le importa.

—Como guste —sonrió el arqueólogo—. Yo lo tomaré al estilo nativo. Soy un hombre tradicional.

Mientras Raisiac se dirigía a la nevera para sacar dos vasitos helados, la subinspectora recorrió de un vistazo la amplitud del *loft*. Una tamizada penumbra confundía los contornos del abigarrado mobiliario y de la multitud de objetos artísticos que decoraban la ancha planta de la vivienda, que debía sumar, calculó Martina, alrededor de cuatrocientos metros cuadrados.

En medio de las estanterías abarrotadas de libros, desde el entarimado suelo a un cielo raso decorado con cenefas y frisos de escayola que se elevaban por encima de los tres metros de altura, se disponían, creando diferentes ambientes, biombos, alfombras, butacas, mesas de caoba y teca, cojines y sillones, plantas tropicales que allí, en la atmósfera húmeda y cálida del *loft*, crecían como en un invernadero. En los huecos de los escasos tabiques liberados por los estantes, y de los cuerpos de las columnas maestras, colgaban panoplias de procedencia centroafricana y asiática. Máscaras y elementos de santería se alternaban entre escudos cubiertos con pieles de animales, tambores, amuletos exóticos o reproducciones de las ciudades mayas perdidas en la selva, tal y como Stephens y Catherwood las descubrieron en el primer tercio del siglo xix.

Raisiac le ofreció el tequila.

—Salud.

La subinspectora bebió el licor de un golpe y le devolvió el vaso.

—Posee usted una interesante colección.

—Simples recuerdos de una vida errante dedicada a la ciencia —contestó Raisiac, pretendiendo mostrarse modesto; pero con petulancia, en el fondo—. Tan sólo una caprichosa y desordenada miscelánea. Muestras que he ido obteniendo aquí y allá, a menudo en régimen de intercambio con otros antropólogos. Descontando el meramente sentimental, ninguna de estas piezas posee auténtico valor.

—¿Tampoco los cuchillos de obsidiana? ¿Tiene alguno?

La mirada del catedrático se opacó. Bebió un sorbo de su tequila, chupó la sal y el limón, se relamió los labios y se limpió la boca con un pañuelo de hilo bordado con sus iniciales.

—No, no tengo ninguno, pero nada me impide hablar de esos cuchillos, si usted lo desea. ¿No quiere sentarse?

—Prefiero quedarme en pie. Hágalo usted.

Raisiac eligió un confortable tresillo tapizado en piel de cebra, cruzó las piernas y extendió sus largos brazos sobre el respaldo. A su espalda quedaba un elegante escritorio de palosanto, sobre cuyo vade se disponían un abanico de cuartillas y un juego de plumas estilográficas.

—Estaba redactando un artículo para una publicación especializada —explicó el dueño del *loft*—. El plazo editorial es conminatorio. Debo entregar el trabajo esta misma semana, pero durante todo el día de hoy no he logrado concentrarme ni un solo minuto. Los periodistas han estado llamando. En particular, un tal Belman, del *Diario*. Me he visto obligado a descolgar el teléfono.

—No le entretendré.

—Mi tiempo es suyo. Soy el primer interesado en esclarecer los hechos.

—Me alegro. Con esa disposición avanzaremos más rápido.

Sin preguntarle si podía fumar, la subinspectora encendió un cigarrillo. Raisiac no protestó, limitándose a arrugar la nariz y a señalarle un cenicero en forma de cráneo humano.

Martina marcó el rumbo que debía tomar la conversación:

—Hablemos del cuchillo que ya no está en el palacio.

—¿El que se utilizó para el crimen?

—¿Cómo sabe que mataron a la vigilante nocturna con el cuchillo de obsidiana que falta en la exposición?

—No lo sabía, subinspectora, pero no hay que ser demasiado sagaz para adivinarlo. Mientras conversábamos en el palacio, pude comprobar que en la vitrina faltaba uno de los cuchillos mayas.

—¿Sabe usted dónde está?

—¡No! —se escandalizó Raisiac—. ¿Cómo iba a saberlo?

—Durante nuestra charla de esta mañana tuve la impresión de que lo sabía todo.

—Lamento que me considere un pedante.

—Todo lo contrario, profesor —dijo Martina, con afabilidad—. Confío en que su ciencia pueda resultarme de gran ayuda. ¿De dónde procede ese cuchillo?

Un tanto agriamente, el profesor repuso:

—Como ya le dije, el origen de los cuatro cuchillos

ceremoniales expuestos en el Palacio Cavallería es maya. Los cuchillos de obsidiana fueron exhumados entre los muros de una acrópolis cuyas excavaciones tengo el honor de dirigir. Los restos de esa ciudad olvidada yacen sepultados en la selva del Petén, en la frontera entre Guatemala y México.

—¿Esos cuchillos aparecieron en alguna tumba?

—No. Los cuatro estaban incrustados en hilera, uno junto al otro, entre hiladas de piedra.

—¿Como si acuchillasen los muros de la acrópolis?

—Exactamente.

—¿Qué puede significar eso?

Raisiac se encogió de hombros.

—¿Quién sabe?

—¿Una advertencia, tal vez? —apuntó Martina—. ¿Una ofrenda, la marca de una conquista?

—Con la información de que en la actualidad dispongo no es posible saberlo con certeza. Tal vez las futuras catas nos aclaren este misterio, pero también pudiera ocurrir que no lo resolvamos jamás.

—¿Ha datado los cuchillos? ¿De qué fecha son?

—Período clásico. Siglo x.

Martina sacó su libreta y su pluma y anotó esos datos. Lo hizo de pie, sosteniendo el cigarrillo en la comisura de los labios. Luego dijo:

—Cuando cogí uno de esos cuchillos tuve que hacerlo por el pedúnculo, para evitar cortarme. Doy por supuesto que originalmente dispondrían de mangos, para evitar el contacto con las facetadas hojas.

El catedrático asintió.

—De madera de maguey. Pero esos mangos se pudrirían con el paso de los siglos, entre las raíces y el manto de tierra que fue cubriendo las ruinas. Los filos, una vez desprovistos de adherencias, se conservaron en impecable estado. No hizo falta pulirlos. Son eternos.

—¿Quiere decir que conservan todo su poder destructor?

—¡Qué original manera de expresarlo! Bien, podría decirse así. ¿Otro tequila?

Martina aceptó. Raisiac se levantó para llenarle el vaso. La subinspectora echó la cabeza atrás y volvió a liquidarlo de un trago.

—¿Esos mismos cuchillos de obsidiana se usaron antiguamente para llevar a cabo sacrificios humanos?

—Es más que posible —evaluó Raisiac—. Hasta ahora, por lo que a arqueología comparada se refiere, han abundado las interpretaciones idílicas que defendían un primitivismo edulcorado, pero muchos especialistas pensamos que los mayas no eran ajenos a esa práctica. Stephens, a quien sigo considerando una fuente capital, dejó escrito que en la Pirámide de El Adivino, en Uxmal, se habían llevado a cabo sacrificios de hombres, mujeres y niños. La Pirámide de El Adivino, o de El Mago, pudo ser el gran «teocali», el mayor de los templos de los ídolos a los que el pueblo de Uxmal tributaba culto, y en el que se celebraban sus más santos y misteriosos ritos. También en los templos del Petén se llevaron a cabo ceremonias similares.

—¿Incluida la acrópolis donde descubrieron los cuatro cuchillos?

—Incluida.

—¿A qué ceremonias está haciendo mención? ¿A la ofrenda de corazones a los dioses solares?

—Una de ellas, sí. Quizá, la principal.

—Esta mañana, en la escena del crimen, usted describió el rito azteca y...

—Lo hice porque usted me lo pidió, subinspectora.

—No lo he olvidado, profesor. Dijo usted que los cautivos, desnudos, eran conducidos hasta la cima del templo. Un sumo sacerdote les rasgaba el pecho, les arrancaba el corazón y lo ofrendaba al sol. ¿Desollaban los cuerpos, a continuación?

Raisiac entornó los ojos, pero la sombra de desconfianza que los había hecho entrecerrarse no se desvaneció de su mirada. Se pasó las manos por el pelo, probó un sorbito de tequila y lo paladeó.

—¿Por qué me lanza ese anzuelo, subinspectora?

Martina le clavó una mirada frontal.

—Creo que usted conoce la respuesta.

Raisiac no discurrió más allá de cinco segundos.

—¿Acaso porque el cadáver de la vigilante nocturna apareció desollado?

El rostro sin forma, sanguinolento, de Sonia Barca, se asomó a la memoria de Martina. Volvió a ver sus enrojecidas encías, las mandíbulas desencajadas en un alarido de horror.

—Se ensañaron con ella. Además de quitarle la vida, el cuchillo robado sirvió para desollar a la víctima.

Raisiac se puso en pie.

—¿El asesino se llevó la piel?

—Sí.

—¿Mutiló el cadáver?

—No.

—¿Dejó en el cuerpo algún signo, un tatuaje, un jeroglífico?

—No.

—¿Puedo hacerle una pregunta hasta cierto punto entrometida, subinspectora?

—Hágala.

—¿Su hipótesis de trabajo parte de una supuesta conexión entre este crimen con las tradiciones sacrificiales precolombinas?

—Simplemente aspiro a atar cabos, profesor. Le recuerdo que no ha respondido a mi pregunta anterior sobre los desollamientos en los altares mayas.

—Tiene razón —dijo Raisiac; parecía excitado y concentrado a la vez, y caminaba al hablar, trazando círculos alrededor de la subinspectora—. Entre los mayas no hay constancia de ello, pero yo en absoluto descartaría que dicha penitencia, el desollamiento, no se aplicase a determinados delitos, como la delación o la traición. La civilización maya sigue atesorando numerosos misterios. Ni siquiera sabemos por qué razón, hacia el año mil de nuestra era, aquellos emporios, los fastuosos centros ceremoniales, las acrópolis y templos, los palacios y juegos de pelota de Tikal, Uxmal, Caracol o Chichen Itzá fueron abandonados. La selva engulló esos magnos edificios, sepultando las respuestas que pudieran explicar su abandono bajo una capa de vegetación y abriendo las puertas a un torrente de especulaciones. ¿Otro tequila, subinspectora?

Martina asintió. Raisiac volvió a servirle, pero esta vez la subinspectora no bebió, limitándose a dejar el vaso junto al cenicero en forma de cráneo donde humeaba una colilla suya.

—El cadáver de la vigilante apareció cerca de una estatua del dios Xipe Totec —le recordó Martina —. ¿Quiere hablarme de esa talla?

—Corresponde a la segunda mitad del siglo XV, a la época de esplendor azteca. Fue elaborada en terracota. Debió de estar policromada, pues todavía se pueden apreciar restos de pintura roja y azul, a base de pigmentos y arcillas. Xipe Totec es una deidad netamente azteca, si bien su nacimiento mítico hay que rastrearlo en Teotihuacán, cuna de los principales dioses mesoamericanos. Huitzilipochtli, Kukulkán, el propio Xipe. El Señor de los Desollados acompañó a los aztecas a lo largo de su prolongada migración desde el lago Aztlán, en busca de la tierra prometida que acabarían encontrando en Tenochtitlán. En su éxodo, los aztecas portaban los símbolos del culto a sus dioses primigenios: plumas preciosas, espejos de pirita, flores sagradas, banderas de papel y, sí, cuchillos de obsidiana... Los españoles se tropezarían con un reino de prodigios.

—Y de crueldad.

—¿Para qué negarlo? Los aztecas elevaron el sacrificio humano a piedra angular de su religión y de su poder terrenal. En la plaza mayor de Tenochtitlán llegaron a sacrificarse, en una sola jornada, veinte mil prisioneros. Los exhaustos sacerdotes debían descansar entre una y otra matanza. Como un viscoso río, la sangre humana bañaría las pirámides, las calles, los patios. Además, Xipe Totec exigía sacrificios en el mes cuarto, dedicado a la primavera, al sol y a la regeneración de las semillas.

El tono de Raisiac había ido haciéndose didáctico. Parecía estar dictando una de sus clases.

—¿El altar ceremonial de la exposición es auténtico? —preguntó Martina.

—Ya lo creo.

—¿Sobre esa piedra fueron sacrificados seres humanos?

—Sin ninguna duda.

Martina hizo una pausa, como para facilitar que esa imagen tomara peso.

—Regresemos al cuchillo, profesor. Al arma del crimen, como usted ha adivinado. Al *técpatl*, según he leído en la biblioteca de mi padre. ¿Qué significa exactamente ese vocablo?

El arqueólogo enarcó las cejas. A diferencia de su blanco cabello, todavía eran negras.

—¿Conoce la voz *nahuatl*?

Martina asintió. Sorprendido, Raisiac la ascendió a otro nivel, pero mantuvo su tono académico:

—En las fuentes indígenas, los cuchillos reciben varios nombres. *Técpatl*, como usted muy bien acaba de pronunciar, pero también *nemoctena*, u hoja de dos filos. E *itzpapalotl*, o mariposa de obsidiana, acaso su denominación más mistérica, inspirada en el vuelo del alma arrebatada por las heridas de guerra. El *técpatl* figura entre los veinte signos del calendario adivinatorio azteca, y simboliza la muerte, el frío, el firmamento oscuro de la noche que dará paso al sol y al espíritu de los guerreros muertos, convertidos en estrellas de la mañana por el filo del cuchillo, por la mariposa de obsidiana.

—¿Hasta cuándo se utilizó la mariposa de obsidiana como arma mística?

—En razón de su carácter sacro y de su valor religioso, el *técpatl* seguiría empleándose después de la Conquista, a lo largo de los siglos XV y XVI, pese a que, para entonces, los aztecas, vía Oaxaca, tenían abundante cobre a su disposición y podían haber sustituido la obsidiana y el sílex por aleaciones de metal. Pero no lo hicieron. Continuaron eviscerando seres humanos con el *técpatl*, sacrificándolos por arrancamiento del corazón.

Martina agradeció esas explicaciones con un movimiento de cabeza. Como si fuera a despedirse, apuró su tercer tequila y apagó el cigarrillo. Pero, de pronto, a bocajarro, y con una sonrisa alentadora, preguntó a su anfitrión:

—¿Qué hizo usted durante la pasada noche, profesor Raisiac?

29

El arqueólogo volvió a sentarse. Había palidecido.

—¿Me está acusando de algo? ¿Acaso sospecha de mí?

—Cumplo con mi obligación —repuso Martina—. Conteste a mi pregunta: ¿qué hizo en la noche de ayer?

La espalda de Raisiac se deslizó hacia el apoyabrazos. Sus uñas rascaron el pelo de cebra de la tapicería del tresillo. Martina observó que tenía hecha la manicura, y que sus largos y pálidos dedos no se correspondían con las rudas manos de un arqueólogo consagrado a excavar acrópolis perdidas en mitad de la selva.

El catedrático repuso:

—No hice nada especial. En todo caso, las mismas o parecidas cosas que suelo hacer cualquier otra noche.

—Le ruego que sea más explícito.

—Acostumbro a escribir un rato después de cenar, hasta que me vence el sueño. Luego me acuesto, aunque todavía leo un rato en la cama. Duermo hasta las ocho o las nueve de la mañana. Profundamente —sonrió—, porque tengo la conciencia tranquila.

—Ya me ha dicho que es un hombre tradicional.

¿Dónde estaba usted anoche, a la una de la madrugada?

—Aquí. Tumbado en aquella cama del fondo, en la falsa habitación que hace las veces de dormitorio.

—¿Solo?

—Naturalmente.

—¿A lo largo de la tarde, o de las primeras horas de la noche, hubo alguien con usted?

—Mi colega, la doctora Cristina Insausti.

—¿Por qué motivo le acompañaba?

—Me ayudó a pasar a máquina la monografía de encargo a la que le he hecho referencia.

—¿La doctora Insausti se quedó a cenar con usted?

—Sí.

—¿A qué hora se marchó?

—A eso de medianoche.

—¿Puede ser más concreto?

—Sobre las doce y cuarto, diría yo.

—¿Cenaron ustedes dos solos?

—Como tantas otras veces. La doctora es una excelente cocinera. Fue ella quien preparó la cena. Unos deliciosos espagueti con salsa boloñesa. Hay una cocina americana a la derecha del dormitorio, pero anoche cenamos en mi área de trabajo, informalmente. Abrimos una botella de lambrusco, tomamos café y conversamos acerca de la publicación de su próximo libro.

—¿De qué trata?

—Será un compendio de su tesis sobre torturas y sacrificios humanos.

—¿Es experta en ese campo?

—La doctora Insausti sabe mucho más que yo sobre la historia de la ignominia de nuestra especie. No dudo, subinspectora, que podrá ayudarla a esclarecer cualquier dificultad con que se tropiece en la investigación del caso, si es que el crimen del Palacio Cavallería tiene relación con algún tipo de ofrenda ritual.

—¿Qué le hace pensar eso, profesor?

Aliviado porque el interrogatorio se alejaba de su persona, Néstor Raisiac expuso su tesis:

—Por lo que usted me ha contado, el criminal utilizó una escenografía precisa. Empleó un arma de carácter sagrado y procedió a manejarla conforme a la tradición de los sumos sacerdotes aztecas. Espero no inmiscuirme en su terreno si le expreso que ningún aspecto de esa pauta pudo obedecer al azar.

—En la policía solemos eliminar la casualidad como argumento probatorio —bromeó Martina.

Pero su gesto era tan gélido que únicamente comunicó al arqueólogo otra señal de peligro. En todo ese rato, Martina no se había movido un milímetro del lugar donde permanecía de pie, a dos pasos del tresillo de piel de cebra sobre el que el propietario del *loft* se había vuelto a sentar.

—De modo que —prosiguió la subinspectora—, a la hora en que se cometió el crimen, entre la una y las dos de la pasada madrugada, usted estaba aquí, en su casa. Solo, tal vez dormido, y sin nadie a su lado que pueda atestiguarlo.

—¿No estará sugiriendo...?

—¿He sugerido algo?

—No, pero...

—¿Adónde se dirigió la doctora Insausti cuando, según usted, abandonó esta vivienda a eso de las doce y cuarto de la noche?

—A su apartamento, imagino.

—¿Dónde vive?

—En la plaza del Carmen.

—¿Cerca del Palacio Cavallería?

—Enfrente.

—¿Tiene constancia de que se encaminara directamente hacia allí?

—Estoy seguro de ello —repuso el arqueólogo, con fatiga.

—¿La doctora Insausti se fue caminando, o había venido en coche?

—Pidió un taxi. Yo mismo lo llamé por teléfono.

Martina estaba tomando notas en su libreta.

—¿Está completamente seguro de que la doctora Insausti volvió a su casa, sin detenerse antes en ningún otro lugar?

—No puedo saberlo. Tendrá que preguntarle a ella.

—Lo haré. Pero la doctora Insausti y usted no dejaron de verse por mucho tiempo, porque esta mañana ambos se presentaron juntos en el palacio.

—Nos citamos a desayunar. Vimos el revuelo que se había organizado y entramos en la sala de exposiciones poco después de que lo hicieran ustedes.

Martina apagó el cigarrillo en el occipital del cráneo-cenicero y miró al arqueólogo con una expresión donde, de manera levísima, parecía asomar la curiosidad femenina.

—¿Cristina Insausti es su amante, profesor?

Un coqueto apunte frivolizó el rostro clásico de Néstor Raisiac.

—En el fondo, me halaga que lo piense. No puede resultarme ofensivo que una mujer joven y atractiva como usted atribuya una cierta capacidad de seducción a un veterano como yo. Pero no, subinspectora. Cristina Insausti era mi mejor alumna, y hoy es una buena amiga. También, la novia de mi hijo David.

—Entiendo. ¿Cuántos años tiene su hijo?

—Veinticinco.

—Es más joven que ella.

—Unos pocos años, sí.

—¿Su hijo David también se dedica a la arqueología?

—No.

—¿En qué trabaja?

—David abandonó sus estudios. Ocasionalmente, se emplea en actividades eventuales.

—¿Tiene usted más hijos?

—No. Mi mujer falleció hace diez años. Parte de los problemas que he sufrido con David derivan de ahí.

—¿Qué clase de problemas, profesor?

Raisiac se puso en pie y paseó nerviosamente con las manos detrás de la espalda. Las desanudó y acarició el tronco de una enorme yuca que crecía sobre un macetón grande como medio barril.

—Mi hijo ha tenido dificultades con las drogas —admitió, débilmente—. Ahora está limpio, pero hemos pasado épocas muy duras.

—¿Hemos?

—Cristina y yo, sí.

La subinspectora se dirigió a una mesa auxiliar donde, entre otros materiales arqueológicos, reposaba un tambor de piel y cuero.

—Le agradezco su sinceridad, profesor. Hace rato que me estaba fijando en esta pieza.

El arqueólogo tornó a sentarse.

—¿Me está concediendo un respiro?

—Digamos que sí, pero nunca se fíe de un policía. ¿Inca?

—Volvió a acertar.

Martina hizo tamborilear los dedos en la gastada y tensa superficie del tambor.

—¿De qué animal es la piel? ¿De cerdo?

—Por una vez erró, subinspectora. Se trata de piel humana.

En un reflejo inconsciente, Martina encogió los dedos.

—Los incas lo llamaban *rutaninya* —explicó Raisiac—, o tambor hecho con «piel de gente». La que se utilizó para confeccionar ese instrumento correspondía al abdomen de un hombre. El tambor se tocaba con las propias manos del cautivo con cuyos despojos, curtidos con sebo, se había fabricado la caja.

—Impresionante —dijo Martina, dejando la pieza en su lugar—. ¿Cómo ha llegado hasta usted este tambor, y de qué manera se ha conservado?

—La doctora Insausti me ha confiado el estudio de algunas piezas incaicas que recientemente aparecieron en una tumba sellada. Entre ellas, ese tambor.

—¿La doctora Insausti ha excavado en Perú?

—Asesora al gobierno peruano en materia de yacimientos.

—¿La exposición del Palacio Cavallería fue idea de su colaboradora?

Raisiac humedeció los labios en su vasito de tequila. Como la de la cabeza olmeca que presidía el vestíbulo, su boca era hierática, pero sensual.

—Tengo la impresión, subinspectora, y corríjame si me equivoco, de que una y otra vez vuelve usted sobre los mismos temas, esperando que me contradiga o que la ponga sobre alguna pista. ¿Me está sometiendo a un interrogatorio envolvente?

—Tan sólo quiero estar segura del terreno que piso. Responda.

Raisiac cruzó los brazos sobre el pecho.

—Lo haré con mucho gusto, del mismo modo que he

venido contestando a todas sus cuestiones. Como proyecto expositivo, la autoría de la muestra que dimos en titular Historia de la Tortura corresponde a la doctora Insausti. Yo me limité a coordinar algunos contenidos.

—Y supongo que, también, a agilizar los préstamos de las piezas.

—En efecto. Puse a disposición de la doctora mis contactos con las autoridades mexicanas, guatemaltecas y turcas, cuyos embajadores, por cierto, y a no mucho tardar, exigirán explicaciones sobre lo ocurrido en la exposición. El asesinato de esa guarda de seguridad va a suponer una pésima publicidad, y mucho me temo que tendremos que cancelar definitivamente las visitas al Palacio Cavallería. Como comisarios, la doctora Insausti y yo nos hemos considerado en la obligación de informar sobre lo sucedido a nuestros patronos. Los embajadores han comunicado los hechos a sus respectivos ministerios, y están esperando respuesta. Sepa, no obstante, subinspectora, que, en todos los casos, nos permitimos añadir nuestro convencimiento de que de la eficacia de nuestra policía podemos esperar un rápido desenlace de la investigación.

—De eso puede estar seguro, señor Raisiac.

—Puede llamarme Néstor.

—Si no le importa, preferiría no hacerlo. ¿Por qué ha mencionado al embajador turco, señor Raisiac?

—Porque Turquía es uno de los países prestatarios.

—¿Y porque los turcos sintieron una cierta predilección hacia el desollamiento?

El arqueólogo se oprimió los párpados. Su semblante revelaba cansancio.

—La exposición ofrece buena muestra de ello. En una de las salas figura una ilustración de Stuys en la que se puede apreciar el desollamiento de una mujer; y cómo el pellejo de otra esclava cristiana cuelga como una funda, o como un fantasma, de la mazmorra contigua.

—Pero el desollamiento no era patrimonio del infiel.

—No —convino Raisiac—. También en la Europa católica, renacentista, se dieron numerosos casos. La Inquisición utilizó tenazas ardientes para arrancar tiras de piel a los adoradores de Satán. Con la misma herramienta al rojo vivo fue desollado Juan de Leiden, uno de los primeros anabaptistas, que llegaría a coronarse rey de Sión. El hugonote Jean Ribault sería desollado en América, y su piel enviada a Francia para ser exhibida ante la corte. Pero el desollamiento no siempre fue un castigo. Montaigne, en sus *Ensayos*, refiere el caso de Juan Ziska, agitador de Bohemia, quien ordenó a sus soldados que, a su muerte, hiciesen un tambor con su piel para marcar el paso de guerra contra sus enemigos... Todo ello, sin olvidar la antigüedad clásica. ¿Quiere más ejemplos, subinspectora?

—Se lo ruego.

Raisiac recitó, monótonamente:

—Apolo ordenó desollar a Marsias tras vencerle en un desafío. La piel de Bruto serviría para redactar un apólogo contrario a la República. El apóstol Bartolomé, también llamado Natanael, patrón de carniceros y curtidores, predicó el Evangelio en Oriente hasta que Astiges, rey de Armenia, lo hizo desollar, decapitándolo después. Miguel Ángel lo representaría en el Juicio Final sosteniendo su propia piel en las manos. Durante algún tiempo, se creyó que las reliquias de Natanael se conservaban en el Arca Santa de la Catedral de Oviedo, junto con un fragmento de la vara de Moisés y dos espinas de la corona de Cristo, pero yo me inclinaría por aceptar que fueron enterradas en Lipara y, posteriormente, trasladadas a Roma por el emperador Otón III. Hoy descansan en la iglesia de San Bartolomé, en el Tíber... ¿Desea que prosiga, subinspectora?

—No será necesario.

—¿Mis exordios han sido lo suficientemente instructivos?

—Me han quedado algunas dudas, pero ya se las consultaré. —Martina se giró hacia la entrada—. No hace falta que me acompañe.

—Por favor.

Raisiac la precedió hasta el vestíbulo y abrió la puerta. Un haz de luz natural se coló en el *loft*, bruñendo con un brillo basáltico la cabeza olmeca.

—Una última consulta, profesor —dijo Martina, poniéndose la gabardina—. ¿Cuándo regresará a la selva del Petén?

—En primavera, espero.

—Imagino que las tareas de limpieza de las acrópolis mayas implicarán tener que encaramarse a menudo a altos muros de piedra.

—Ya lo creo. En especial, durante la restauración de los templos. Algunas de sus capillas y crestas se alzan sobre la floresta.

—¿De qué modo acceden hasta esas alturas?

—Si la vegetación lo permite, instalamos andamios, a fin de facilitar los desescombros. En una primera fase, sólo es posible ascender mediante el empleo de cuerdas.

—¿Usan piolets?

—Picos cortos, y palas. Hasta hace unos años, yo mismo me colocaba los arneses, pero, en el curso de las últimas campañas, una progresiva artrosis me ha mantenido en tierra. Cuando me acompaña, suele ser la doctora

Insausti quien se cuelga del vacío. Tiene una agilidad endiablada. —Raisiac hizo una pausa; parecía exhausto—. ¿Desea saber algo más?

—No, creo que no.

—¿Estoy detenido?

Martina le tendió la mano.

—Siento las molestias, Néstor.

—¿Al fin va a empezar a tutearme?

—Me ha resultado de gran ayuda, se lo aseguro.

—Lo celebro.

—Confío en que pueda entregar a tiempo ese trabajo científico.

El catedrático se relajó.

—En cualquier caso, subinspectora, estaré a su disposición. Suerte con las pesquisas.

Martina consultó el reloj de esfera blanca que había heredado de su padre, el embajador Máximo de Santo. Eran las cinco de la tarde. Apenas había permanecido una hora en el *loft* de Raisiac, pero tuvo la sensación de que había transcurrido mucho más tiempo.

La falta de sueño comenzaba a pesarle. Encendió un cigarrillo, tomó unas cuantas notas sin dejar de caminar por la dársena del Puerto Viejo, paró un taxi y se dirigió al Instituto Anatómico Forense.

Apenas quince minutos después, la detective De Santo empujaba la puerta batiente de la sala de autopsias.

30

El doctor Marugán no había terminado aún con el cadáver de Sonia Barca. Inclinado sobre la mesa quirúrgica, el forense sostenía en alto un bisturí mientras analizaba visualmente una de las vísceras de la mujer desollada.

Martina, que acababa de entrar en la sala de autopsias sin hacer el menor ruido, salvo el leve roce de sus botas contra el piso de cerámica, permaneció en un discreto rincón, atenta y rígida, sin apoyarse contra las níveas baldosas del zócalo ni contra el borde de una mesa de oficina sobre la que descansaban una bandeja de pasteles, el paquete de tabaco y el mechero del médico.

Transcurridos unos minutos, y después de haber anotado algunas observaciones en un bloc con las cubiertas de plástico, el doctor Marugán se quitó la mascarilla, recogió su instrumental, limpió de líquidos la niquelada plancha del tablero quirúrgico, y de gotas de sangre sus gafas, extendió una sábana sobre el cadáver y apagó el potente foco que bañaba la dependencia central de la sala de autopsias con una luz blanca, directa, casi insoportable.

Al fondo, el depósito de cadáveres, con sus cámaras frigoríficas herméticamente cerradas, quedó casi a oscuras. Martina sabía que en una de esas neveras, a menos de cinco grados de temperatura, para evitar la congelación, descansaba el cuerpo de su amiga Berta Betancourt. Procuró no pensar en ello.

—Buenas tardes, subinspectora —la saludó Marugán.

Martina se acercó a él. Las suelas de sus botas volvieron a rechinar en el suelo.

—Imaginaba, doctor, que no habría tenido tiempo material para concluir la autopsia de Sonia Barca, pero no puedo esperar mucho más.

—Un policía con prisas... ¡Qué raro!

—Verá, doctor, quien haya hecho esto sigue ahí fuera, y podría volver a intentarlo.

—Lo imagino.

El médico estaba contemplando la bandeja de pasteles, como deseando coger uno. Al mismo tiempo, estiraba las puntas de sus guantes de látex, pero decidió dejárselos puestos.

—Comprendo su urgencia, Martina, aunque, a estas alturas, usted también debería saber que no siempre los muertos hablan con claridad. En el futuro, nuestra especialidad alcanzará una precisión insospechable, pero, por el momento, está lejos de ser una ciencia exacta. En cualquier caso, dadas las insólitas características, la barbarie de este asesinato singular, he decidido dar prioridad a su caso. ¿Qué necesita saber?

—La causa de la muerte, en primer término.

—Me ratifico en las conclusiones del examen previo que realicé en el Palacio Cavallería: una certera cuchillada, una sola, asestada en el corazón, a través del espacio intercostal.

Martina recordó la descripción del rito azteca, según los detalles que le había proporcionado Raisiac.

—¿A través del espacio intercostal?

—Eso he dicho, sí.

—¿La cuchillada no penetró por debajo de la parrilla costal?

El doctor se mostró extrañado.

—No. ¿Por qué lo pregunta?

—Pensaba que, en la circunstancia de arrancamiento o ablación del corazón, era mejor abrir en esa zona, a fin de introducir una mano por el hueco de la herida, arrancar el músculo motor y seccionar los grandes vasos, la vena cava y la arteria aorta.

La confusión del forense iba en aumento.

—¿Ablación del corazón? ¡Nada de eso, subinspectora! No fue así como ocurrió.

Martina sintió que se le disparaba el pulso.

—¿Me está diciendo que el criminal no extrajo el corazón a la víctima?

—A menos que mis ojos me hayan engañado —ironizó Marugán—, no lo hizo. El corazón de esa desdichada muchacha sigue en su lugar. Usted misma puede verlo, como lo he visto yo. La punta del arma lo partió por la mitad, interrumpiendo su latido de forma instantánea, pero después no se llevó a cabo evisceramiento alguno. La muerte le sobrevino a esta pobre mujer por parada cardíaca y fallo multiorgánico subsiguiente al desgarramiento ventricular y a la rotura de vasos principales. La hemorragia tuvo que devenir masiva.

El cerebro de Martina parecía razonar en direcciones opuestas, como trenes alejándose en la niebla. Preguntó:

—¿Existe alguna otra manera de provocar una hemorragia semejante?

El médico se miró las punteras de los zapatos, en actitud reflexiva.

—Tal como usted sugería, el óbito más aparatoso acontecería tras la ablación del corazón y el seccionamiento de las grandes arterias, pero también una herida como la que nos compete, de parecida o igual naturaleza, y sin necesidad de eviscerar o amputar, originaría una hemorragia que manaría como una fuente en aspersión. De hecho, en este caso no sucedió de otra forma. Cuando llegué a la escena del crimen, había sangre por todas partes.

—La efusión tuvo que salpicar al asesino.

—Necesariamente —afirmó el médico, con rotundidad.

Martina se colocó a un lado de la camilla.

—Muéstreme el cadáver.

Marugán rodeó la mesa quirúrgica, encendió el foco y retiró la sábana. Desposeída de rasgos humanos, la desollada faz de Sonia Barca aparentó contemplar a Martina desde un infierno sin nombre.

La subinspectora murmuró:

—Es como si no le quedara una gota de sangre.

—Y así es —enfatizó el forense—. Ni siquiera las partes declives del organismo presentan lividez. La gravedad, en cuanto empezó a actuar, coincidiendo con el cese de la actividad cardíaca, desplazó muy poca sangre. Únicamente en los tobillos se aprecia lividez cadavérica, pero es de color rojo claro, típico de aquellos cadáveres cuyo deceso estuvo precedido por importantes pérdidas sanguíneas.

—¿Cómo debo interpretar esa consecuencia?

—Como una ratificación de que la exanguinación fue drástica.

Martina apartó los ojos de la cavidad por la que podía

apreciarse el masacrado corazón de Sonia Barca y recorrió de un lento vistazo el resto del cadáver. En las zonas corporales donde sólo había sido arrancada la capa córnea epidérmica comenzaba a formarse un fenómeno similar al apergaminamiento. La piel estaba siendo sustituida por una capa de color plátano, densa y seca, con la superficie recorrida por arborizaciones vasculares.

—El asesino no llegó a arrancar en su totalidad la piel de las extremidades inferiores —comprobó Martina, retrocediendo un paso; la pavorosa visión de los despojos de la víctima, el fuerte olor a formol y los tequilas consumidos en casa de Raisiac la estaban mareando ligeramente—. ¿Por qué?

—Para responder a esa pregunta tendría que meterme en la cabeza de esa bestia —objetó el forense—. Y, francamente, no me veo capaz. ¿Han descubierto el arma del crimen?

—Creemos que utilizó un cuchillo de obsidiana —le confió Martina—. Un arma ritual que el agresor pudo sustraer de una de las vitrinas de la exposición del Palacio Cavallería, pero que todavía no hemos encontrado. ¿Coincide ese tipo de filo con los resultados de su observación clínica?

—Podría ser —concedió Marugán—. La herida del pecho es rotunda, pero los cortes en la piel presentan irregularidades, acaso derivadas de una hoja mineral, vítrea. Sílex, obsidiana...

Las palmas del médico, todavía protegidas por guantes de látex, se posaron apenas sobre los muslos de Sonia Barca, junto a la franja donde aún conservaba la piel.

—¿Un machete convencional no habría dejado estas marcas? —preguntó Martina.

—No, a menos que estuviese mellado. Y, en tal caso,

habría originado más de un desgarrón. Las muescas de un machete con dientes de sierra son distintas. Algunos tejidos aparecen dañados con cortes oblicuos, lo que puede significar que el arma tenía aristas muy afiladas. Pero habría que afinar mucho para concluir que fue un filo facetado el que dejó su huella en el proceso de desollamiento.

La subinspectora tomó aire. Hubiese dado cualquier cosa por encender un cigarrillo.

—¿Cómo la desollaron, doctor?

Marugán se ajustó las gafas y se inclinó sobre el cadáver.

—Opino que el asesino hizo tres cortes. Uno, vertical, desde el esternón hasta el labio inferior. Dos, transversales, justo debajo de los senos. A partir de esas incisiones, fue estirando y extrayendo la piel, hasta hacerse con el trofeo. A pesar de que no debió de lograrlo por completo, debido a las aristas del filo empleado, tuvo buen cuidado en no rasgar ni estropear la dermis y, a medida que avanzaba hacia las extremidades superiores, en practicar nuevos cortes para culminar la operación.

—¿Cuánto tiempo pudo tardar en desollarla?

—Lo ignoro. Pero sabía lo que hacía, desde luego.

—¿Diría que el criminal posee conocimientos médicos?

Marugán se quitó las gafas y las agitó en el aire.

—Casi podría garantizárselo, subinspectora. En otro caso, habríamos encontrado un número variado y disperso de cuchilladas y, por supuesto, la piel habría sido extraída de manera más rudimentaria.

—¿Quiere decir que no hubo ensañamiento?

—No.

—¿Ni improvisación?

—Tampoco.

—Estuvo planificado hasta en sus últimos detalles —murmuró Martina—. No fue el odio lo que inspiró su mano.

—¿Está segura de eso?

—El móvil no fue la venganza.

—¿Cómo ha llegado a esa conclusión?

—Un ataque impulsado por el odio —matizó la subinspectora—, habría condicionado una ejecución desordenada, compulsiva. Provocado mutilaciones, otras heridas. Pero el asesino sabía muy bien lo que había ido a buscar.

—¿El qué? —quiso saber el médico.

Martina de Santo miró sin pestañear el cadáver de Sonia Barca.

—La piel. El asesino sólo quería su piel.

31

Un espeso silencio pareció caer sobre la sala de autopsias. En el exterior, en el pasillo de acceso, se oyó un ruidoso timbre, y enseguida un rumor de pasos precipitados.

—Espero que no nos traigan nuevos clientes —dijo el doctor, quitándose los guantes, consultando su reloj y mirando con aprensión la puerta batiente—. ¿Un pastel, subinspectora?

—No, gracias.

—Si no le importa, yo tomaré uno. El dulce ayuda a sobrellevar las penas de este oficio.

Martina aguardó a que el forense terminase su tocino de cielo.

—¿Cuánto pesa una piel humana, doctor?

—La de esta mujer, alrededor de cuatro kilos. Se trata de una epidermis casi perfecta, del tipo caucásico, la más fina. Por el suave vello de sus piernas, podemos deducir que tenía cabellos rubios, naturales. ¿Dice usted que el asesino sólo codiciaba su piel?

—Eso creo.

—¿Nada más? ¿No pretendía matarla por ningún otro motivo?

—Es pronto aún para responder a esa pregunta.

—La espera un duro trabajo, subinspectora —vaticinó Marugán—. No me gustaría estar en su piel, y no se trata de una broma macabra. Las circunstancias de este homicidio son muy extrañas.

Martina había destapado su pluma de plata y tomaba notas en una libretita. Al concluir, alzó la cabeza para contemplar de nuevo el rostro de la víctima. Los dientes de Sonia Barca seguían separados por una mueca agónica.

—¿Podría decirme, doctor, hasta qué punto sufrió la víctima?

El médico estaba arrugando con maniática precisión el envoltorio del dulce. Lo transformó en un triángulo de pringoso papel y lo dejó en la bandeja, junto a los pasteles que iría consumiendo a lo largo de la tarde. Antes de responder, se limpió los dedos en la bata.

—¿Cómo saberlo? Quiero pensar que, al margen de la angustia psíquica que esa desgraciada muchacha tuvo que experimentar, si es que permanecía consciente antes de que se perpetrara la agresión, no fue torturada en vida.

—¿Está convencido de ello?

Ligeramente hastiado por la insistencia de la detective, el forense tornó a descubrir el cadáver.

—Observe esto, subinspectora. Las abrasiones, causadas por ligaduras, indican que hubo una resistencia pasiva, por lo que es más que probable que la víctima llegase a ver al asesino. Las uñas no presentan escamaciones, lo que demuestra que la mujer no pudo defenderse. Para inmovilizarla, el agresor utilizó un tipo resistente de cinta aislante. Apretó de tal modo las ligaduras que casi llegó a colapsar la circulación. Hay restos de adhesivo en muñecas, tobillos y rodillas. Tal vez consiga identificar el tipo de material.

—Nos sería de utilidad. ¿Han quedado restos de pegamento en su esmalte dental?

—No.

—Lo que quiere decir que no la amordazó —desprendió Martina—. Sonia gritaría para pedir auxilio, pero los muros del Palacio Cavallería son gruesos y nadie la oyó.

—Aquí entraríamos en el terreno de la indagación policial —se abstuvo Marugán—. Pero supongo que ese razonamiento es correcto.

—Ensayemos otro —propuso Martina—: a fin de practicar el desollamiento, el homicida tuvo que trasladar el cadáver desde el altar de piedra a un lugar más cómodo.

—Completamente de acuerdo —coincidió el médico—. Lo más lógico es que lo extendiera en el suelo de la sala, lejos del charco de sangre, y que, después, una vez extraída la piel, volviera a colocarlo en el ara. Lo que ignoro es para qué.

—Para que el cadáver fuese hallado en la disposición estética que había imaginado. ¿Había visto algo semejante, doctor?

Marugán se pasó una mano por el sudoroso cráneo. Las cejas, muy pobladas, destacaban como una sola entidad rebelde a su calvicie.

—Soy médico forense desde hace veinticinco años. He practicado alrededor de un millar de autopsias, pero nunca me había encontrado con un crimen de esta índole.

—¿Recuerda algún otro caso parecido? ¿Arrancamiento de cabelleras? ¿Desollamientos parciales? ¿Escoriaciones múltiples?

—No, al menos en mi circunscripción. Es cierto que, en muchos otros crímenes por acuchillamiento, la piel apareció desgarrada, rota, pero de una manera aleatoria, fragmentaria, y siempre como consecuencia del impacto de la hoja al horadar o desgarrar la masa muscular o los órganos internos. Cuando elabore mi informe definitivo procuraré incluir algún precedente, si es que mis colegas disponen de esa información. Por ahora, siento no poder ayudarla en ese sentido.

—Lo está haciendo en otros aspectos. ¿Qué más le ha revelado la autopsia?

El forense consultó su bloc.

—El estómago de la víctima apenas contenía restos alimenticios. Su grado de digestión coincide con la data de la muerte que le adelantaba en mi primer diagnóstico: entre la una y las dos de la última madrugada. Junto al cadáver, en su posición mortuoria, mezcladas con la sangre vertida, había manchas de orina. El terror debió de provocar arcadas a la mujer, así como descontrol de esfínteres.

—¿Hay indicios de que fuera violada?

—En la vagina se han conservado restos de semen, pero no hay síntomas de una relación sexual no consentida. Me arriesgaría a apuntar que se trataba de una hembra sexualmente muy activa.

—¿Promiscua?

—Lo sabré cuando haya analizado el semen.

—¿Su estado general de salud era bueno?

—Excelente, aunque era fumadora de tabaco y hachís.

Martina sintió fuertes deseos de fumar. Sacó un cigarrillo de la pitillera y, sin encenderlo, lo sostuvo en la comisura de los labios.

—Una última cuestión, doctor.

—Usted dirá, subinspectora. Pero le ruego que vayamos terminando. Tengo pendientes otras autopsias y todavía me quedaré hasta bien entrada la noche.

—¿Cuánto tiempo tarda en pudrirse una piel humana?

—Si no se la conserva en alcohol ni se le aplican resinas o aceites; si no se la momifica o curte, unos cuantos días.

—¿Tres, cuatro?

—Una semana, a lo sumo.

—¿Y a partir de entonces?

—Comenzaría la fase de putrefacción. Yo también tengo una pregunta para usted, subinspectora: ¿para qué puede servir la piel de una mujer joven?

Precisamente porque estaba formulándose esa misma cuestión, Martina hizo un vago ademán.

—Fetichismo sexual, ceremonias satánicas... ¿Quién sabe?·

—¿Tiene alguna pista?

—Descubrí huellas en el museo, pertenecientes a un pie mediano, y liviano. ¿Cree que pudo matarla otra mujer?

Marugán apenas disimuló una sonrisa suficiente.

—Categóricamente, no.

—¿Por qué está tan seguro?

—La potencia de la puñalada contradice esa hipótesis. Las asesinas, usted lo sabe bien, no suelen operar con semejante exhibición de fuerza y violencia. Prefieren métodos más sutiles.

—¿Como los venenos? —sonrió Martina.

—Por ejemplo —asintió el forense, devolviéndole la sonrisa. No había tenido demasiadas ocasiones de tratar a la detective De Santo, pero se arriesgó a concederle que, por debajo de su rígido porte, de su seguridad, fluyera una corriente de sano humor negro—. Se me hace increíble, además, que una mujer desolle a otra. Sería como arrebatarle, ya no el alma, sino la belleza, todo su ser... ¿Qué motivación iba a impulsarla, además?

—Quizá la misma por la que actúan la mayoría de las asesinas.

—¿Y cuál sería ese móvil?

—El rencor.

Marugán se encogió de hombros, escéptico.

—No sé, Martina. Mi ciencia no alcanza más allá. Lo único que puedo desearle es que le sonría el éxito. Ahora, si me lo permite, tengo otro cliente en mi lista de espera. Ah, mire, y uno más reciente aún, que acaba de llegar.

Las puertas batientes se habían abierto de golpe. Un celador entró empujando una camilla. Marugán la frenó a su paso y alzó el lienzo que cubría el cadáver. El rostro de un hombre atormentado y envejecido por una devastadora enfermedad impactó a Martina.

El médico ayudó al celador a depositar el nuevo cadáver en una de las neveras.

—Mario Ginés García —leyó el doctor, en el certificado que acompañaba al difunto—. Veintisiete años, inmunodeficiente. ¡Maldita plaga!

La subinspectora se despidió. El forense cogió otro pastel y consultó el reloj colgado en la pared, sobre las blancas y esterilizadas baldosas del zócalo. Eran las seis de la tarde del tercer día de un año que había madrugado con el pie izquierdo.

Marugán salió de la sala y se dirigió a la máquina de bebidas. Necesitaba un café cargado porque todavía le quedaban algunas horas para seguir escuchando las voces de los muertos. Sus últimas confesiones antes de que los destruyera el fuego, o de que la tierra se cerrase sobre ellos, silenciándolos para siempre en el olvido de sus tumbas.

32

Del Instituto Anatómico Forense al Palacio Cavallería había veinte minutos a pie. Martina de Santo los cubrió en diez, pero no habría podido especificar qué calles eligió para acortar el trayecto por una geografía urbana que se deshabitaba con la caída de la noche.

En el reloj de la iglesia del Carmen eran las seis y media de la tarde. Las farolas de la plaza estaban encendidas. La niebla flotaba sobre los planos tejados del Palacio Cavallería.

Dos miembros de la Policía Local permanecían de retén. En el vestíbulo del palacio, utilizando el área de recepción, los municipales habían improvisado una precaria oficina. Martina preguntó si habían registrado las llamadas exteriores. La mayoría eran de la prensa, pero diez minutos antes se había recibido una llamada para la doctora Insausti, que en ese momento no se encontraba en el recinto. Sin embargo, añadió un agente, la comisaria de la exposición acababa de llegar.

—¿Se identificó la persona que preguntaba por ella? —inquirió la subinspectora—. ¿Era el profesor Raisiac?

—No se identificó —repuso uno de los guardias.

—A partir de ahora, no pasen llamadas a la doctora Insausti. Si recibe alguna, comuníquenmelo.

Sobre el mostrador había un ejemplar del *Diario de Bolscan*. En su portada, una fotografía de la propia Martina de Santo servía de reclamo para una entrevista interior. La subinspectora leyó el texto, atónita. Ella no había declarado nada de aquello.

Las páginas culturales traían información sobre el estreno del Teatro Fénix. Los protagonistas de *Antígona* habían concedido una rueda de prensa, y aparecían fotografiados en la puerta de actores. Toni Lagreca, María Bacamorta, Alfredo Flin... Todos, menos la primera actriz, Gloria Lamasón, de quien se aseguraba seguía indispuesta.

Martina se fijó en la imagen de Toni Lagreca. El actor debía de tener poco más de treinta años, pero parecía bastante mayor. Mucho más consumido y delgado, desde luego, que su compañero de reparto Alfredo Flin, un apuesto joven que en la fotografía del *Diario* le pasaba la mano sobre el hombro. En cuanto a la actriz que representaría a Eurídice, María Bacamorta, era rubia, de una belleza canónica, con grandes ojos y esa irradiada felicidad que suelen inspirar los umbrales del éxito.

La subinspectora entró a la exposición. A esa hora sólo quedaban dentro un par de agentes de su brigada, ocupados en revisar la película de la cámara de la entrada.

Los investigadores habían precintado el itinerario que comunicaba con el módulo azteca, y aislado y fragmentado la escena del crimen.

En la sala precolombina, la estatua de Xipe Totec permanecía en la misma postura, con el rostro orientado hacia el altar mortuorio y su manto de piel humana colgándole de los hombros de piedra. La doctora Insausti, vestida con un mono blanco, y con el pelo recogido en una cola de caballo, lavaba al ídolo con una esponja.

—¿Puedo saber qué está haciendo? —le espetó Martina.

—Limpiar la sangre —repuso la arqueóloga, sin dejar de hacerlo.

—¿Con autorización de quién?

—De alguien con una placa como la suya, pero con algún galón más: el comisario Satrústegui. Los embajadores y cónsules de los países prestatarios han anunciado su inminente visita. No podemos permitir que vean esto.

La colaboradora de Néstor Raisiac había actuado con diligencia. También la piedra sacrificial había sido meticulosamente lavada. Martina enfiló a la arqueóloga una mirada admonitoria.

—Después hablaré con usted. No abandone el palacio.

—No pensaba hacerlo hasta terminar mi faena.

—No vuelva a tocar nada.

—El comisario me dijo que...

—Absolutamente nada. ¿Lo ha entendido?

Cristina Insausti le sostuvo la mirada con aire desafiante y volvió a empuñar la esponja con la que adecentaba a Xipe Totec, pero acto seguido la dejó caer en un balde. La subinspectora le dio la espalda y avanzó hacia la cabina de proyección, habilitada en una pequeña carpa que reproducía una jaima.

Como complemento a la exposición, venían pasándose en la carpa diversos documentales sobre torturas y ritos tribales de exanguinación, pero las imágenes que ahora se veían en la pantalla eran muy distintas. Técnicos de Jefatura habían adaptado el proyector para visionar todas las tomas registradas por la cámara fija del vestíbulo, con las filas de visitantes que en días anteriores hicieron cola para entrar al recinto.

Los agentes Carrasco y Salcedo estaban sentados delante del foco, ocupando sendas sillas de tijera. En la pantalla podía verse una hilera de ciudadanos ateridos de frío, esperando bajo la nieve.

Carrasco comunicó a la subinspectora las novedades acaecidas en ausencia suya. Dentro del palacio se habían encontrado dos cigarrillos de marihuana, consumidos hasta los filtros. El primer porro apareció en la recepción; y un segundo cigarrillo, a medio consumir, en la sala azteca.

Por otra parte, se había procedido a interrogar al guarda jurado del turno de tarde, Raúl Codina, así como al responsable de la agencia de seguridad que prestaba servicio en el Palacio Cavallería. Dicha agencia había facilitado algunos datos de Sonia Barca. El guarda Codina había asegurado que el novio de la víctima era otro vigilante de la misma compañía, un tal Juan Monzón, cuyas señas, asimismo, fueron facilitadas por la empresa de seguridad.

En torno a las cuatro de la tarde, añadió Carrasco, se había procedido a la identificación de dicho individuo, Juan Monzón, en una habitación alquilada de la calle Cuchilleros, en el barrio gótico.

Al ser informado de la trágica muerte de su novia, Sonia Barca, Juan Monzón no había demostrado la menor alteración. Aseguró a los agentes que, a la hora en que ellos afirmaban que se había cometido el asesinato, él se encontraba en el extrarradio, vigilando unos almacenes de distribución alimentaria. Después de fichar a las diez de la noche, dijo, no se movió del polígono Entrerríos en toda la madrugada. Pero no había testigos que pudieran acreditarlo. Los policías habían registrado el cuarto de Monzón, descubriendo un machete de unos veinte centímetros de hoja, con el filo mellado. El vigilante sostuvo que guardaba dicha arma para su defensa personal, y que jamás la había utilizado contra nadie. Mucho menos, contra la chica que vivía con él. En la habitación aparecieron ropas de mujer, un bolso con artilugios destinados a prácticas sadomasoquistas y una mochila que había pertenecido a Sonia Barca, pues mostraba sus iniciales trazadas con rotulador. Notificado de todo ello, el comisario Satrústegui había ordenado el traslado a Comisaría de Juan Monzón, donde permanecía a la espera de ser formalmente interrogado.

—Más tarde me ocuparé del sospechoso —aplazó Martina, indicando a Carrasco que rebobinase la película—. ¿Tienen interés esas imágenes?

Salcedo apuntó:

—Las estamos visionando porque cabe la posibilidad de que el asesino visitase el edificio días antes de la comisión del crimen.

De esa frase y del relato de la detención de Juan Monzón, la subinspectora dedujo que el comisario Satrústegui había tomado en consideración su hipótesis. No obstante, Martina se preguntó si el comisario habría llegado a esa conclusión a través de las reflexiones que ella misma le formuló, o si tras su decisión de hacer derivar las sospechas de culpabilidad hacia Juan Monzón, había algo más.

La subinspectora volvió a mirar la pantalla. Una hilera de gente anónima se sucedía con exasperante lentitud.

—Desde que la muestra se inauguró, el pasado viernes, la cámara ha grabado a centenares de visitantes —objetó Carrasco.

—Podríamos descartar a los niños y a las personas mayores —propuso Salcedo.

—Seguiríamos hablando de centenares de individuos —replicó Carrasco.

—Descartemos también a las mujeres.

—Por ahora, no —dijo Martina.

Los policías se miraron con sorpresa. Salcedo accionó la pausa del proyector y preguntó:

—¿A quién le seguimos los pasos, subinspectora?

—A una persona alta y delgada, de complexión atlética, con brazos largos y un pie pequeño.

—Del cuarenta y uno, concretamente —corroboró Salcedo—. El derrumbe de la galería provocó una nube de polvo y la rotura de numerosos tablones, muchos de los cuales quedaron reducidos a astillas. Pero hemos conseguido aislar un par de huellas. Limpias, sin restos de sangre.

—¿Material de la suela? —preguntó Martina.

—De la indefinición de la horma, homogénea y lisa, cabe deducir que fuese algún tipo de calzado elástico —repuso Salcedo—. Una zapatilla flexible, en cualquier caso.

—¿Caucho?

—Tal vez. A propósito, subinspectora: he indagado en el circo. Fui a la hora de comer y pude hablar con la familia de trapecistas.

—¿Con los Corelli?

—Eso es, subinspectora. —Con una sonrisa premiada, Salcedo agregó—: Como Corelli, Arcangelo, el músico barroco.

—Me congratula comprobar que ha consultado la enciclopedia —ironizó la subinspectora—. ¿Y?

—Como le decía, el clan de trapecistas está compuesto por tres miembros: dos hombres, hermanos entre sí, y una mujer, casada con uno de ellos. Tienen coartada. Durante la noche del lunes, asistieron a una fiesta que se celebraba en una de las caravanas. La juerga duró hasta la salida del sol.

—Volvamos a las huellas de esas pisadas —suspiró Martina—. ¿Encontraron restos de parafina?

—No, pero podríamos analizarlas.

—Háganlo. Y encárguense de verificar si esas huellas de la galería derrumbada se corresponden con un calzado de alpinismo que se utiliza en escalada libre. Pies de gato, lo llaman. Si es así, traten de determinar la marca. Confeccionen una lista de establecimientos donde se expida ese material e intenten averiguar si alguno de ellos vendió recientemente un par del número cuarenta y uno.

La pausa de la película se disparó, y de nuevo en la pantalla comenzaron a correr las imágenes de visitantes entrando al museo. La subinspectora rogó:

—Haga volver atrás la película.

Carrasco accionó la bobina.

—Ahí —señaló Martina—. El hombre delgado. El que habla con ese otro más joven.

—¡Es Toni Lagreca! —exclamó Salcedo—. ¡El actor!

—Esta vez no ha tenido que consultar la enciclopedia —sonrió Martina—. Lagreca actuará mañana en el Teatro Fénix. El hombre joven que le acompaña es otro actor de la Compañía Nacional. Probablemente, encontrarían un hueco entre los ensayos para visitar la exposición... ¿Tienen ya los análisis de sangre que ordené?

—Acaban de enviarlos al Grupo —contestó Carrasco—. Los restos de sangre de la escena del crimen son del tipo A, correspondiente a la víctima. Pero...

—¿Pero? —exclamó Martina, sin poder contenerse.

—Algunas de las gotas de sangre que cayeron bajo la galería, aunque mezcladas con otras del tipo A, pertenecen al tipo AB.

—Podría tratarse de una pista válida —postuló Salcedo—. Necesitaremos someter al señor Monzón a una prueba hematológica.

—Además de eso —dijo Martina—, revisen los bancos de los principales hospitales. Quiero una lista de donantes del tipo AB. ¿Se atreven a formular alguna teoría?

Salcedo se animó a exponer:

—El agresor pudo cortarse con el mismo cuchillo que empleó para desollar a la chica. Algunas gotas de su sangre resbalarían hasta caer junto a las otras, procedentes de la piel de la víctima.

—Esa argumentación sería acertada —opinó Carrasco— si, como parece lógico, el asesino no portase una bolsa o una mochila para trasladar los fetiches.

Martina preguntó:

—¿Hay alguna razón que le impidiera llevarlos encima?

La subinspectora dejó que esa vampírica imagen flotara en sus mentes. Como ella, también los dos policías pudieron imaginar a una diabólica figura trepando hacia la techumbre del palacio, con la blanca piel de Sonia Barca colgando de sus hombros como un pálido y tétrico manto.

33

La subinspectora regresó a la sala azteca. Desobede-
ciendo sus instrucciones, la doctora Insausti concluía la
limpieza del ídolo. Las manchas ocres habían desaparecido, pero, allá donde las salpicaduras habían llegado a tras-
pasar la porosa terracota, su superficie era más oscura.

—Es usted muy obstinada, doctora.

—Ambas cumplimos con nuestra obligación —se limitó a replicar la arqueóloga.

El roto cristal de la vitrina reventada había sido desmontado. Una luna nueva, lista para ser instalada, descansaba embalada contra el expositor. Ninguno de los tres
restantes *técpatls* de obsidiana relucía sobre sus peanas.
Los enigmáticos *itzpapalotls* que Néstor Raisiac había
descubierto en una acrópolis del Petén, acuchillando la
piel de los muros, ya no estaban en su lugar.

—¿Y los otros cuchillos? —preguntó Martina.

—He ordenado trasladarlos, con sus correspondien-
tes cajas, al Museo Arqueológico de Bolscan —repuso la
doctora Insausti—. Allí se custodiarán hasta que se decida
reabrir la exposición, o cancelarla y restituir las piezas a
sus países de origen.

—Necesitaré dar un vistazo a esos cuchillos.

—Están a su disposición. ¿Quiere que llame al Arqueológico?

El tono soberbio de su interlocutora no consiguió irritar a Martina.

—En cuanto instalen esa luna será como si nada hubiese ocurrido. ¿No es así como piensa usted, doctora Insausti?

—Cada cual tiene su responsabilidad —se enrocó la arqueóloga—. La mía consiste en desenterrar restos arqueológicos, organizar exposiciones e invitar a la gente a disfrutar de ellas. No calcula el daño que este lamentable suceso puede llegar a causar a nuestro equipo de investigación. Están en juego las futuras subvenciones y...

—Son vidas humanas las que están en juego. A lo mejor usted, doctora, ha olvidado ya que en este preciso lugar se ha cometido un atroz asesinato. Yo, desde luego, no. Y, antes de proceder a su camuflaje o, simplemente, a relegarlo, tenemos la obligación de intentar esclarecer sus circunstancias. A partir de ahora, consideraré cualquier otra actitud por su parte como una obstrucción a la investigación policial.

La comisaria dejó la esponja en un balde.

—Pregunte lo que quiera.

Martina extrajo un cigarrillo de su pitillera, pero no llegó a encenderlo.

—Aunque no sé muy bien por qué, y aunque probablemente no debería hacerlo, voy a confiar en usted. Le proporcionaré información confidencial, a condición de que no haga uso de ella.

Sonriendo con indiferencia, la doctora Insausti procedió a despojarse del mono. La subinspectora bajó la voz.

—En un principio, di por supuesto que el criminal

había arrancado el corazón de la víctima, antes de deso-llarla. Pero no ocurrió de esa forma.

—¿Ah, no?

—No.

—¿Y cómo ocurrió? —preguntó la doctora.

—La apuñaló, pero no la evisceró. El asesino no sólo se desvió del protocolo en ese punto. También en la elección de víctima, pues fue una mujer. Y tengo entendido que en las culturas precolombinas sólo se sacrificaban varones.

—Habitualmente, así sucedía.

—¿No siempre, no en todos los casos? —preguntó Martina.

—No.

—¿Podría mostrarse un poco menos escueta?

La doctora hizo un gesto de resignación. Su tono iba a adquirir un barniz didáctico, un punto cansino, que a Martina le recordó el fraseo de su maestro, Néstor Raisiac.

—Durante la Conquista, los hombres de Hernán Cortés, a su paso por las aldeas aztecas, vieron jaulas de madera con cautivos en su interior, indias e indios que eran cebados para la suprema ofrenda. Una vez sacrificados, esos cuerpos serían devorados por sus dueños, como un nutriente de carácter divino. No los corazones, que estaban reservados a los dioses, ni las cabezas, que pasarían a engrosar los altares de cráneos; tampoco la sangre, ofrecida a Tláloc, el dios de la lluvia, y al astro rey, a fin de que no detuviera su curso provocando el fin del mundo.

—¿Qué partes del cuerpo eran devoradas?

—Las extremidades.

—¿Crudas, palpitantes?

—No —sonrió la doctora—. Eran caníbales, pero

aceptables *gourmets*. Se consumían cocinadas con calabaza y maíz.

Martina hizo un gesto de asco.

—Creo que no me gustaría esa dieta. Hábleme de las prisioneras. ¿Eran desolladas al término de su cautiverio?

—No.

—¿Ni antes ni después de su ejecución?

—No.

—¿De qué manera eran sacrificadas?

—Se las decapitaba.

—¿Eran vírgenes?

—Ya veo que necesita una clase completa, subinspectora. El año que viene podría matricularse en mi curso. Estaré encantada de examinarla.

—Lo tendré en cuenta. Ahora conteste, por favor.

Cristina Insausti se humedeció los labios con la punta de la lengua.

—En la cultura incaica, que acudió al sacrificio humano en ocasiones solemnes, al declararse la guerra, o por enfermedad del Inca, las víctimas debían ser muchachas vírgenes, pues su ofrenda alegraba especialmente a los dioses y suponía, para los padres de aquellas infelices, un diezmo económico y la atribución de poderes chamánicos. Entre los mayas, la selección de prisioneros se amplió a niños y a niñas, que acudían al rito pintados de azul y eran arrojados, vivos o muertos, a los cenotes, considerados umbrales del inframundo.

—Pero no se les desollaba.

—No. Raisiac y yo, entre otros especialistas, opinamos que el desollamiento se reservaba a los hombres. Eran desollados los reos de traición y, ya entre los aztecas, aquellos prisioneros que los sacerdotes designaban para las ceremonias en honor a Xipe Totec.

—¿A Su Majestad El Desollado nunca se le sacrificaban mujeres?

—Nunca.

La subinspectora ensayó otra línea.

—¿En las culturas precolombinas hubo mujeres sacerdotisas?

La doctora se quitó la goma del pelo y, con un par de giros, volvió a rehacer su cómodo peinado.

—El chamanismo vestal prehispánico es un mundo confuso, poco estudiado. Se cree que hubo sacerdotisas mayas y aztecas, encargadas de vigilar el fuego sagrado. Entre los incas, las vírgenes del sol habitaban sus propios templos. Debían mantenerse castas, aunque en algunos casos eran entregadas a los nobles.

La subinspectora se llevó el cigarrillo apagado a los labios. Ardía en deseos de fumar.

—Cuando se cometió el crimen, la música ambiental del museo estaba al máximo volumen. ¿Le sugiere algo esa circunstancia?

—Para las etnias mesoamericanas, la música reunía un significado sobrenatural —divagó la arqueóloga—. Los sacrificios se ilustraban con danzas, llamadas *tum*.

—¿Y esas danzas se potenciaban con alucinógenos?

—El consumo de psicotrópicos era inherente a las castas sacerdotales.

—¿Qué drogas tomaban?

—Los chamanes aztecas utilizaban el *Psilocibe mexicana*. Dejaban secar el hongo, lo molían y lo mezclaban con cacao. Algunos frisos dibujan el alcaloide en forma de semillas rojas y negras derramándose, como una dádiva, de las manos del dios Tláloc. Los sacerdotes consumían la «serpiente verde», semillas de *volubilis* diluidas en agua. Y peyote, claro está, *peyótl*, al que los españoles llamaron «moneda del diablo». Algunas de estas sustancias, mezcladas con alcohol, se administraban a los cautivos, a fin de que se enfrentaran a la muerte sin dar muestras de temor. Los aztecas consideraban una desgracia que el pánico les hiciera rebelarse, y que la suprema ofrenda se convirtiese en una carnicería. ¿Puedo hacerle una pregunta, subinspectora?

—Se ha ganado ese derecho.

—¿La víctima de anoche era una mujer joven?

—Joven, proporcionada y en buen estado de salud. ¿Por qué?

—Los aztecas sacrificaban pelirrojos o albinos coincidiendo con los eclipses de sol o de luna, o leprosos en honor de Tonatiuh, otro de los dioses solares, pero casi siempre elegían para el sacrificio a jóvenes hermosos e inteligentes, alegres y pacíficos, sin mácula ni deshonor.

—No adivino adónde quiere ir a parar, doctora.

—¿Cabe la posibilidad de que el criminal, confundido por el uniforme que vestía la víctima, creyera que iba a matar a un hombre joven?

—No, no lo creo. ¿Es ésa su conclusión?

—Una cosa debe tener clara, subinspectora. Si alguien ha pretendido reproducir los rituales sacrificiales mayas o aztecas, no ha estudiado a fondo los códices. En todos los sacrificios, ya fueran llevados a cabo por flechamiento, apedreamiento, decapitación, asfixia, por el fuego o el filo de la obsidiana, el corazón de la víctima era arrancado y ofrecido a los dioses. Pero usted me ha confirmado que el asesino no extrajo el corazón de esa mujer.

—Así fue.

—¿Por qué no lo hizo?

—Confiaba en que podría revelármelo usted.

—Ya veo que la policía carece de la menor pista —dijo la doctora, con cierta desilusión.

—No sea tan negativa. Hay avances en la investigación.

—¿Como cuáles?

Martina le sonrió con calidez.

—Hemos podido averiguar, doctora Insausti, que es usted una extraordinaria cocinera. A mí, en cambio, la cocina se me da fatal.

La arqueóloga quedó completamente desconcertada.

—¿Cómo sabe que me gusta la cocina? ¿Y qué puede importar eso?

Martina hizo un distraído gesto, antes de preguntar:

—¿Qué hizo usted anoche, doctora?

La arqueóloga dio medio paso atrás y apoyó las manos en las caderas de Xipe Totec.

—¿Por qué quiere saberlo?

—Porque cada una tenemos nuestra responsabilidad. ¿No era ésa su consigna?

Una mal reprimida cólera afloró a los ojos de Cristina Insausti, levemente achinados. Tenía la frente y las mejillas tostadas por el sol; las manos y los antebrazos, en cambio, más blancos.

—Cené en casa del profesor Raisiac. Teníamos trabajo pendiente.

—¿Cocinó usted, o encargaron la cena?

—La preparé yo misma.

—¿Recuerda qué cocinó?

—Nada especial. Un poco de pasta, creo. El profesor es poco exigente.

—¿Hasta qué hora permaneció en casa de Néstor Raisiac?

—Hasta las doce de la noche, más o menos.

—¿Qué hizo después?

—Regresé a mi apartamento en un taxi.

—¿Alguien la acompañó?

—No.

—¿Pasó la noche sola?

La doctora estalló.

—¡Eso no es de su incumbencia!

—Se equivoca. Lo es.

—¡Existe un límite a su....!

—Conteste.

Entre la expresión de la subinspectora y el pétreo gesto de Xipe Totec, que ahora se interponía entre las dos mujeres, apenas había diferencia.

—David se quedó a dormir —dijo Cristina Insausti, con la voz pastosa.

—¿Quién?

—El hijo de Raisiac.

—¿Vive con usted?

—No exactamente. Tiene su propio piso, pero en ocasiones...

—Entiendo —dijo Martina—. Es usted una mujer independiente. ¿Alguien vio a David Raisiac salir o entrar de su apartamento entre la una y media y las tres de la pasada madrugada?

—No lo sé. ¿Cómo podría saberlo?

—¿Tiene él llave de su casa?

—Sí.

—Quisiera hablar con el joven Raisiac. ¿Puede localizarle?

El tono de la doctora Insausti fue amargo.

—¿Para que corrobore mi coartada?

—No me gusta dejar cabos sueltos.

—Le facilitaré un teléfono, pero no sé si lo encontrará. David siempre está de aquí para allá...

—Déjelo de mi cuenta.

La arqueóloga le anotó el número de David Raisiac.

—¿Ha terminado conmigo?

—Me temo que tendré que volver a molestarla por alguna otra cuestión —la previno Martina—. No creo que en Bolscan haya muchas especialistas en culturas precolombinas, ¿o me equivoco?

—Nuestro equipo arqueológico se vertebra en torno a la cátedra de Raisiac. Cualquiera de sus miembros estará dispuesto a documentarla en su investigación.

—¿Hay alguna otra mujer en ese equipo, aparte de usted?

—Soy la única.

—En eso, nos parecemos.

Martina le dedicó una media sonrisa de complicidad y se dio la vuelta. Pero, antes de abandonar la sala azteca, se giró para preguntarle:

—Una cosa más, doctora. ¿Entiende usted de vinos?

—Un poco.

—Se lo pregunto porque tengo un compromiso y quisiera quedar bien. Pero soy mala cocinera, como le decía, y tendré que salir del apuro como pueda. ¿Qué vino me recomendaría para acompañar unos espagueti boloñesa?

—Tinto —repuso la arqueóloga, sin dudarlo—. Un Ribera de Duero, por ejemplo.

—Gracias por el consejo. Si no llega a ser por usted, habría encargado un lambrusco o cualquiera de esos vinos de aguja. Le debo un favor.

—No me debe nada, subinspectora.

Martina la miró como a una amiga.

34

En el laboratorio fotográfico del *Diario de Bolscan*, situado en el sótano del periódico, el reportero gráfico Damián Espumoso, alias Enano, acababa de revelar las fotografías tomadas en el Palacio Cavallería.

Esa mañana, había tenido la suerte de cara.

Gracias al ardid de Belman, al distraer la atención de los municipales que custodiaban la entrada del palacio, Espumoso se había deslizado hasta la sala azteca y ocultado su menuda figura tras la cámara oscura. Cuando dejó de oír voces, salió de su escondite, comprobó que la sala se hallaba vacía y tomó fotos del cadáver. Se había acercado tanto al cuerpo que pisó su charco de sangre. Los investigadores, que entraban y salían del museo en medio de una gran confusión, debieron de atribuir el resplandor de sus *flashes* a la cámara que ellos mismos utilizaban para las tomas forenses. Espumoso hizo su trabajo y salió tranquilamente del Palacio Cavallería. Incluso saludó a los agentes municipales, que ni repararon en él.

Las imágenes no eran humanas. El cadáver despellejado se apreciaba a la perfección, en primeros planos y de cuerpo entero, desmadejado sobre el ara ceremonial con una negra herida en mitad del pecho, y el cráneo mondo, sin cabellera... Un material de primer orden, fotos por las que las agencias pagarían su peso en oro. Espumoso llamó a Belman para que les echase un vistazo.

El reportero bajó desde la redacción saltando los peldaños de tres en tres. Abrió de golpe la puerta del laboratorio y se precipitó hacia las cubetas. Lo que había quedado del angélico rostro de Sonia Barca no era más que...

—¡Un zombi, Dios! —exclamó.

—Sí —dijo Espumoso—. La rebanó y la dejó lironda.

Belman tuvo que sentarse en un taburete. Sacó la petaca de Machaquito y la vació.

—Me imaginaba lo peor, pero esto...

—Míralo desde nuestro punto de vista, Mocos —le animó el fotógrafo—. ¡Es una exclusiva atómica!

—¡Ella sí que era exclusiva!

Espumoso contempló a Belman con la boca abierta.

—¿La conocías?

—Sí.

—¿Bíblicamente?

—Ajá.

El fotógrafo se apoyó en el fregadero de loza.

—¿Quién era?

—Una bailarina. Una artista.

Belman había hundido la cabeza entre las manos. Con ayuda de unas pinzas, Espumoso empezó a colgar las copias en blanco y negro. En cuanto soltasen el líquido fijador, las deshumedecería con un secador.

—¿Puedo preguntarte algo, Mocos?

—Depende.

—¿Te la tirabas a menudo? ¿Era una de tus chicas?

—¿Crees que sólo vivo para follar? ¿Que soy incapaz de apreciar otra virtud en las tías?

—Sinceramente, eso es lo que pienso. Yo mismo no lo hubiera dicho mejor.

Belman habría sonreído, pero la proximidad de las fotos le congeló el humor.

—Está bien. Me la beneficiaba, ¿y qué?

El fotógrafo emitió un silbido.

—Caramba, Mocos. Ya puedes andarte con ojo.

—¿Qué insinúas, Enano?

—Que la pasma podría pensar...

—¿Que me la he cargado yo? ¡Vamos, animal!

—En tu lugar, Belman, no iría alardeando por ahí.

—¿Alardeando? ¡Pero si me he limitado a contestarte!

—Ya lo sé, pero tienes una forma de referirte a las mujeres que resulta... matadora.

El reportero estaba recordando que le había prometido a Sonia comprarle un juego de lencería de fantasía, y que la última noche que estuvieron juntos en su apartamento ni siquiera le había despejado el bidé de ropa sucia. Se sorbió los mocos y le dijo al gráfico:

—Guárdate tus consejos y sube esas fotos a redacción. Voy a hablar con el Perro.

Gabarre Duval había llegado un rato antes, procedente de una comida. La mayoría de los días, el redactor jefe almorzaba por ahí, invitado, generalmente. Como las copas de sobremesa también eran gratis, aprovechaba para cargar el depósito. Después, a lo largo de la tarde, serían los redactores los que pagasen sus excesos. En esa comida debía de haber empinado el codo más de la cuenta, porque Belman lo sorprendió con la mirada turbia y el ralo pelo pegado a la frente.

—¿Puedo pasar?

—Adelante, Mocos.

—Perdone que le moleste, pero...

—Tú jamás me incomodas, Jesús. En realidad, eres de los pocos redactores hacia los que siento un relativo aprecio.

La fiera le sonreía. Incluso le había llamado por su nombre. El reportero quedó desarmado.

—Gracias. Me limito a hacer mi trabajo.

—Exactamente. Y no es otro el motivo de mi felicitación. Tus últimos reportajes, inspirados por mi mano, han contribuido a animar la tirada. Veamos qué me traes hoy.

—Ya le adelantaba esta mañana que...

—Es por la tarde, Belman. Las noticias cambian. Evolucionan.

—Tiene razón. De hecho, la óptica inicial del caso ha sufrido una drástica involución.

—¿Por qué no me hablas en el idioma de Cristo? ¡Tú y tus florituras! Si quieres pronunciar discursos, preséntate a las elecciones.

—Tengo una bomba —presumió Belman.

—¿Una primicia?

—Un pelotazo.

—Antes, dime si tu fuente es buena.

—Jamás me ha fallado.

—¿Es un madero?

—Ajá.

—Bien hecho. Dame su nombre.

—Prometí no revelarlo. Preferiría guardar el secreto.

—Y confidencial será. No va a salir de estas cuatro paredes.

Belman hinchó el pecho, dispuesto a resistir.

—Tendrá que confiar en mí y en mi fuente.

El Perro soltó una carcajada que, realmente, sonó como un ladrido.

—¡Así me gusta, Mocos, con personalidad! ¿Le pasas mordida?

—Algo pide.

—Dime cuánto, te firmaré un cheque de caja. Cuando hayas exprimido a esa rata me revelarás su nombre, para hacerle una suscripción gratuita. Tampoco le cobraremos la esquela.

—Más adelante se lo diré —difirió Belman, sonriendo con orgullo; pocos periodistas de Bolscan tenían sus contactos—. ¿Ha visto las fotos de la víctima? Son espeluznantes.

El Perro desnudó los colmillos.

—Enseguida las veo. ¿Qué hay de esa exclusiva?

—Déjeme hablarle de la chica. Era *stripper* en el Stork Club.

—Conozco el antro. Eladio Morán, el encargado, es cofrade mío. Llámale de mi parte, si necesitas información.

—Ya he hablado con él... Como usted sabe, frecuento ese garito.

—No hay de qué avergonzarse, Mocos. Las putas suelen ser honradas y, en el peor de los casos, una respetable compañía.

Belman tuvo un póstumo gesto hacia la mujer que mejor le hacía el francés:

—Sonia no era una puta.

—¿Sonia?

—Era amiga mía.

—¿Cómo de amiga?

—A veces se quedaba a dormir en mi casa.

El Perro lo miró con una ladina expresión. Belman advirtió que la borrachera se le estaba pasando. Sereno, Gabarre Duval podía ser más peligroso. Era el momento de apaciguarle con su nueva y sensacional primicia.

—De modo que te calentaba la cama.

—Sí.

—¿Pagando, Mocos?

—A veces, le daba una propina.

Gabarre Duval suspiró.

—No vuelvas a hacer eso, hijo. Un reportero mío jamás debe sufragar el vicio. ¿Bonita?

—Un sueño.

—¿Qué tal te lo hacía?

—Le iban los juegos masocas. Látigos de siete colas y toda la parafernalia.

El Perro se atragantó de risa.

—¿Te ponía ligas y hacía que le lamieras las botas?

Belman se lo quedó mirando con una expresión feliz. Sonrió pícaramente y dijo:

—Creo que esa pregunta debería formulársela al comisario Satrústegui.

—¿Para qué?

—Para que le confirme mi chivatazo: él y la chica eran amantes.

Gabarre Duval se incorporó detrás de su mesa, como impulsado por un resorte. Un éxtasis se abrió paso en la apergaminada piel de su cara. Gritó, eufórico:

—¡Repite eso, Mocos!

35

Eran las ocho de la tarde cuando Martina de Santo regresaba a la brigada. Horacio Muñoz pareció intuir su presencia, porque la alcanzó en las escaleras y fue hacia ella agitando una funda clasificatoria.

—El informe que me pidió sobre el fármaco.

—Lo leeré después —dijo la subinspectora, recogiéndolo junto con la rosada cápsula, que había sido envuelta en papel de plata por el meticuloso Horacio—. Ahora no tengo más remedio que ver a Buj.

El inspector estaba en la brigada, entre sus hombres, frente al tablero de corcho con fotos de Sonia Barca y de la escena del crimen. Ernesto Buj llevaba cuarenta y ocho horas de pie. Ni siquiera se tomó la molestia de saludar a la subinspectora. Cuando Martina consideró que llevaba ya bastante tiempo siendo ignorada, le siguió a su despacho y llamó en clave paródica.

—¿Da su permiso?

—¿Qué mosca le ha picado? —barbotó el Hipopótamo.

—El comisario me ordenó que me coordinase con usted.

—¿En qué asunto?

—En el crimen del cuchillo de obsidiana. Voy a interrogar a Juan Monzón, el hombre que vivía con Sonia Barca. Luego le daré cuenta.

—Hágalo por escrito, si es tan amable. Cada vez que aparece en este despacho se me pone jaqueca.

Martina cerró de un portazo el despacho del inspector, bajó a la sala de interrogatorios y ordenó que trasladasen ante ella a Juan Monzón. Mientras esperaba en la sala, arrimó una silla a la mesa y se sentó al revés, apoyando los codos sobre el respaldo para leer su expediente.

Juan Monzón, 26 años, nacido en Madrid. Sin antecedentes penales. Estado civil: soltero. Estudios: bachillerato superior y tres cursos de veterinaria. Ocupación laboral: guarda jurado. Lugar de residencia: calle Cuchilleros, Bolscan. Permiso de conducir. Permiso de armas.

La puerta de interrogatorios se abrió y entró Juan Monzón. A primera vista, a Martina le pareció un hombre tosco, pero sensual. El detenido permaneció junto a la puerta, mirándola con sequedad, mientras el agente preguntaba:

—¿Desea que me quede, subinspectora?

—Puede retirarse. Siéntese, señor Monzón.

El aludido lo hizo enfrente de ella, al otro extremo de la mesa. Tenía un pelo sano, y de su rostro emanaba salud. Llevaba una camiseta negra, muy ajustada, y un pantalón de cuero. El cinturón y una cazadora de aviador le habían sido requisados al ingresar en la celda.

Martina se presentó:

—Subinspectora De Santo, Homicidios.

Monzón se limitó a apartarle la vista. Su frente era estrecha, prognática, y sus ojos, claros. Señalando el equipo de grabación, Martina le advirtió:

—Debo formularle algunas preguntas en relación con una mujer asesinada en el Palacio Cavallería. Sus respuestas quedarán registradas.

—¿Algún juez sabe que estoy aquí?

—Desde luego. Su interrogatorio ha sido autorizado.

—¿Tengo derecho a un abogado?

—En el pasillo hay un teléfono. Puede salir y llamar a uno.

Monzón pareció pensarlo, pero lo descartó.

—No he hecho nada malo, y no necesito ayuda.

—Me alegro por usted. ¿Está listo para empezar?

—Usted pregunte, y ya se verá.

—Muy bien. Quisiera saber por qué tenía un machete en su habitación.

—¿De qué se me acusa?

—Por el momento, de nada —quiso tranquilizarle Martina, analizándolo, al mismo tiempo. La presencia física de Monzón imponía, pero su cuerpo robusto aparentaba pesadez, falta de reflejos, de agilidad—. Si no hay cargos contra usted, saldrá en libertad. Todo dependerá de sus respuestas y de su voluntad de colaborar.

—Yo no maté a Sonia —dijo el vigilante con aquella extraña voz de pájaro que Martina había identificado ya. Se trataba, sin género de duda, del mismo hombre que había mantenido una escabrosa conversación telefónica con Sonia Barca, poco antes de su muerte.

—Nadie sostiene lo contrario. Pero partimos de un hecho sustancial: la víctima del crimen vivía con usted. ¿Estoy bien informada?

—Sí.

—¿Desde cuándo convivían Sonia y usted?

—Desde el mes de octubre.

—¿Cómo la conoció?

—Trabajaba de camarera en El León de Oro.

—¿Iba usted con frecuencia a ese local?

—De vez en cuando.

—¿Con algún amigo?

—Por lo común, no. Me gusta tomar mis copas solo.

—¿En una de las whiskerías más caras de la ciudad?

Monzón se puso rígido.

—No soy un cateto, si es lo que está pensando. No conozco a muchos horteras que hayan estudiado...

—¿Veterinaria? —apuntó la subinspectora.

—Entre otras cosas —repuso Monzón, con cautela—. Me gusta ese tipo de ambiente, eso es todo.

—Además de tomar copas en El León de Oro, ¿buscaba mujeres?

—No especialmente. Aunque, si se terciaba...

—¿Fue usted quien se acercó a Sonia, quien le dio conversación?

—No.

—Es usted un hombre bien parecido. ¿Sucedió justo al revés?

—Podría decirse así.

—¿Fue ella quien le ligó? —sonrió Martina.

—Supongo, pero no me resistí mucho. Estaba muy buena.

—¿Por qué no la respeta?

La mirada de Monzón se humedeció. No era fácil adivinar lo que estaba pensando.

—Sé que está muerta. Pero yo no la maté.

—Voy a pedirle que no siga insistiendo en su ausencia de culpabilidad, o en su presunta inocencia. Si tengo que imputarle algo, formularé una acusación y se la elevaré al juez. ¿Me ha entendido?

Monzón no dio señales de haberlo hecho. Con el cuello vuelto, miraba con obstinación hacia la puerta, como queriendo indicar que su legítimo lugar estaba al otro lado de esa ventana enrejada, a través de la cual se distinguía la cabeza del agente de guardia.

Martina encendió un cigarrillo. El chasquido del encendedor sólo iba a ser un punto y seguido en el interrogatorio.

—¿Lo de Sonia y usted, entonces, no fue un flechazo mutuo, a primera vista? ¿Ella le eligió entre otros clientes?

—Lo único que sé es que Sonia salió de la barra. Que hablamos, quedamos para después, nos fuimos de tragos y acabamos en la cama.

—¿En su habitación de alquiler?

—Sí.

—¿No le llega para pagar un piso?

—El sueldo de vigilante es muy justo.

—Pero le permite frecuentar El León de Oro, e invitar a sus ligues.

—Vivo a mi manera, ya se lo he dicho. ¿Es que un segurata no puede divertirse como le dé la gana?

—Desde luego que sí. ¿Fue usted quien propuso a Sonia mudarse a su habitación?

—Lo acordamos los dos.

—Pero, ¿lo propuso usted?

—Puede.

—¿Dónde residía Sonia antes de conocerle?

—No tenía domicilio fijo. Llevaba poco tiempo en Bolscan. Estaba en un hotel, creo.

—¿En cuál?

—En el Palma del Mar.

—Que también es muy caro. ¿Cómo lo pagaba?

—Nunca lo supe.

—¿De dónde procedía ella?

—Tampoco lo sé.

—¿No le contó nada de su pasado, de su familia?

—No teníamos mucho tiempo para estar juntos. Y, el poco que teníamos, lo pasábamos en la cama.

Monzón sonrió, orgulloso de sí mismo. La subinspectora lo miró con frialdad, como a un pedazo de carne.

—¿Practicando juegos sadomasoquistas?

El sospechoso no se inmutó.

—Lo que una pareja haga en la intimidad es asunto suyo, y de nadie más.

—Depende. A veces, la violencia genera violencia. ¿Mantuvo usted relaciones sexuales con Sonia Barca pocas horas antes de su muerte?

—Ignoro a qué hora murió —repuso Monzón.

—¿Desconoce a qué hora asesinaron a Sonia, ha querido decir?

—Eso es —admitió el vigilante, perdiendo parte de su aplomo.

—La mataron entre la una y las dos de la madrugada de hoy —precisó Martina—. ¿Estuvo usted con ella durante la tarde de ayer?

—¿Tengo que contestar a eso?

—Le recomiendo que sea sincero.

Monzón meditó durante unos segundos, antes de admitir:

—Estuve con ella por la tarde.

—¿En la cama?

—Sí.

—¿Tenían poco tiempo para estar juntos y por eso se dedicó usted a satisfacerla sexualmente?

El sospechoso volvió a sonreír, con engreimiento. Inspiró poderosamente, tanto que sus pectorales se marcaron bajo la camiseta.

—Comimos algo en el barrio y fuimos al cuarto. Echamos unos cuantos polvos, como cada día, y nos quedamos dormidos.

—¿A qué hora se despertaron?

—Sonia, no lo sé. Me dejó puesto el despertador y se fue al trabajo.

—Así debió de ocurrir —asintió la subinspectora, consultando sus notas—. A las 21.30, Sonia firmó la ficha de relevo para su turno de noche en el Palacio Cavallería. ¿Ha estado usted en ese edificio?

—Estuve con ella, para presentarle al otro guarda y revisar los sistemas de alarma.

Martina consultó las declaraciones del personal del museo.

—A las 21.45, los funcionarios y el guarda del último turno abandonaron el palacio, y el recinto quedó cerrado. ¿Diría usted que la seguridad del palacio es la adecuada?

—Asimismo se lo dije a Sonia.

—¿Para tranquilizarla?

—Sí, porque carecía de experiencia.

—¿Tenía miedo?

—Normal. Iba a ser su primera noche.

—¿Qué le dijo para reforzar su confianza?

—Que ahí dentro no podría entrar ni un mosquito.

—A menos que su novia abriese las puertas —exceptuó Martina.

—¿Por qué iba a hacerlo?

La subinspectora se tomó una pausa para terminar el pitillo.

—Entre las diez de la noche de ayer y la una de la madrugada del día de hoy se recibió una llamada en la centralita del museo. Sonia descolgó el teléfono y contestó. ¿Adivina quién se encontraba al otro lado del hilo?

Los músculos faciales de Juan Monzón se tensaron, pero su boca permaneció cerrada.

—¿No lo adivina? —repitió la subinspectora.

—No tengo poderes mágicos.

Muy despacio, Martina sacó una pequeña cinta y la instaló en la grabadora de un teléfono situado en un ángulo de la mesa. Las voces de Juan Monzón y de Sonia Barca sonaron en la sala:

—Tengo ganas de ti.

—Yo también tengo ganas.

—¿Estás mojada?

—Sí.

—¿Quieres que vaya a por ti?

—Es mi primera noche. No sé...

—¿Quién se dará cuenta? Nos lo montaremos en el museo. Será muy excitante. En una hora tendrás palanca. Espérame discurriendo alguno de tus jueguecitos. Instrumentos no te van a faltar.

—Tendría que abrirte la puerta y...

—¿Quién nos verá? En todo caso, pensarán que soy el vigilante de refuerzo. Nos lo hacemos y me vuelvo a mis putas naves. ¿Cuál es el problema?

—¿Y bien? —preguntó Martina—. ¿Desea ahora salir al pasillo, llamar a un abogado y explicarle cuál es exactamente su problema?

36

El sospechoso permaneció un rato con la cabeza baja, contemplándose las uñas con aparente calma. Después, se estiró la camiseta y dirigió a la subinspectora una mirada terca.

—No llamaré a ningún picapleitos.

—¿La voz de la grabación es la suya? —preguntó Martina.

—Sí.

—¿La voz de la mujer se corresponde con la de su novia?

Monzón volvió a afirmar.

—En ese caso —concluyó la subinspectora—, me temo que se encuentra usted en un serio aprieto.

—Le repito que soy inocente. ¡Yo no la maté!

—Tendrá que demostrarlo. ¿Puede hacerlo?

Monzón se pellizcó la nuez. Se afeitaba hasta su mismo pico, pero esa mañana no se había rasurado.

—Es cierto que hice esa llamada, pero luego no pude ver a Sonia.

—¿A qué hora la llamó?

—Sobre la medianoche.

—¿Desde dónde hizo la llamada?

—Desde la centralita del polígono donde trabajo.

—¿Acudió usted inmediatamente después al Palacio Cavallería?

—Sí.

—¿Cómo se desplazó hasta allí?

—Andando.

—¿Atravesó media ciudad vestido con su uniforme de vigilante?

—En las naves dispongo de una taquilla. Me cambié de ropa.

—De manera que se cambió y caminó hasta el Palacio Cavallería. Debió de tardar más de una hora. ¿Alguien le vio recorrer las calles?

—Supongo.

—¿Alguien que pueda testificarlo?

—No lo sé. Tendría que hacer memoria.

—Le recomiendo que haga trabajar esa función cerebral. ¿A qué hora llegó al palacio?

—Sobre la una de la madrugada —concretó Monzón—. Llamé al timbre de la puerta principal, pero Sonia no abrió.

—¿Había gente en la plaza del Carmen?

—Nadie. La plaza estaba desierta. Hacía frío, y llovía.

—¿Qué hizo entonces?

—Estuve esperando.

—¿No vio ni oyó nada extraño?

—Únicamente, un ruido que procedía de dentro. Como una música de funeral. Pegué el oído a la puerta, pero no oí a Sonia. Insistí con el timbre, y nada.

—¿A qué atribuyó el hecho de que su novia se negase a abrirle la puerta?

—Pensé que el timbre debía de estar estropeado, que no se escucharía desde el interior.

—¿Qué hizo después?

—Di la vuelta al palacio, por el callejón, para llamar al portón trasero.

—¿Tampoco vio a nadie en el callejón?

La actitud de Juan Monzón mejoró. Su tono sonó más positivo.

—Sí, vi a alguien. Había un coche.

La subinspectora apoyó la mandíbula en el respaldo de la silla.

—¿Tenía las luces apagadas o encendidas?

—Encendidas. Estaba subido a la acera, pegado al muro.

—¿Retuvo alguna característica de ese vehículo?

—Puede que fuera un turismo de color oscuro, negro o azul marino.

—¿Había alguien dentro del coche?

—Una persona, quizá dos.

Martina contuvo el aliento.

—¿Se fijó en sus caras?

—Los faros me deslumbraban y el limpiaparabrisas estaba funcionando. Pasé muy rápido, además.

—Haga memoria. ¿Recuerda algún rasgo del conductor?

—No se trataba del conductor, porque esa persona estaba sentada en el asiento contiguo, junto a la ventanilla pegada al muro. Creo que llevaba gafas.

—¿Unas gafas corrientes?

—No. Oscuras.

—¿A esa hora de la noche?

—Sí.

—¿Está seguro?

—Sí.

—La otra persona, ¿estaba en el asiento de atrás?

—Sí.

—¿Era un hombre o una mujer?

—Creo que era un hombre.

—¿No recuerda nada más? ¿Ningún otro detalle? ¿Algún número de la matrícula, el código provincial?

—No.

Martina lo dejó descansar. Ella misma se tomó un respiro, pero sin quitarle la vista de encima. El sospechoso, a su vez, miraba a la grabadora, que seguía funcionando con un molesto rumor de fondo.

La subinspectora volvió a la carga:

—El portón trasero del palacio no dispone de timbre. ¿Cómo llamó, a golpes, con los nudillos?

—Golpeé el portón, sin resultado.

—¿Qué hizo luego?

—Me fui.

—¿Adónde?

Juan Monzón señaló con aprensión el magnetofón, que seguía funcionando con un molesto rumor de fondo.

—¿Va a seguir grabando?

—¿Prefiere que no lo haga?

El tono del sospechoso fue el de un jugador que, al descartarse, sabe que le va a entrar una carta marcada.

—No creo que le vaya a gustar lo que voy a contarle ni que le convenga grabarlo.

La experiencia de la subinspectora le anticipó que de esa actitud podía derivarse alguna confidencia, pero era más que probable que Monzón exigiese algo a cambio. Para que su demanda fuera modesta, Martina, poniéndose en pie y caminando en círculos alrededor de la mesa, le fue describiendo el oscuro panorama de su implicación:

—Me parece que no acaba de darse cuenta de cuál es su situación, señor Monzón. Sonia Barca era su novia.

Compartían vivienda. Usted fue una de las últimas personas que la vio con vida. Estuvieron juntos toda la tarde de ayer. Según su propia declaración, permanecieron varias horas encerrados en su cuarto, en el que usted guardaba un arma blanca, haciendo el amor y dormitando a ratos. Sonia, siempre según su versión, se despidió de usted, que estaba dormido, le puso el despertador y se dirigió al palacio. A partir de las diez de la noche, hora en que firmó el parte de relevo, su novia se quedó sola en el interior del recinto. A las doce respondió una llamada telefónica suya, para arreglar una cita. Pero, una hora después, cuando usted se presentó, Sonia no le abrió la puerta. Bien porque el asesino estaba dentro, y había conseguido reducirla, bien porque ya había sido asesinada a puñaladas por alguien que, como usted, tenía conocimientos médicos, pese a lo cual iba a ensañarse con ella, desollándola en dos terceras partes de su cuerpo.

Juan Monzón golpeó la mesa con la palma de la mano.

—¿Desollada? ¿Qué es esto, una trampa?

Fuera, la cabeza del policía de guardia se incrustó entre los barrotes de la ventanilla. La subinspectora le indicó con un gesto que se abstuviera de intervenir.

Monzón se mostraba ahora más agresivo. Gritó:

—¡Los policías que me trajeron aquí dijeron que la había matado de un machetazo! ¡Con el cuchillo que guardo para mi defensa personal! ¿Me estaban acusando ya, desde el primer momento? ¿Me acusa usted ahora? ¡Están buscando un chivo expiatorio!

—Cálmese, señor Monzón. Nadie le ha imputado delito alguno.

—¿Ah, no? Entonces ¿por qué me tratan como al sospechoso número uno?

Martina ahogó un juramento. Entre los patrulleros,

siempre había algún bocazas. Tomó la decisión de apagar el magnetofón. La cinta se detuvo.

—¿Mejor así?

El vigilante pareció recuperar el control.

—A partir de ahora —señaló Martina—, lo que vaya a decirme quedará entre usted y yo. Sin embargo, debe saber que utilizaré en la investigación los datos que me suministre. Hable.

Monzón enlazó y retorció sus manos con tanta presión que la sangre se le retiró de las falanges.

—Yo no era el único hombre en la vida de Sonia.

—¿Ella tenía otros amantes?

—Estoy convencido.

—¿Discutieron por eso? ¿Se lo echó usted en cara?

—Ni siquiera llegamos a hablar del asunto. Sonia presumía de ser una mujer libre. Me lo dejó muy claro desde la primera vez que chingó conmigo.

—¿Nada de preguntas?

—Eso es. Acepté sus condiciones porque sabía que era la única forma de retenerla junto a mí.

—Y, de hecho, lo consiguió.

—No del todo. A veces, cuando lo hacíamos, tenía la impresión de que ella estaba con otro hombre. No sé si entiende lo que quiero decir.

La subinspectora sonrió.

—¿Quizá Sonia tenía demasiada imaginación?

—Puede usted burlarse, pero me hacía sentirme inferior. Pruebe a entender eso. Pruebe a comprender lo que significa para el orgullo de un hombre.

Martina fingió comprenderlo.

—Hábleme de esos tipos que llenaban la imaginación de Sonia. ¿Eran un ideal, un sueño, o rivales de carne y hueso?

—Le contestaré, pero haga que me devuelvan la cartera.

—¿Para qué?

—Haga lo que le digo.

La subinspectora abrió la puerta y dio orden de que restituyesen al detenido sus objetos personales. Un agente los depositó sobre la mesa, metidos en una caja de cartón. Monzón abrió su cartera y procedió a desdoblar un arrugado papel.

—Nunca vi a ese hijoputa, pero sé quién es. Dejó una carta para Sonia en El León de Oro. El camarero no pudo localizar a Sonia. Sabía que ella vivía conmigo, y me entregó la carta para que yo se la diese. El camarero también me dijo quién era ese hombre. La carta estaba en un sobre, pero lo abrí y me la guardé. Aquí está.

Querida Sonia: Te echo mucho de menos. Necesito verte con urgencia o, de lo contrario, me temo que voy a hacer una barbaridad. En cuanto recibas estas líneas, haz el favor de llamarme. Ya sabes dónde encontrarme. Tenemos que hablar.

Conrado

Como si estuviera ardiendo, la subinspectora sostuvo el papel por una esquina. Había visto tantas veces esa letra que lo único que le extrañó fue sorprender sus caracteres al margen de su contexto policial. No cabía la menor duda: aquel mensaje destinado a la mujer asesinada había sido redactado por el comisario Satrústegui.

Martina de Santo clavó en Juan Monzón una mirada líquida.

—Se someterá a una extracción de sangre, recogerá el resto de sus cosas y se irá de aquí.

Como si considerase aquel desenlace un acto de justicia, el gesto de Monzón no reflejó agradecimiento ni alivio.

—Permanezca en la ciudad y absténgase de hablar con nadie en relación a este caso —le ordenó la subinspectora—. Lo quiero localizado en todo momento. Un agente le acompañará.

Martina se dirigió hacia el ascensor, subió al pasillo de la primera planta y sacó un café de la máquina. Encendió un cigarrillo y se apoyó contra la pared. Sentía un peso encima, y las manos le temblaban ligeramente.

Funcionarios del Cuerpo transitaban por el corredor. Al fondo, frente al despacho del comisario Satrústegui, varios inspectores aguardaban a ser recibidos. El comisario los había convocado para coordinar la visita del ministro del Interior.

La subinspectora desdobló la carta que acababa de entregarle Monzón. El estilo era apresurado, nervioso. La frase más deslavazada era, también, la más grave:

Necesito verte con urgencia o, de lo contrario, me temo que voy a hacer una barbaridad...

Mirando fijamente la puerta del comisario, que acababa de abrirse para mostrarle en mangas de camisa, de perfil, hablando por teléfono e indicando a los inspectores que fueran sentándose, Martina se preguntó si Conrado Satrústegui habría llevado a cabo su impulsiva amenaza. Si el destino también habría jugado sucio con él, como en otras ocasiones lo había hecho con ella, y si esa mujer, Sonia Barca, habría tenido la suficiente influencia sobre su superior como para convertirle en un asesino.

37

Aquélla, la del miércoles 4 de enero, iba a ser una de las últimas madrugadas en que Camila Ruiz bailase en el Stork Club, pero Eladio Morán no lo sabía.

A las doce y cuarto de la noche, como cada velada, a excepción de los pases dominicales, cuando la sustituía su amiga Sonia Barca, Camila había hecho su aparición en el cabaret por la entrada de servicio. Estaba helada. No usaba abrigo sobre su llamativo conjunto de charol rojo, que hacía resaltar su melena rubia y las curvas de sus caderas y pechos. También las botas que lucía por fuera eran acharoladas, tipo Barbarella. Camila llevaba tal cantidad de colorete que sus mejillas parecían las de una de aquellas marquesas que Robespierre ordenó guillotinar.

Amparado por una nube de humo, Eladio Morán, el gerente del Stork Club, estaba sentado en un taburete al extremo de la barra en forma de medio ocho, delante de un cóctel de fantasía. Durante el *show*, jamás abandonaba su despacho, pero aprovechaba los descansos entre cada pase para hacer caja y tomar una copa. Morán fumaba unos cigarrillos acres, morenos, que encendía con trabajo y una rústica ostentación, a cada poco, con un chisquero de piedra como los que usaban los antiguos tranviarios. El gerente lucía un tajo a un lado de la nariz, recuerdo de sus tiempos de peso *welter*, y la comisura del labio inferior cosida por una señal de navaja. Las *strippers* del Stork decían que, en lugar de corazón, Eladio Morán tenía una piedra de molar, pero con Camila no se había portado mal del todo. Le pagaba lo acordado, más la tarifada mitad de lo que obtenía por cada hombre que se llevaba a la cama.

—Llegas tarde, pimpollo —la había recibido Morán, con su sonrisa de hiena—. Estamos a punto de abrir puertas. Apúrate.

«Usted siempre tan caballero», estuvo a punto de responder Camila. En lugar de eso, se había limitado a agachar la cabeza y a abrirse paso hacia los camerinos entre las desordenadas mesas. Un mozo frotaba los hules para sacar las manchas de la función anterior, colocaba las sillas y los ceniceros de latón. Camila rodeó el escenario, recorrió un húmedo pasadizo, abrió la puerta de camerinos, tiró el bolso entre las pinturas de guerra que las demás chicas siempre dejaban destapadas y se desplomó en un butacón de peluquería, frente a los espejos de luces. Su reflejo le disgustó. Pese al maquillaje, aquella implacable iluminación le sacaba patas de gallo, proporcionando a su rostro un relieve de hielo, como si estuviera tallado en cristal.

Camila suspiró, abrió el bolso, sacó un espejito y se cortó una raya.

—¿Convidas, reina?

Flora, una de sus compañeras, la andaluza, acababa de llegar. Era la veterana del elenco, pero seguía teniendo una figura envidiable para su edad. En sus buenos tiempos había sido madam, hasta que la policía le cerró el garito. Flora se había quedado en la calle, para volver a hacerla. Eladio Morán le había ofrecido un puesto de chica de alterne, que Flora aceptó. No iba a tener mucho más, pero sí un lugar donde caerse muerta. Camila pensaba que, si Flora seguía bebiendo y metiéndose como lo hacía, pronto caería, pero al hoyo.

—Sírvete tú misma.

Flora se espolvoreó a gusto la nariz y se relamió los labios.

—Se ve la vida de otro color. Eres un amor, Camililla. Te merecerías un príncipe. Y yo también.

—¿No preferirías un funcionario? —bromeó Camila.

Flora se echó a reír. Tenía una risa contagiosa, mudéjar.

—¿Uno que funcione bien, y que no sea fifiriche? Eso lo dejo para ti, que todavía eres joven. A mí me basta con que no ronquen. Te diré una cosa, Camililla. Los hombres de hoy no son como los de antes.

—¿Y cómo eran los hombres de ayer?

—Machos.

—¿Y los de hoy?

—¡Bah!

—Habría que ver ahora a los viejos de tu generación —dijo Camila—. Apuesto a que tienen que tirar de lengua.

—¡Jodida criatura! Estás convencida de que vas a comerte el mundo, ¿no es verdad? ¿Cuántos años tienes?

Camila Ruiz tenía veinte años, una virtud felina en sus ojos garzos, el cabello rubio y demasiado fuego en el cuerpo.

—¡Qué habrás visto tú de la vida, meque! —exclamó Flora.

Desde que tenía uso de razón, Camila había encalomado a los hombres. Le gustaba desnudarse para ellos, en privado y en público, y sorprender ese rictus de éxtasis que los transportaba a un mundo mejor, al universo de la debilidad y el placer.

—He visto mucho —repuso Camila—. He tenido tiempo hasta de sufrir.

Sólo se había enamorado una vez, de uno de esos muchachos de buena familia que se veían obligados a trapichear para mantener su tren de vida. Se llamaba David Raisiac, y era hijo de un catedrático de la Universidad, un señorón que enseñaba arqueología, historia y lenguas antiguas. Un poco mayor que Camila, David había dejado de estudiar. El joven Raisiac solía decirle que le gustaban menos los latines paternos que su lengua rosada de gata sin dueño. David estuvo en la cárcel, por tráfico, salió y volvió a ingresar en el maco. En la cárcel, su carácter cambió, se envileció. David se metía tal cantidad de farlopa que la mayor parte de las veces andaba colgado. Sometía a malos tratos a Camila, y luego le imploraba perdón. Y así una y otra vez, hasta que Camila le dejó. Entonces, él se convirtió en su camello. A veces, cuando no tenía con qué pagarle, Camila le permitía que volviese a disfrutar de su cuerpo, pero ya no le dejaba jugar con sus labios ni con su caliente lengua, y tampoco ronroneaba cuando le sobrevenía el gozo. Después, David desapareció. En un par de ocasiones, con su nueva pareja, una profesora universitaria, de su misma clase, el joven Raisiac había visitado el Stork Club para verla serpentear y contonearse en la barra, pero ella le había ignorado.

Camila no había vuelto a liarse en serio con ningún otro tipo. Tenía clientes, tenía para meterse, y se arreglaba con eso. De vez en cuando, tenía una mujer. Una suave leona como Sonia Barca.

—Me vendría bien otro tirito —dijo Flora.

—Pero que sea el último.

—Eres un cielillo. Ojalá esta noche te esté esperando el hombre de tus sueños.

A la mañana siguiente, cuando se despertó en una estrecha y húmeda habitación de alquiler de la calle Galeones, en el corazón del viejo barrio portuario, Camila atribuiría a esa frase de Flora el efecto de una premonición. Porque Camila iba a conocer a Juan Monzón de una manera que a los dos les pareció romántica, algo así como un regalo del destino. Ella había perdido su documento de identidad en alguna parte, y él lo encontró en la calle.

Al menos, eso le diría Juan Monzón, el hombre que le estaba predestinado por el capricho de los astros. Junto con el documento de Camila, figuraba en su fundita de plástico una tarjeta del Stork Club. Juan había localizado el cabaret. Pagó la entrada y se presentó en la sala pasada la medianoche, justo cuando ella acababa de comenzar su actuación. Monzón nunca había estado en el Stork. Mostró al barman el extraviado carnet y preguntó por Camila Ruiz. El mentón del camarero señaló la pista.

Enroscada a la barra, con la mirada encendida de provocación y de un placer que sólo podía ser auténtico, Camila procedía a despojarse de un sujetador de lentejuelas a juego con el tanga. Las luces violetas y anaranjadas prestaban a sus senos una transparencia química. Cuando el bikini cayó, arrugándose sobre el tablao como una piel gastada, Juan olvidó a qué había ido. Pidió un whisky, que le supo a gasoil de barco, y después, en el descanso del *show*, mientras anunciaban nuevos números de *strip-tease*, una cerveza.

Después de su actuación, Camila se desfondó en la butaca del camerino, agotada. Al terminar de bailar, se sentía vacía. Identificaba ese cansancio con una forma de felicidad, y por eso estuvo unos minutos sin hacer nada, limitándose a limarse las uñas y a espiar en el espejo los estragos que el vaho humano de la sala había causado en su maquillaje.

—¿Todo bien, pequeña? —dijo Flora, entrando a cambiarse; se tambaleaba un poco—. Estuviste sensacional. Divina.

—¿Has vuelto a beber, Flora?

—Estuve haciendo barra. Hay un cliente nuevo, y ha preguntado por ti.

—¿De qué manera?

—Con mucha educación.

—¿Está bueno?

—Cañón.

—¿Vale la pena que me arrime?

—Yo que tú correría hacia él. Pero ten cuidado, no vayas a tropezar con el periodista.

—¡Ese ferrete!

—Está como una cuba. Y también ha preguntado por ti.

—¿Cómo?

—Sin la menor educación.

Camila se ajustó como una funda el traje de cuero rojo y avanzó hacia la barra rechazando las invitaciones de clientes que querían alternar con ella.

—Coca-Cola —pidió al barman, acodándose y encendiendo un cigarrillo—. Con un chupito de ron.

—Creo que esto es tuyo —dijo Juan.

Se le había acercado por detrás, y le tendía lo que parecía un documento de identidad. Antes de verle, Camila escuchó su voz. Apenas unas pocas horas más tarde, pensaría que ese factor había sido el causante de su derrota sentimental, de su enamoramiento. Se había jurado a sí misma no caer nunca más en una trampa de sonrisas y golpes, pero aquel hombre la cegó. ¿Era posible que la hubiese cautivado su voz? ¡Si no se trataba de una voz bonita, ni siquiera viril! Juan lo era, sin duda. Bastaba evaluar su imponente apostura, las patillas de hacha, los pectorales que se le marcaban contra la ajustada camiseta negra, bajo la cazadora de aviador. Pero ese timbre agudo, entrecortado y tímido que surgía entre sus labios no estaba hecho para seducir. A ella, sin embargo, le había llegado al corazón. «Es la voz de un niño», pensó.

—¿Dónde lo encontraste?

—Tirado en la calle —mintió Juan—, junto a un banco. Debiste de perderlo sin darte cuenta. Me orienté por la tarjeta. Supuse que trabajabas aquí, o que alguien te conocería.

Camila sonrió. No podía recordar dónde había perdido el documento, y dio por válida la explicación.

—Había también tres mil pesetas —añadió Juan—. Ten.

—Gracias. La pasma no me habría localizado con tanta rapidez. ¿No serás poli?

—Claro que no. ¿Es que tengo pinta?

—¿A qué te dedicas?

Juan sonrió.

—Busco el amor.

Ella también sonrió. Los románticos le habían atraído siempre, pero ninguno poseía esos músculos.

—¿Me has visto trabajar?

Juan se ruborizó.

—El espectáculo es muy vistoso.

—¿Espectáculo? —rió Camila—. Eso es para las estrellas. Soy bailarina de cabaret. Hago barra, hago lésbico. Enseño las tetas, y a veces el resto. Pero no soy puta, si es lo que estabas pensando.

Juan denegó con la cabeza.

—Me ha gustado. La música, el ritmo... Y también me has gustado tú. Tienes una piel increíble.

—No hace falta que sigas siendo amable. Ya me has devuelto el carnet. Toma, por las molestias.

Monzón se quedó mirando el billete, atónito.

—¿Una gratificación? ¡No puedo aceptarla!

—¿Por qué no? Sorprende a tu chica. Tráela, si quieres. Hablaré con el encargado para que os inviten a dos storkinos. ¿Los has probado? Piña, azúcar y ron. Explosivos.

—No tengo novia.

—¿Una amiguita fuerte, a lo mejor?

Juan frunció los labios. Camila pensó que esa boca tenía que saber a algún licor dulce y espeso. Monzón se franqueó:

—Vivo en una habitación alquilada en la calle Galeones. Estoy solo, vivo solo.

—Eso debe de ser malo para la salud.

—Puede. ¿Me recomiendas algún remedio?

—¿Por qué no pides uno de nuestros storkinos?

Camila chasqueó los dedos.

—Un cóctel de la casa para el caballero, Paco. Y otro para mí. Apártame esa Coca-Cola.

—Invito yo —dijo una voz gangosa, después de estornudar.

—Déjalo, guapo —repuso Camila, volviéndose hacia un cliente desgarbado y alto que trasegaba a su espalda, acodado en la barra—. Menudo plasta —le susurró a Juan—. Se llama Belman, y es del *Diario*. Nosotras le llamamos *pelman*. Dicen que el otro apellido lo tiene más largo —rió Camila—. No lo he visto, así que no puedo opinar.

Monzón dedicó al periodista una mirada feroz. Paco,

el barman, les atendió mientras Eladio Morán los observaba sin disimulo desde el túnel de camerinos. A través del espejo de la barra, Camila podía ver el anillo de falso rubí del gerente brillando junto a la brasa de su cigarro, y cómo el gesto de pasarse un dedo por la cicatriz de la boca se repetía demasiado a menudo, como siempre que Morán sometía su cerebro a alguna clase de cálculo.

Juan, en cambio, se había sentado en el taburete y mantenía las manos quietas, posadas con mansedumbre sobre sus anchas perneras. Todo en aquel guapo desconocido, pensó Camila, era ancho; todo, menos su voz. Pero esa voz chica, aflautada, iba hendiendo en ella una resistencia antigua.

—Me gusta tu voz —dijo.

Él volvió a sonreír. Su sonrisa también era ancha. Camila clavó una uña en el muslo de su pantalón de cuero y empezó a subir el índice a lo largo de la costura. Percibió la carne prensada, joven, y cómo Juan se enervaba, perdiendo el dominio de sí.

—He terminado por esta noche —dijo Camila—. Me pregunto cuándo irás a pedirme que salgamos de aquí.

—Estaba a punto de hacerlo. ¿Nos vamos?

—Júrame que no llegaremos a tu casa antes del amanecer.

—No podría cumplir mi palabra.

Juan Monzón la enlazó por la cintura. Eladio Morán los vio salir, los rostros demasiado juntos, y adivinó que esa noche había perdido su cincuenta por ciento.

No podía saber que estaba a punto de despedirse de una de sus principales fuentes de ingresos.

38

Eran más de las cinco de la madrugada cuando Camila y Juan se besaron por primera vez en la barra de un bar que permanecía abierto toda la noche. A Camila le gustó aquel beso, y lo repitió. Había bebido mucho, y se sentía flotar. Juan sólo bebía cerveza. Ella le había ofrecido un tiro, pero él lo había rechazado.

—Quiero estar despierto cuando te vea desnuda —le dijo con voz de pájaro, acariciándola por debajo de su chaqueta de cuero rojo.

Camila no tuvo que esperar mucho para quitarse la ropa. Estaban cerca de la calle Galeones, en el arrabal portuario, donde vivía él, y fueron caminando por las calles desiertas. De vez en cuando, se paraban para besarse con pasión en los portales.

La habitación de Juan era pequeña. Desde el pasillo se oía roncar a otros huéspedes, pero a Camila no le importó. Deseaba estar con aquel hombre.

Apenas Juan hubo cerrado el cuarto, Camila se dio cuenta de que en aquella habitación vivía o había vivido otra mujer. Sobre la mesilla de noche había un neceser con pinturas y un cepillo de pelo. Por la entreabierta puerta del armario se veían colgar una falda y un vestido estampado. A la bailarina tampoco le importó que bajo la cama asomasen un par de zapatos de tacón, como si su dueña acabase de quitárselos, o fuese a regresar de un momento a otro para volvérselos a poner.

—Me encanta tu piel —repitió Juan.

La fue desnudando con mimo, prenda por prenda, y con el mismo cuidado dobló su ropa sobre la única silla del cuarto. Cuando Camila estuvo desnuda, él le pidió que se tendiera en la cama. Entonces, él se desnudó a su vez y se tendió a su lado. Durante mucho rato estuvo acariciándola despacio, pero sin permitir a Camila tocar su enorme pene, que se iba desplegando sobre la sábana de color negro.

—Pocas mujeres tienen una piel como la tuya —dijo Juan—. Voy a lamerte entera.

Chupó sus pechos, cuyos pezones apuntaban al techo, y fue recorriendo a lametazos todo su cuerpo, hasta que Camila, fuera de sí, le suplicó que le hiciera el amor. Juan la penetró sin esfuerzo, hasta que ella empezó a ronronear, le rodeó la cintura con las piernas, se aferró a su espalda y le clavó las uñas. El cuerpo de Juan era rotundo y elástico, suave y macizo a la vez.

El tiempo se detuvo. Camila había encadenado un orgasmo tras otro. Creyó fallecer. Exhausta, cerró los ojos y se quedó dormida.

Juan se levantó, se vistió, abrió sin ruido la puerta y bajó a la calle. Tuvo que andar bastante para encontrar un taxi. Eran las siete de la mañana cuando llegaba al polígono Entrerríos, a las naves que teóricamente debería de haber estado custodiando durante toda la noche.

Fue directo a la taquilla, se quitó sus ropas de calle y vistió de nuevo el uniforme color tabaco de vigilante jurado, con el escudo de la empresa de seguridad cosido a la chaquetilla.

A las siete y media, como cada mañana, llegó Hurtado, el encargado del control, con quien Monzón mantenía una buena relación.

—Frío tenemos, Juanillo.

—Dímelo a mí, que me la he tenido que pasar al relente.

—¿Alguna novedad?

—Un perro perdido estuvo rondando.

—La gente tiene la mala costumbre de abandonar a los animales. No se sabe quiénes son peores, si los de cuatro patas o los de dos.

—¿De dos o de tres? —bromeó Juan.

—¡Anda, guripa! —rió Hurtado—. ¡Marcha a tomarte un buen café!

—Lo necesito.

—Pues hasta mañana, entonces.

—Hasta mañana.

Tal como, al salir del trabajo, hacía cada jornada, Juan se cambió de ropa, caminó por las anónimas vías del polígono industrial hasta la parada de autobús, subió al urbano y se bajó en el punto más próximo a la calle Galeones, en el barrio del Puerto Viejo.

Eran las ocho y media pasadas cuando entró a su habitación. Camila dormía aún, respirando con regularidad por su respingona nariz. Juan la despertó con delicadeza.

—¿Quieres desayunar?

—Sí, pero antes quiero otra cosa.

—¿El qué?

—¿No lo adivinas?

Juan sonrió, apagó la luz, subió un poco la persiana y se quitó la ropa. Sobre sus músculos, cubiertos de una morena piel, sus tatuajes parecieron hincharse.

—¿Sabes jugar? —preguntó, de pronto.

—¿A qué?

—Al pañuelo y las cuerdas. A las velas.

Camila negó con la cabeza, sonriente.

—Yo te enseñaré —dijo Juan, abriendo el armario donde guardaba otro machete.

TERCERA PARTE

39

Después de pasar una mala noche, Conrado Satrústegui decidió levantarse antes de que sonase el despertador.

Entre sueños, había oído al repartidor. Se puso una bata, abrió la puerta de su apartamento y recogió los periódicos, depositados sobre el felpudo.

Los titulares del *Diario de Bolscan* informaban sobre el crimen de la mujer desollada. Una impactante imagen de la víctima, con la boca entreabierta en un mudo grito de horror, ocupaba la portada. Pero lo infamante, lo acusador, era el texto de Belman... ¡que le imputaba a él!

Satrústegui experimentó un vértigo. La vista se le extravió. Una súbita llamarada le abrasaba el pecho, como un incendio invisible.

Creyó que estaba sufriendo un infarto. El dolor se extendió por su médula espinal. Las piernas se le volvieron de trapo. Se tambaleó y cayó al suelo.

Estuvo tumbado, inmóvil, hasta que las agujas clavadas a sus pulmones dejaron de martirizarlo, y se animó a incorporarse y a escrutar su rostro en el espejo en que cada mañana, bien trajeado, con sus impecables camisas a rayas y sus chalecos a juego, se deseaba a sí mismo una productiva jornada laboral. Ahora, sin embargo, quien le retornaba su efigie era un individuo enfermizo, con el rostro desencajado y la piel de color gris.

El reloj de la cocina señalaba las seis y media de la mañana del miércoles 4 de enero cuando el comisario reunió fuerzas para sentarse y abrir de nuevo las páginas del *Diario*.

Leyó:

UNA MUJER,
SALVAJEMENTE ASESINADA

La víctima fue desollada en el Palacio Cavallería, donde trabajaba como guarda jurado

Bolscan, por Jesús Belman
Sin que la Policía haya logrado explicarse cómo, un psicópata penetró al amparo de la noche en el Palacio Cavallería, cuyas alarmas fueron incapaces de detectar su presencia, y asesinó a sangre fría a la vigilante nocturna, que se encontraba sola en el histórico edificio, dándose la circunstancia de ser ésa su primera noche de trabajo. Una vez apuñalada la víctima, el asesino procedería a mutilar su cadáver y, según testimonios gráficos aportados por nuestro periódico, a despojarlo de su piel.

La guarda jurado asesinada, responsable de la custodia del céntrico Museo de la Ciudad y Sala de Exposiciones de Bolscan, respondía a la identidad de Sonia Barca Martín. De veinte años de edad, carecía de experiencia laboral en el terreno de la seguridad privada, actividad que combinaba con la de camarera y *stripper* en distintos establecimientos y salas de fiestas de la capital.

Como presunto sospechoso, la policía ha procedido a detener e interrogar a su compañero sentimental, J. M., un vigilante de la misma empresa que tenía en nómina a la mujer asesinada. Sin embargo, no se descarta que puedan aparecer nuevos nombres en relación con el crimen. Tampoco, que el asesinato de Sonia Barca haya podido obedecer a una ceremonia de carácter ritual, en cuyo caso las Fuerzas del Orden se estarían enfrentando a una secta organizada.

La policía rastrea el casco antiguo de la ciudad en busca de testigos que puedan aportar algún dato de relieve a la investigación coordinada por el comisario Satrústegui.

Se da la circunstancia adicional, que nuestra redacción ha podido verificar por fuentes solventes, de que dicho mando policial mantenía una relación personal con la mujer asesinada, por lo que no es descartable que su testimonio se incorpore en las próximas horas a las diligencias del caso...

El comisario no pudo desayunar. Se limitó a poner la cafetera en el fuego y a contemplar con mirada estática cómo las azuladas llamas del hornillo iban lamiendo la base de acero inoxidable, hasta que la infusión hirvió y un humo silbante brotó de la tapa.

Sentado en la cocina, en pijama, con el periódico abierto sobre la mesa, Satrústegui tuvo la impresión de estar asistiendo a su propio funeral. Podía querellarse contra *Diario de Bolscan*, y, de hecho, lo haría, pero el daño ya había sido causado.

Temía que, de un momento a otro, sonase el teléfono.

Sin embargo, era demasiado temprano para que se hubiese producido alguna reacción. Satrústegui sabía que la maquinaria policial no se pondría en marcha hasta que el gobernador, el director general de la Policía o cualquiera de los altos mandos que arroparían en Bolscan la visita del ministro accediera a la información del *Diario* y, concediéndole el beneficio de la duda, decidiese tirar de ese hilo. Una vez que el procedimiento se hubiese iniciado, sería imparable.

El comisario sorbió el café, se dirigió hacia el dormitorio y se duchó con agua helada para reducir su temperatura febril y ahuyentar el olor del miedo que le saturaba la piel.

Luego se vistió despacio, respirando pausadamente para controlar las arritmias de su latido cardíaco. La ridícula superstición de que un cambio de imagen variaría el rumbo de su suerte le hizo elegir su única camisa sin rayas, blanca y lisa, una corbata verde limón y un traje marrón sin estrenar, en lugar del marengo de franela con el que esa noche pensaba asistir al estreno de *Antígona*.

Faltaban doce horas para que se alzase el telón en el Teatro Fénix. Satrústegui presumió que no tendría oportunidad de regresar a su casa. Cogió el abrigo, pero dejó la pistola.

Cuando cerró la puerta y bajó al garaje, su sensación de acoso, o de estar siendo víctima de una conjura, se agudizó. Fuera, en las calles de Bolscan, no regiría ya el consuelo de la ley, sino la sospecha y una anticipada condena contra aquel comisario implicado en un crimen.

Mientras conducía hacia Jefatura, Satrústegui se dejó llevar por el derrotismo. Se imaginó inserto en un proceso judicial, sentado en un banquillo frente a cualquiera de los jueces con los que solía colaborar, y siendo trasladado a prisión por agentes todavía a su mando que se mostraban respetuosos al ponerle las pulseras. Con tanta delicadeza, casi, como solía colocarle Sonia Barca sus propias esposas, inmovilizándole al cabezal de su cama para, acto seguido, vendarle los ojos, encender las velas y comenzar a lamer, centímetro a centímetro, su cuerpo maduro, incrédulo, resucitado por el éxtasis y por el exquisito tormento de la cera caliente.

40

Conrado Satrústegui no fue de verdad consciente de lo delicado de su situación hasta pasado el mediodía, una vez los altos mandos que escoltaban al ministro del Interior hubieron asistido al acto religioso en la Catedral, y visitado el primero de los acuartelamientos seleccionados para la inspección de Sánchez Porras.

En el patio de una de las casas-cuartel, Satrústegui sorprendió al ministro celebrando un aparte con el director general de la Policía, Amancio Zazurca, y con uno de sus inmediatos colaboradores, un oficial de Asuntos Internos, el inspector Lomas. El comisario había sacado un cigarrillo, lo había encendido y se dirigía hacia ellos cuando percibió tensión en el grupo. La desconfiada mirada del director general pareció atravesarle como un disparo de hielo. Sin disimulo, Amancio Zazurca le dio la espalda, vetando su incorporación al círculo que rodeaba al ministro.

El resto de la jornada lo fue soportando Satrústegui en una implacable soledad, limitándose a intercambiar breves comentarios con sus colegas. Todos los cuales, pese a la estrecha relación que les unía, parecían haberse puesto de acuerdo para responderle con monosílabos. Ninguno de ellos se dirigió a él de forma espontánea, rehuyéndole, una y otra vez. El vacío comenzó a hacerle mella. Satrústegui no necesitó de más síntomas para barruntar que se encontraba en el ojo del huracán; que Asuntos Internos iba a encargarse de verificar la información publicada por el *Diario de Bolscan* y que, a partir de ese instante, podía ser llamado a declarar.

Sus peores auspicios se agravarían durante la comida oficial.

En el programa de actos estaba anunciada una rueda de prensa, pero fue suspendida con la excusa del reciente atentado de Madrid. El almuerzo de los mandos, previsto, inicialmente, en una de las unidades, se trasladó a un restaurante de las afueras de Bolscan, un sofisticado establecimiento de cocina francesa cuyo comedor resultó más que familiar a Conrado Satrústegui porque allí había invitado a cenar a Sonia Barca. En una clara muestra de su caída en desgracia, el comisario fue instalado en una mesa alejada del ministro, junto al superintendente de la Policía Local, el coordinador del Cuerpo de Bomberos de Bolscan y responsables regionales de Protección Civil. En el curso de la comida, un asesor de Interior fue informando a los mandos locales que el ministro había decidido suspender los actos vespertinos, y que se retiraría a descansar al hotel hasta la hora del estreno teatral.

La sobremesa fue breve. Al salir del restaurante, el director general de la Policía Nacional invitó a Satrústegui a subir a su coche, un Peugeot blindado. Junto al chófer que manejaba el cambio automático, se había sentado el inspector Lomas.

Por los acueductos de la autovía del Norte, el coche oficial del ministro se deslizada delante de ellos, sobre la línea de una playa en la que un grupo de niños hacía volar sus cometas. Los vehículos que integraban la comitiva ministerial les seguían detrás, circulando por el carril de adelantamiento a mayor velocidad de la permitida. El tiempo se mantenía nublado. Frente a la refinería, grandes olas rompían contra el muelle petrolero.

Sin ofrecerle a Satrústegui, el director general encendió un cigarrillo y preguntó:

—¿Hay algo, comisario, que yo deba saber?

Satrústegui comprendió que no debía mentir, pero no estuvo seguro de hasta qué punto le convenía desvelar la verdad.

—¿Se refiere a las acusaciones de la prensa?

—Por supuesto.

—En parte, esa información es cierta —admitió el comisario.

Satrústegui se cogió las rodillas. Los alfileres habían vuelto a clavársele en los pulmones. El pecho le dolía, desgarradamente. No podía respirar por la nariz. Boqueó:

—Conocía a esa mujer, pero, contrariamente a lo que insinúa el periódico, no llegué a mantener con ella ningún tipo de relación personal. Mucho menos, de carácter íntimo.

Amancio Zazurca guardó un breve silencio. Enseguida, dijo:

—No tengo que reiterarle cuánto le aprecio, Conrado. Por su bien, espero que no esté mintiendo.

El máximo responsable policial contempló el cogote de Lomas. Como ajeno a la conversación que se desarrollaba en el asiento trasero, el oficial de Asuntos Internos parecía muy interesado en observar el paisaje.

—Me parece que lo más prudente, comisario, sería relevarle del caso —planteó Zazurca—. Se sentirá liberado de cualquier presión, y nuestra gente podrá trabajar con mayor eficacia.

Satrústegui replicó, arrepintiéndose en el acto:

—¿Sin las trabas que yo mismo pudiera oponer?

—No se muestre tan susceptible. Sabe que tengo razón, y que en absoluto le estoy forzando. Usted, en mi lugar, obraría de idéntico modo.

Por primera vez en su trayectoria profesional, Conrado Satrústegui ignoró cuál era su lugar, a qué lado de la línea divisoria se hallaba.

—¿Le parece correcto que el inspector Buj y la subinspectora De Santo se hagan cargo de la investigación?

Un cese no le habría hecho más daño, pero el comisario supo encajar:

—Mi gente está capacitada.

Zazurca adoptó un registro amistoso:

—Debería tomarse unos días de descanso, Conrado.

—No me hacen falta.

—Yo creo que sí —insistió el director general, ahora con menos cordialidad—. Un par de semanas; un mes, digamos. El tiempo preciso para que obtengamos resultados.

—¿Me está proponiendo que solicite una baja temporal?

—Elija el procedimiento usted mismo. Por mi parte, tan sólo intento protegerle de la opinión pública. Los periodistas se le van a echar encima. Nuestro jefe de prensa ha tenido serios problemas para contenerlos, y no se le habrá escapado que el ministro ha suspendido su comparecencia ante los medios. Obviamente, para evitar responder sobre el atentado de Madrid, pero también, y no de forma secundaria, a fin de eludir embarazosas preguntas sobre esa mujer desollada... y sobre usted.

Satrústegui entendió que carecía de opciones.

—Me tomaré unos días. Estoy dispuesto a declarar, si es necesario.

—Probablemente, lo será —le anticipó el director general.

La comitiva se dirigió hacia el Hotel Palma del Mar, cerca del Puerto Nuevo de Bolscan. Satrústegui contempló la avenida. Su mirada rebotó en el espejo retrovisor contra el rostro del inspector Lomas, cuya risueña expresión no le auguró nada bueno.

41

Conrado Satrústegui nunca la había visto tan hermosa.

Martina de Santo no se había maquillado, y su cutis parecía más pálido en la oscuridad de la noche. Llevaba un collar berebere, un vestido de piel y, encima, desabrochado, con las mangas al aire, un abrigo largo de su padre, de hombreras rectas, que, pese a su masculino corte, contribuía a acentuar su magnético estilo. Haciendo destacar la fragilidad de sus tobillos, los zapatos de tacón la elevaban sobre su estatura, tan sólo ligeramente inferior a la del comisario.

Un soplo de viento hizo que el vestido se le pegara al cuerpo. Con un cigarrillo en la boca, la subinspectora cerró la puerta de su casa, apagó la luz del porche, atravesó el jardín y se dirigió hacia el automóvil del comisario, que permanecía aparcado, esperándola, junto a la verja de la entrada. Los ojos de Satrústegui se detuvieron un segundo sobre sus pechos, que se insinuaban con turbadora evidencia, ni pequeños ni grandes, como peces inquietos.

Satrústegui descendió del coche para abrirle la portezuela.

—Está usted arrebatadora, Martina.

—Espero que no lo diga porque sea la primera vez que me ve desarmada. Me he retrasado. Siento haberle hecho esperar.

La subinspectora se había demorado leyendo el informe de Horacio Muñoz sobre las cápsulas rosadas que el propio archivero había encontrado en el callejón del Palacio Cavallería. Según había averiguado Horacio, esas muestras medicamentales respondían a un compuesto de suramina, una sal sulfónica cuyas propiedades contribuían a aniquilar al parásito causante de la llamada enfermedad del sueño. Horacio había añadido una nota comprometiéndose a ampliar la información sobre dicho parásito, el *Trypanosoma gambiense*, y sobre el descubrimiento, geografía, efectos y secuelas de dicha epidemia.

El comisario encendió el motor.

—Ha valido la pena esperarla, Martina. Haremos una entrada triunfal.

—No esté tan convencido. Hacía tiempo que no me ponía de tiros largos. He hecho lo que he podido, pero me sigue preocupando dejarle en mal lugar.

—Eso no ocurrirá. Dudo que ninguna de las invitadas sea capaz de competir con usted.

—¿Ni siquiera las actrices?

—Gloria Lamasón sigue siendo muy bella —estimó el comisario, reduciendo la velocidad para descender la cuesta de la urbanización—, pero va cumpliendo años. Los míos, arriba o abajo. ¿Qué le sucede, Martina? —preguntó Satrústegui, al observar cierto encogimiento en su pareja—. ¿Le abruman los piropos?

—No estoy habituada.

—Debería estarlo. Usted también tiene algo de actriz.

—¿Lo dice porque, en el fondo, los policías somos tímidos, y a veces representamos un papel?

Satrústegui universalizó:

—A veces, no. Siempre.

—En lo que a mí respecta, eso es discutible.

—No puedo estar de acuerdo con su presunta timidez —rió Satrústegui, descubriendo que la risa alejaba sus fantasmas—. ¡Ese defecto no figura entre sus cualidades!

La respuesta de Martina le iba a sorprender:

—Tengo la impresión de que no actúo ahora, sino de que lo hacía antes, cuando no era policía.

Atento al tráfico, Satrústegui la contempló por el cabo del ojo. La subinspectora había apagado el cigarrillo y se retocaba los labios con una barrita de cacao. Los faros de otros automóviles la iluminaban al trasluz.

—Supongo que es la declaración más vocacional que he oído nunca. No me equivoqué al apoyarla, Martina. Honra usted a la profesión.

—Conseguirá que me ruborice, señor. Ahora, si no le importa, detenga el coche.

Circulaban cerca del paseo marítimo, por el carril central de la avenida paralela al Puerto Nuevo, la que llevaba al Teatro Fénix.

—¿Se encuentra mal?

—Estoy perfectamente.

—¿Qué le pasa, entonces?

—Quiero hablar con usted, antes de la función.

—¿No podemos dejarlo para después? Vamos a llegar tarde.

—Eso no importa. Deténgase allí mismo, en esa parada de autobús.

Satrústegui hizo un gesto de incomprensión, pero aparcó y dejó los intermitentes puestos.

—Espero que lo que deba decirme sea inaplazable.

Martina se apoyó contra la portezuela, encogiendo las rodillas encima del asiento. Satrústegui no había soltado el volante. Notó, sobre la suya, una mano suave.

—¿Podría poner un poco de música?

Los ligeros dedos de Martina se retiraron, hasta posarse en su falda. Levemente aturdido por el contacto con su piel, y por el aroma de su perfume, una fragancia a eucalipto, el comisario manoteó con torpeza los estuches de las cintas.

—¿Bach? —sugirió, descartando de forma instintiva las grabaciones de música ligera que solía regalarle su ex mujer.

—Bach será perfecto.

Las primeras notas sonaron en el interior del vehículo. La subinspectora había entornado los ojos y parecía absorberlas. Satrústegui casi sucumbió a la imperiosa tentación de acariciar su mejilla. Habría dado cualquier cosa por besarla, pero era como si Martina no estuviese allí. La subinspectora había encendido otro cigarrillo, que se consumió entre sus dedos hasta que Satrústegui, rozando su falda, le acercó la mano al cenicero, para recoger la ceniza. La mirada de Martina se fue centrando con lentitud, como si regresara de un lugar remoto.

—Nunca le he dado las gracias, comisario. Y tengo que agradecerle tantas cosas.

Satrústegui volvió a sentirse como un respetado oficial de policía.

—¿Por qué dice eso? Ha sido usted quien se ha ganado el respeto. Incluso el director general la ha elogiado. ¿Ha valido la pena vestir el uniforme, Martina, llegar hasta aquí?

Por toda contestación, la subinspectora sacó la carta que su superior había escrito a Sonia Barca y la aplastó contra el volante. El comisario se echó hacia atrás. Cogió el papel y se puso a menear la cabeza.

—No es lo que parece, Martina. No vaya a creer...

—¿Eso es todo lo que tiene que decir? ¿Después de lo que se ha publicado?

—Martina, yo...

La subinspectora apagó la música.

—Del contenido de esa carta personal, dirigida a una mujer brutalmente asesinada, se desprenden varios presupuestos. Primero: usted era su amante. Segundo: ella le abandonó. Tercero: el despechado amante estaba dispuesto a hacer cualquier cosa por recuperarla.

Satrústegui se tapó la cara con una mano.

—Escribí esa nota en un momento de confusión.

—Tampoco los crímenes suelen cometerse en estado de gracia.

—No debería mostrarse tan agresiva conmigo, Martina —se lamentó el comisario, tratando de mantener la compostura; pero estaba desesperado, y el pánico alteraba su voz—. ¿Para quién está trabajando? ¿Para Asuntos Internos?

—Cumplo con mi deber, señor. Aunque vaya desarmada.

—¿Se sentiría más tranquila portando su arma?

—No. No con usted. Y no he recibido instrucciones de nadie.

Conrado Satrústegui respiró, aliviado, y encendió a su vez un pitillo. Dejó que su vista resbalase por las líneas que él mismo había redactado apresuradamente en la barra de El León de Oro, y dijo:

—Su primera conclusión es correcta. La segunda, también. La tercera, sólo parcialmente. Es cierto que estaba dispuesto a hacer cualquier cosa por recuperar a Sonia, pero convendrá conmigo en que deshacerse de una amante no parece el procedimiento más adecuado para volver a gozar de sus favores.

—Hábleme de su relación con Sonia Barca.

Satrústegui dio tal calada que sus pulmones debieron de convertirse en espirales de humo.

—Supongo que sabrá usted lo que sucede entre un hombre y una mujer cuando no hay testigos y una cama de por medio.

—Eso puedo imaginármelo. Me refiero a lo que había detrás.

—No la entiendo.

—¿Había dolor?

—¿Qué está insinuando, subinspectora?

—Como le dije, tenemos una grabación. Le recuerdo que alguien llamó a Sonia poco antes de su muerte. Le proponía abordarla en el museo, y aprovechar los elementos de la exposición para poner en práctica algún tipo de depravación sexual.

—Lo sé, pero sigo sin entenderla.

—Está claro, señor. Sadomasoquismo sería una traducción no eufemística, ni exclusiva para uno solo de sus amantes.

Satrústegui aplastó la colilla en el cenicero.

—Veo que va a por todas, Martina. Que piensa hacer su trabajo, pese a quien pese. Sólo puedo estar de acuerdo con esa actitud. Responderé ante usted, y ante nadie más. Recuerde: ante nadie más.

—Tiene mi palabra.

—No deseo que me ampare porque piense que me debe algo.

—Quiero creer en su inocencia, señor. Aunque sé que oculta algo.

El comisario se arrancó un pellejo de sus cuidadas uñas, antes de afirmar:

—Hubo ese tipo de sexo. No lo había hecho jamás, y no volveré a repetirlo. No sé por qué lo hice. Supongo que me encontraba deprimido y me dejé llevar.

—¿Hasta qué límites?

—Más allá de la humillación. ¿Va a exigirme que siga arrastrándome por el fango o está ya satisfecha?

—Todavía no, aunque agradezco su sinceridad. ¿Fue Sonia la que se le acercó en El León de Oro?

—Sucedió de una manera casual. Ella salía de la barra, yo me iba para casa. Llovía, y me ofrecí a llevarla. Tomamos un café, después unas copas, y sucedió.

—¿Fueron a su piso?

—Sí.

—¿A partir de esa noche siguieron viéndose con frecuencia?

—Una vez por semana. Los jueves. El día en que ella libraba.

—¿Siempre en su domicilio, comisario?

—Sí.

—¿No hubo hoteles, nunca fue usted al apartamento de ella?

—No.

—¿Cuándo la vio por última vez?

—Hará unos veinte días. De repente, desapareció.

—¿Intentó ponerse en contacto con ella, antes de escribirle la nota?

—Sí, pero no pude.

—¿No sabía dónde vivía?

—No.

—¿Sabía si Sonia compartía su vida con alguien más?

—Me enteré de que se había unido a un tipo, el mismo individuo al que ordené trasladar a Comisaría cuando me informaron que era su novio, que disponía de un machete y que carecía de coartada. Sé que lo interrogó usted a última hora de la tarde de ayer, y que ordenó soltarlo.

—Iba a informarle esta mañana, pero...

—Pero leyó el periódico y varió de opinión. ¿No ocurrió así, subinspectora? ¿O le hicieron cambiar de idea los de Asuntos Internos?

Martina rehusó mirarle. En momentos como aquél, ser policía no era lo mejor del mundo.

—Ya le he dicho que llevo el caso a mi manera. ¿Sonia Barca se relacionaba con alguien más? ¿Tenía conocidos, alguna amiga?

—Una chica del Stork Club, una tal Camila. Eran de la misma población, o de municipios cercanos.

—Los Oscuros, en la cordillera de La Clamor —asintió Martina—. Hemos localizado a la familia Barca. El padre de Sonia es viudo. Le he pedido al agente Carrasco que les informe lo más diplomáticamente posible. ¿Sonia Barca era una prostituta, señor?

—No me consta. Jamás me pidió dinero.

—Pero, ¿llegó a entregarle usted alguna cantidad?

—Unos billetes, sin más. No iba precisamente sobrada.

—¿Se sentía atraído por ella?

—Imagino que sí.

—¿Cómo se mostraba en la cama?

Satrústegui se encendió.

—¿Tengo que responder a eso?

—Lo averiguaré de todas formas, señor.

—Está bien. Se mostraba... ávida.

—¿Violenta?

—No, no es el término. Insaciable, diría yo.

—¿Qué más sabía de ella?

—Nada más. Llevaba muy poco tiempo en la ciudad. En una ocasión, me dijo que quería ser actriz. Me preguntó si tenía algún contacto con el mundo del teatro. No pude ayudarla. Confío, en cambio, que la esté ayudando a usted.

—Desde luego, señor. También me resultaría de utilidad saber de qué modo se enteró la prensa.

—Pregunte a esa rata de Belman, del *Diario*, o a su redactor jefe, Gabarre Duval. Hace tiempo que me la tenían jurada, y por Dios que se han vengado. Cabe la posibilidad de que Belman, o cualquiera de sus informadores, me sorprendiera en compañía de Sonia. También es posible que tengan un chivato.

Satrústegui asomó la cara por la ventanilla del coche y respiró el aire húmedo de la noche de Bolscan.

—Yo no maté a esa chica, Martina.

La subinspectora no dijo nada, pero el comisario experimentó un principio de gratitud. Desahogarse le había sentado bien. Sin embargo, la próxima pregunta de su subordinada le hizo sentirse acorralado:

—¿Qué hizo usted en la noche del lunes, señor?

Satrústegui cerró la ventanilla con lentitud. El ruido de la manivela, mal engrasada, le recordó los muelles de su cama, cuando Sonia lo montaba como una amazona encargada de aniquilar a los hombres.

—Imagino que estaría durmiendo.

—¿Había alguien con usted?

—No.

—¿Nadie que pueda atestiguarlo?

—No. ¿Ha terminado de someterme al tercer grado?

—Por el momento, sí.

—¿Todavía quiere ir al teatro?

—Antes me gustaría contarle algo.

Los faros de un autobús urbano que se había detenido en la parada, justo detrás del coche del comisario, los iluminaron con fuerza. Martina esperó a que el autobús hubiese descargado a sus pasajeros, para decir:

—No es usted el único que ha sufrido. Hace años, mi propio hermano me hizo conocer la humillación y el dolor.

El rostro del comisario reflejó estupor.

—Creí que era usted hija única.

—Tuve un hermano, Leo. Se suicidó en 1970, a los dieciocho años.

El comisario experimentó una híspida curiosidad. Era la primera vez que la subinspectora le hablaba de su familia.

Martina se encogió aún más en el asiento del coche y dijo con voz tenue:

—Leo se ahorcó en el salón de mi casa, después de una noche de orgía. O de varias noches. Era adicto, y bebía sin parar. Jamás he vuelto a conocer a nadie tan seductor, a nadie tan cruel. Todavía hoy pienso que fue víctima de su propio encanto. Mi hermano podía mostrarse muy tierno, pero también despiadado.

—En 1970 yo ya estaba destinado en Bolscan —recordó el comisario, en tono de pésame, aunque sin saber realmente cómo reaccionar—, pero desconocía ese desdichado suceso.

—Mi padre arrojó tierra sobre el asunto. Ordenó incinerar el cuerpo de Leo. Depositamos su urna, sin oficio ni ceremonia, en el panteón familiar. No hubo esquelas, duelo, nadie le lloró. Yo le adoraba.

Martina fumó con avidez, una calada tras otra. Su voz de humo sonó como si fuera a quebrarse:

—Cuando yo tenía dieciséis años, mi hermano Leo

me violó. Jamás se lo dije a mis padres. Tampoco lo había comentado con nadie, hasta ahora.

Satrústegui se quedó mudo. Se oían las bocinas de otros automóviles, pero el comisario sólo escuchaba el esfumado tono de la subinspectora, que siguió diciendo:

—Ocurrió durante las primeras vacaciones en que mis padres nos dejaron solos. Una empleada acudía de día. Al caer la tarde, después de hacernos la cena, se marchaba. Leo tomaba un bocado en la cocina y salía con sus amigos. Regresaba a casa de madrugada, a menudo en compañía de alguno de ellos. Yo les oía en el salón, divirtiéndose. Ponían la música muy alta. Sus voces no me dejaban dormir.

El comisario parecía hundido en su asiento. La subinspectora continuó:

—Una noche bajé las escaleras. Llevaba un camisón blanco y el pelo suelto. Las palmas de las manos me sudaban al deslizarse por la barandilla. Leo estaba sentado en la alfombra, frente a otro chico. Sostenía un espejito, y cortaba la coca. El amigo se levantó al verme, como dispuesto a irse, pero Leo le recomendó que se quedara. Tuve la impresión de que mi hermano me atravesaba con la mirada, y de que en ese gesto había algo físico, un deseo, una amenaza.

Satrústegui pensó que debía opinar, pero algo así como una membrana bloqueaba su mente. Martina le miró sin parpadear.

—Regresé a mi habitación y me acosté. Leo y su amigo habían apagado la música. La casa estaba en silencio, pero no pude dormir. La puerta de mi dormitorio se abrió. Leo estaba desnudo. La silueta de su amigo se recortaba contra la luz del pasillo. Supe lo que iba a pasar. Me quedé quieta, con los ojos abiertos. No me resistí, no habría servido de nada. Sentí una humillación que me invadía por completo, pero no lloré. Mi hermano sí lo hizo, encima de mí. Sus lágrimas me quemaron los labios en lugar de los besos que no se atrevió a buscar en mi boca; la suya destilaba una saliva residual, con sabor a culpabilidad. Después, Leo se levantó de la cama y, enloquecido, expulsó al otro. Oí la puerta principal al cerrarse. Mi hermano se acostó en su cuarto, cuyo tabique pegaba con el mío. Le oí llorar como un animal enfermo. No pensaba en vengarme. Sólo sentía una piedad que abarcaba aquel presente profanado, las risas y los juegos que Leo y yo habíamos compartido, los muñecos de nieve, las jornadas de pesca, los cumpleaños, las notas escolares, los viajes, las mascotas, los disfraces.

Se hizo un silencio dramático. Moteando el rostro de la subinspectora, los faros de los automóviles iluminaban a fogonazos la oscura avenida.

Ahora, Martina tenía las manos engarfiadas a los muslos, y los hombros ligeramente inclinados hacia delante. A un lado de la cara le caía la melena corta. El comisario pensó que esa mujer estaba hecha para desafiar el sufrimiento. Que su ser, por debajo de su frágil y dinámica apariencia, era galvánico, y que su voluntad, a fuerza de tensarse en la batalla contra el lado oscuro de la vida, era indesmayable, férrea. Satrústegui pensó también que Martina de Santo regresaba de algún lugar donde él nunca había estado. De un paraje desnudo de sentimientos, árido y frío como las montañas de la luna, o como un bosque muerto y sumergido en arenas movedizas.

—¿Por qué me ha contado todo eso?

Los ojos de la subinspectora adquirieron una tonalidad mercurial. Había terminado su cigarrillo, y encendió otro con la punta del anterior.

—Porque confío en usted, y porque es mi manera de explicarle por qué me hice policía.

El comisario miró su reloj, deseando cambiar de tema. Encendió el motor del coche y aceleró por la avenida.

—Seremos los últimos en llegar al estreno. La gente murmurará.

—¿Más de lo que ya pensaban hacerlo? —sonrió, con ambigüedad, Martina.

La subinspectora no había podido olvidar el rostro de aquel chico semioculto en el pasillo de su casa, la cara ansiosa y pálida, excitada por la expectación y el miedo, del único testigo que vio cómo su hermano Leo la violaba.

No había vuelto a encontrárselo, aunque sabía de él por los periódicos. Iba a verlo en pocos minutos, actuando sobre las tablas del Teatro Fénix.

El amigo de juventud de su hermano Leo se llamaba Antonio Sancho, pero en el mundo de las candilejas y del cine era más conocido como Toni Lagreca.

42

Cuando llegaron al Teatro Fénix, eran las diez en punto de la noche. Los últimos espectadores se apresuraban a entrar.

El comisario y la subinspectora ocuparon sus localidades en uno de los palcos. A Satrústegui le hubiese gustado disfrutar de la obra con la única compañía de Martina, pero no estaban solos. Casi con repugnancia, Satrústegui distinguió en las butacas contiguas (en realidad, altas sillas tapizadas de terciopelo) al inspector Lomas y al jefe de protocolo del Ministerio del Interior. En el eje del proscenio, junto al alcalde de Bolscan, Miguel Mau, y al gobernador Merino, el ministro Sánchez Porras presidía el palco de honor.

La función acababa de empezar.

Contra lo que el público esperaba, por la expectación que había despertado el estreno, los elementos coreográficos de la versión del clásico eran avaros, aunque originales. Dispuestos en caprichosa simetría, grandes cubos de conglomerado repartían sus volúmenes a lo ancho del escenario. Mediante un mecanismo de poleas y émbolos, esos paralelepípedos se irían convirtiendo en tronos, en foros, en acrópolis, en sepulcros. Gracias a la gama lumínica, de un celeste iridiado al rojo carmesí, representarían, sucesivamente, la ensangrentada noche, los limpios y cenitales cielos de Grecia o las tres puertas del palacio de Tebas, la de los soberanos, el gineceo y esa otra que daría entrada a Antígona desde los campos donde yacía muerto, insepulto, su hermano Polinice.

El foco seguía a Antígona, en diálogo con su hermana Ismene.

—Increíble —observó Satrústegui, inclinándose hacia Martina—. ¿Se ha fijado en Gloria Lamasón? ¡Es una ninfa!

Caracterizada de heroína clásica, la veterana actriz ofrecía un aspecto de tal pureza y juventud que la claridad escénica parecía transparentar su maravillosa piel, como un arcángel carnal. Una postiza melena rubia, espesa y dorada, le caía sobre la túnica, y hasta su voz, el trágico y como amplificado tono característico de la diva, sonaba clara, adolescente, furiosa y rebelde a la vez.

—Parece que tenga dieciocho años —comentó Martina.

Los demás personajes fueron sucediéndose en el escenario, armando y matizando sus papeles a lo largo de los cuadros, pero, de no haber sido por el glorioso texto, frente a la perfección de aquella purísima Antígona habrían resultado casi vulgares.

La subinspectora consultó el programa de mano. El ciego adivino Tiresias no era otro que su viejo conocido Toni Lagreca. El maquillaje y caracterización del actor, su falsa barba y la enmarañada peluca hacían irreconocible al amigo de su hermano Leo, a quien, por otra parte, hacía catorce años que, salvo en las páginas de las revistas, no veía. Su interpretación de Tiresias era excesiva. Resultaba obvio que Lagreca estaba impostando al máximo la voz, hasta amasarla en un lamento fúnebre. Debido, quizás, a los nervios del debut, sobreactuaba.

Curiosamente, la profética voz de Tiresias no le resultó a Martina por completo desconocida. De la misma manera que, al despertar, solía perseguir el evanescente rumor de las voces oídas en los sueños, la subinspectora cerró los párpados y se concentró en grabar en su memoria el timbre actoral de Toni Lagreca.

Desde hacía años, el cerebro de Martina almacenaba un registro de voces. La subinspectora adoraba los timbres graves, como el de Lagreca, realmente, que hacían resonar en ella arpegios heroicos, una épica de batallas perdidas y estandartes arrastrados por el polvo. Aborrecía, en cambio, las voces agudas, la de Juan Monzón. La reconfortaban los tonos guturales, el de Horacio Muñoz, por ejemplo, tan profundo y melódico. Le agradaban las voces jerárquicas, metálicas, nacidas para mandar, como la de Conrado Satrústegui, aunque ahora, a causa de su ordalía, la voz del comisario se hubiera envilecido con un inseguro repique. Eran del indiferente gusto de la detective los tonos medios, discretos, elegantes, y de su franca oposición la banda de entonaciones melifluas, amaneradas por las modas sociales, que, unidas a una vicaria dicción, sólo conseguían irritarla. Tampoco le seducían los acentos, por lo que de étnico, tribal o gregario aducían, ni conseguían transportarla las voces que acunaban vanidad. En esta última etiqueta había incluido Martina los timbres de Néstor Raisiac y de Cristina Insausti, que habría distinguido entre mil, a condición de que entre ese elenco no figurasen otros catedráticos, ni hombres de Dios, ni locutores de radio. Martina había amado sobre todas las voces las de su padre y de su hermano Leo, tan similares que, incluso mucho después de que Leo ya no se encontrase en la tierra, seguía oyendo a su hermano, encarnado en el embajador, reclamando las tostadas del desayuno o contestando el teléfono en el salón de los De Santo.

Martina siguió concentrándose en la voz de Tiresias al recitar los inmortales monólogos de Sófocles, cuyas salmodias resonaban en la platea como un profano evangelio.

—Tengo que salir a fumar —le dijo al comisario.

—¿No puede resistir?

—El vicio es más fuerte que yo.

—¿Quiere que la acompañe?

—Se perdería el final, y no me lo podría perdonar.

La subinspectora cerró la puerta del palco y encendió un cigarrillo, pero no se quedó a fumarlo en el antepalco ni en los ovalados corredores forrados de una espesa seda de color albaricoque. Bajó a la carrera las escaleras del teatro y pidió al acomodador un pase de salida.

Fuera, en la calle, detuvo un taxi e indicó al conductor que la llevara aprisa a la Comisaría Central. Calculaba que, si pretendía estar de vuelta para aplaudir a los actores, no dispondría de más de media hora para despejar una duda que estaba asaltándola.

43

Pidió al taxista que la esperara en la entrada de Jefatura y atacó las escaleras, pero resbaló y se le rompió un tacón. Entró como una Cenicienta en la Comisaría Central, con los zapatos en la mano, y atravesó descalza los pasillos de las dependencias policiales.

El Grupo de Homicidios estaba desierto. A fin de practicar una comprobación que no deseaba aplazar (porque en su método, como le sucedía con la levedad de las voces soñadas, el paso del tiempo disfrazaba su origen), la subinspectora se encerró en la cabina de sonido, hizo rodar la cinta que contenía las amenazas de muerte contra ella y se empleó en manipular los ecualizadores de la mesa de mezclas que se empleaba para verificar las grabaciones telefónicas, modificando los tonos en diversos registros.

Luego abandonó el Grupo y bajó al archivo. A la luz de un flexo, Horacio Muñoz estaba concentrado en escribir, al tiempo que aplicaba reflexivos mordiscos a una manzana. Al ver aparecer a la subinspectora con su elegante traje de noche, pero descalza y con los zapatos anudados al cuello, el archivero se quedó de piedra.

—¿Adónde va tan elegante, Martina?

—Pregúnteme mejor de dónde vengo. Acabo de escaparme del Teatro Fénix.

—¿Le molestaban los tacones?

—No era ése el motivo, aunque se me ha roto uno.

—Tengo un martillo por ahí. Déjeme, se lo arreglaré. ¿Por qué se fue del teatro? ¿Le aburría la función?

—Quería despejar una duda.

—¿Ha vuelto a experimentar alguna de sus corazonadas?

—Si pretende aludir humorísticamente al caso que nos ocupa, tendrá que buscar otra figura retórica. El corazón de la mujer desollada, Sonia Barca, no le fue arrancado del pecho.

—Todo un detalle, por parte del asesino.

—Siga hablando, Horacio.

—¿Cómo dice?

—Hable, diga cualquier cosa.

—Perdone, subinspectora, pero no la comprendo.

—Las voces, Horacio, revelan la música del alma. Nunca se lo he dicho, pero me encanta su voz.

—¿Me va a hacer un estudio fonético?

—¿Prefiere que le describa su espíritu?

Horacio se sobrecogió. Le devolvió el zapato, que acababa de reparar, y la observó mientras se lo ponía.

—Inténtelo.

La voz de Martina se difuminó por el archivo:

—Su alma no es inmortal, Horacio. Si su espíritu yace a ras de suelo, sin alcanzar las nubes de sus sueños, si es contingente y larval, como las brasas de una hoguera apagada, se debe a que la luz no ha llegado aún a iluminar su rencor. Piensa que no es quien fue, y distribuye culpas porque nunca aceptó que el disparo que lo mutiló le haría más fuerte, y que, de la misma manera que la pólvora, además de herir, cauteriza, templaría y maduraría su alma y su voz. Que son melancólicas, y se compadecen en la sombra. Que son generosas, hasta confundir el valor con la temeridad. A la luz de la luna, Horacio, su voz suena como la corriente de un río, y por eso su alma brilla como la de un detective.

El archivero dudó entre emocionarse o replicar, pero la subinspectora no iba a dejarle disfrutar de nuevos momentos poéticos.

—He leído su informe sobre la suramina. ¿Está acopiando bibliografía?

—Sólo era una primera sinopsis —repuso Horacio; tenía varias enciclopedias médicas abiertas sobre su mesa—. Esencialmente, le he consignado su perfil curativo. La suramina es un fármaco poco común, difícil de conseguir, y que obligatoriamente se dispensa con receta médica. En Bolscan sólo quedan unas pocas existencias de suramina en la Unidad de Enfermedades Tropicales del Hospital Clínico.

—¿Para qué se emplea?

—Para curar la enfermedad del sueño.

—¿La que inocula la mosca Tsé-Tsé?

—Exactamente, subinspectora. Ese insecto hematófago, de considerable tamaño, pues puede alcanzar los diez centímetros, transmite al hombre la *tripanosomiasis africana*, en sus variantes *gambiense* o *rhodesiense*.

—¿Existe vacuna?

—No. Una vez contraído el parásito, la suramina es el único remedio conocido capaz de aniquilarlo.

—¿Cuándo apareció la enfermedad del sueño?

Horacio consultó sus notas y adoptó un aire vagamente clínico, que a la subinspectora le hizo sonreír.

—El primer caso, por zoonosis, o picadura de Tsé-Tsé hidrófila, especie propia de la costa atlántica del continente negro, y de las orillas de los grandes ríos tropicales, se registró en Gambia, en 1901. Diez años después, una variante xerófila de dicha mosca parasitaria, aclimatada en geografías más secas, en la sabana, extendió la tripanosomiasis a Rhodesia. Entre 1920 y 1960 se ensayaron distintos tratamientos, sin éxito, hasta que, hacia 1970, la epidemia conmocionó a la nación del Zaire, donde se declararon oficialmente contagiadas más de cinco mil personas. Sin embargo, según los observadores sanitarios destacados a la zona, la cifra real pudo afectar a cincuenta mil individuos.

Martina memorizó esos datos.

—¿Cuál es el ciclo de la enfermedad?

—A raíz de la picadura, los tripanosomas son absorbidos por el torrente de sangre humana, incubándose durante un período que oscila entre diez y veinte días.

—¿Qué síntomas se derivan de la infección?

—En la tercera semana aparecen fiebre alta, dolor de cabeza y trastornos cardíacos. Aumentan los ganglios linfáticos. Paralelamente, el hígado y el bazo incrementan su tamaño.

—¿Por qué se llama enfermedad del sueño?

—Porque, de continuar multiplicándose el parásito, el período neurológico cerebral se caracterizaría por períodos de somnolencia cada vez más prolongados, alteraciones de personalidad y una debilidad progresiva que, con frecuencia, puede llegar a causar el coma, y la muerte.

—¿Se han dado casos recientes en España?

—Fuera de África, son muy raros.

—¿Tampoco en viajeros, en turistas?

—Tendría que verificarlo.

—¿Puede hacerlo?

—Si usted me lo pide...

—Se lo ruego.

—En ese caso, cuente con ello.

—No sé qué haría sin usted, Horacio.

El archivero le dio un mordisco a la manzana. La pulpa crujió entre sus dientes.

—En el trabajo le costaría encontrarme sustituto, pero ya veo que para sus ratos de ocio su ideal masculino es otro, y misterioso.

—¿Lo dice porque he preferido a Conrado Satrústegui para ir al teatro?

Horacio Muñoz emitió un silbido.

—¿El comisario es su pareja de esta noche?

—Institucionalmente hablando, sí.

El archivero hizo chasquear la lengua.

—Las noticias vuelan. He oído que Satrústegui ha caído en desgracia. No puedo decir que lo lamente.

—Debería ser más piadoso, Horacio.

—Tiene usted demasiada confianza en los mandos, Martina.

—No lo crea. Y, para demostrárselo, voy a encomendarle una misión: vigile al comisario Satrústegui e infórmeme de todos sus movimientos.

El archivero se la quedó mirando con aire mefistofélico.

—¿Satrústegui es sospechoso? ¿Realmente cree, subinspectora, que el comisario tuvo algo que ver con el asesinato de esa chica, según sugería la prensa?

—Espero averiguarlo con su ayuda.

—Me convertiré en su sombra —prometió el archivero.

—Acaba de recordarme a Tiresias, y mi obligación de

volver al Teatro Fénix. Prometo invitarle a una próxima función, con cena incluida.

—¿Se pondrá el mismo vestido que lleva ahora?

—No sabía que la piel tuviese la propiedad de disimular mis defectos.

—De esa piel, quizás, ese aire suyo que no acierto a describir... ¿Salvaje?

—No olvide que los poetas cantan a los tigres.

—¿Y a las panteras con guantes de seda?

Martina desgranó una carcajada y se cubrió con el abrigo.

—¿Le parece una pregunta pertinente para una seria oficial de Policía?

Horacio aplicó otro mordisco a la manzana. Un trocito de piel se le adhirió a la barba.

—Algún día, Martina, le formularé una pregunta pertinente de verdad.

—Hágamela ahora. Total, llego tarde.

—¿Qué será del hombre del que usted algún día se enamore?

La cristalina risa de Martina volvió a invadir el archivo.

—Sólo puedo decirle que lo sentiré por él, que no le inocularé la enfermedad del sueño, y que conocerá la felicidad.

44

Cuando la subinspectora regresó al Teatro Fénix, la función había acabado. Esgrimiendo sus cigarrillos, círculos de espectadores se agrupaban en el *hall*. El cóctel ofrecido por la compañía iba a tener lugar en el ambigú, situado en la última planta, en forma de torreón octogonal.

Caballerosamente, el comisario Satrústegui aguardaba a Martina con las invitaciones. La fiesta era bastante exclusiva. Bajo las lámparas de araña, o en torno a las barras dispuestas para las bebidas, se congregaba la comunidad artística de Bolscan y buena parte de sus representantes políticos. Las vidrieras emplomadas y el suelo de mármol blanco del torreón, cubierto con una espesa alfombra de tonos azules, prestaban al ambiente una atmósfera de bohemia y distinción.

—¿Dónde se había metido? —preguntó el comisario—. La he buscado por todo el teatro.

—Lo siento —se disculpó Martina—. Salí a respirar un poco de aire fresco.

Discretamente sentado en un rincón, el ministro del Interior presidía una tertulia. Su jefe de protocolo se había hecho con una bandeja de canapés, que él mismo, servilmente, sostenía. El gobernador Merino, el alcalde Mau, el director general de la Policía y algunos diputados y senadores, entre otros jerarcas que rodeaban al máximo responsable de la seguridad del Estado, iban picoteando mientras eran informados por Sánchez Porras del atentado de Madrid.

—Pese a todo —concluía el ministro—, puedo asegurarles que al terrorismo le quedan dos telediarios. Sólo son una pandilla de fanáticos unidos por una demencial utopía. Nuestras Fuerzas de Seguridad están preparadas, y pronto ganarán la batalla. En el fondo, aunque les cueste creerme, me preocupa más la delincuencia común. Nuestro pueblo es consuetudinario, de plaza mayor, y es ahí donde nos jugamos la confianza ciudadana.

La conversación derivó al crimen de Bolscan, a la misteriosa ejecución ritual perpetrada en el Palacio Cavallería.

—Locos —dijo el ministro—. Neurópatas. Hasta ahora, nuestros delincuentes no pasaban de la albaceteña, de la recortada, pero cualquiera puede ver todas esas películas de asesinos en serie y acabar protagonizando su versión española. Lo siento por esa pobre muchacha. ¡Desollada, por el amor de Dios! A propósito, Recarte, recuérdeme que envíe un telegrama de condolencia a la familia.

—Tomo nota, ministro —asintió el jefe de protocolo.

Los actores de la Compañía Nacional comenzaban a hacer su aparición. Toni Lagreca, según correspondía a la estrella masculina del reparto, se hizo esperar. En cuanto lo vio en el torreón, el ministro se puso en pie y fue a saludarlo. Algunos fotógrafos destacados en la fiesta inmortalizaron su afectuoso abrazo, una imagen que, al día siguiente, a falta de fotos de Gloria Lamasón, abriría la sección de escenarios de los periódicos locales.

De pronto, Conrado Satrústegui advirtió que uno de esos gráficos, menudo y de voluminosa cabeza, un tal Espumoso, cuate de Belman, les estaba disparando *flashes*. Detrás del fotógrafo asomaba el perfil de Gabarre Duval, redactor jefe del *Diario de Bolscan*.

—Los carroñeros olfatean mi cadáver —masculló el comisario, descompuesto.

Temiendo una gresca, Martina lo agarró de un brazo.

—Mantenga la calma.

—Para usted es fácil decirlo. Nadie la ha acusado de complicidad de un crimen.

—Tampoco a usted. Venga, vamos a tomar un whisky.

—No debería haber aceptado mi invitación, Martina. Siento haberla metido en esto.

Un portavoz de la Compañía Nacional de Teatro reclamó a los periodistas y los reunió en una esquina. La diva no iba a acudir al cóctel. Su representante afirmó que Gloria Lamasón arrastraba una dolencia contraída en fechas recientes, y que la tensión del estreno la había extenuado. Desde su camerino, se retiraría al hotel. Las representaciones de *Antígona*, previstas en el Teatro Fénix hasta el 14 de enero, no iban a sufrir otro cambio que su reducción a un pase diario, en lugar de la doble función que en principio se había programado.

Uno de los redactores quiso saber qué tipo de afección sufría la actriz, a la que, por otra parte, gozando en apariencia de radiante salud, se había visto pletórica en escena. El portavoz se refirió a una pasajera gripe, y aseguró que, en pocos días, la diva concedería una rueda de prensa para agradecer las múltiples muestras de afecto y las felicitaciones que, a buen seguro, iban a lloverle tras su memorable actuación.

Realmente, el estreno había sido un éxito. Los críticos

de los principales diarios nacionales, invitados por el Ministerio de Cultura, del que dependía la Compañía Nacional, compartían enfáticos asentimientos, y una particular destreza en la caza del canapé. Elogios hacia la obra y sus actores, inspirados por la gratitud de un público institucional que había disfrutado intensa y (en la mayoría de los casos) gratuitamente del bello espectáculo, surgían en todas las conversaciones. Pese a su ausencia (o quizá, debido a ello), Gloria Lamasón era quien mayor admiración despertaba. Su interpretación de Antígona, que ella misma, en las únicas declaraciones concedidas con antelación al estreno, restringidas a un cuestionario, había calificado como un desafío en su carrera, sedujo y convenció. La crítica iba a destacar el milagro de su transformación, y cómo, pese a su edad (oficialmente, cincuenta años, aunque una biografía no autorizada le atribuía cinco más), había logrado encarnar al personaje, en su rota alegría, en su abismal sufrimiento, a la perfección.

Martina de Santo no iba a necesitar el báculo de los críticos para rendir pleitesía al talento de Gloria Lamasón. Pese a haberse perdido las últimas escenas, el trabajo de la actriz le había calado muy hondo, hasta las capas freáticas donde su propia Antígona, la hermana arrojada por la tragedia, por el destino, a la soledad y al dolor, dormía su atormentado sueño de princesa huérfana.

No fue casualidad que, al pensar en su pasado, la subinspectora estuviese mirando a Toni Lagreca. La escena de la violación se le representó con una precisión nítida. Volvió a ver al amigo de su hermano en el pasillo de su casa, asomando a su dormitorio una cara asustada mientras Leo se introducía en su cama y comenzaba a tocarla como nadie la había tocado, sin curiosidad ni deseo, con un ansia de posesión que, de un golpe inesperado, catorce años atrás, había transformado su relación fraterna en una atávica claudicación. Aquella noche, los soles del tiempo retrocedieron en el firmamento hasta la época en que las hembras eran bestias de arreo y se las tomaba sin mirarlas, desde arriba, con instinto y poder. Durante dos interminables semanas, hasta que su sangre fluyó, Martina temió haberse quedado embarazada de Leo, y que el hijo de ambos, concebido en el lodo de la humillación, naciera tan monstruoso como la aberración que lo había engendrado.

—Hola, Toni.

Lagreca no la reconoció. Sólo vio a una mujer hermosa y pálida, con un collar africano, de oro, y una mirada que parecía cortar el aire.

—1970. Yo llevaba un camisón blanco, el pelo suelto, y me sudaban las manos.

El actor tardó en descubrir los hilos del recuerdo. Un tortuoso laberinto debió de conducirlo hasta la guarida del Minotauro, porque cuando hubo regresado a aquella noche en casa de los De Santo quedó abatido por la vergüenza.

—¡Eres tú, Martina...! No sabes cuántas veces quise decirte lo mucho que lo sentí. Lo tuyo, lo de Leo. Debí haberlo impedido, pero habíamos bebido y...

—¿Leo también se acostaba contigo? —le preguntó Martina, brutalmente.

—Éramos íntimos —vaciló Lagreca—. Puede que alguna vez, cuando nos pasábamos con la coca... Pero ¿que importa ya? Leo está muerto.

—Nadie lo sabe mejor que yo. Déjalo, Toni. No he venido para recriminarte nada. Te felicito por tu actuación. Has estado muy convincente.

—¿En serio? —se apaciguó Lagreca, sonriendo con la

misma encantadora y falsa timidez que destinaba a las cámaras—. Para ser sincero, cometí errores. Soy capaz de sacarle más jugo al viejo Tiresias.

—Eso será si te lo permite tu propio personaje. Porque durante estos años te has convertido en una atracción.

Lagreca hizo un gesto mundano.

—El oficio impone cierta promiscuidad. Un verdadero actor acaba ignorando quién es. Convives con personajes del drama y del mundo real, sin que acabe por importarte quiénes gozan o te hacen más daño. Pero háblame de ti. ¡La pequeña Martina! ¿Y si te dijera que fuiste mi primer amor?

—No te creería. ¿Qué puedo contarte? Mis padres murieron. Me hice policía.

—¿Tú, poli? —rió Lagreca, amaneradamente—. ¡Jamás lo hubiera imaginado! Leo solía vaticinar que te convertirías en actriz, porque estabas siempre actuando.

—Aquella noche no pude hacerlo, Toni.

—No, supongo que no. ¿Te has casado?

Martina negó con la cabeza.

—¿Y tú?

—Tampoco. Tuve algunos romances, nada definitivo.

—Hace poco te atribuyeron uno con Gloria Lamasón.

—¿También tú lees ese tipo de revistas?

—De vez en cuando tengo que ir a la peluquería.

—Malditos plumíferos —protestó Lagreca—. Sólo les interesa saber con quién te acuestas o te dejas de acostar. Es cierto que Gloria y yo tuvimos una *liason*, pero terminó el año pasado, antes de ensayar *Antígona*.

—Ella es mucho mayor que tú.

—Me atraen las mujeres maduras. Imagino, ya que

estamos con la tragedia clásica, que un psiquiatra diag-
nosticaría complejo de Edipo.

—Me encantaría conocerla —dijo Martina.

—Yo mismo te la presentaré, en cuanto se haya recu-
perado.

—¿Qué le pasa, está enferma?

—Una simple afección estomacal. Disculpa, debo de-
jarte. El ministro me reclama.

—¿De qué conoces tanto al ministro?

Lagreca le guiñó un ojo.

—Antes de ser un astro de la política, Sánchez Porras
llevó una vida movidita. Si el presidente se entera de la
décima parte de las cosas que yo sé de él, y de lo que hacía con su porra, lo sacrifica.

—Hablando de sacrificios, Toni. ¿Te gustó la exposición sobre la Historia de la Tortura?

—¿Cómo sabes que estuve visitándola?

—La obligación de la policía es saberlo todo, en especial cuando investigamos un asesinato.

—¿Un crimen? ¿Dónde?

—En el Palacio Cavallería.

—Es cierto, lo he leído en el periódico. Debió de ser
atroz.

—Una cámara te grabó al entrar, unos días antes. Estamos analizando la película, por si nos aporta alguna pista.

Lagreca se echó a reír.

—Suena bárbaro. Igual me inspira un argumento. ¿Sa-
bías que tengo una productora de cine? ¿Por qué no me
lo cuentas luego, tomando una copa?

Martina lo retuvo.

—Me pareció que te acompañaba un amigo. En las
imágenes se te ve hablando con alguien.

—Con Alfredo Flin, otro de los actores. Fuimos juntos, a los dos nos encantan las cosas antiguas. Ven, te lo presentaré. Es muy simpático.

La primera impresión que la subinspectora tuvo de Flin fue la de un seductor. Pudo conversar con él porque el comisario la había dejado sola. Martina barrió de una ojeada el salón, pero no vio a Satrústegui. Dio por supuesto que, inquieto por la presencia de la prensa, el comisario había decidido marcharse.

Tal como le había adelantado Lagreca, Alfredo Flin era un hombre cautivador. En su rostro curtido, en cuyas patillas el algodón desmaquillador había dejado unas finas hebras, brillaba una de esas sonrisas a las que ni siquiera un dentista hubiera podido señalar el menor defecto. Sus ojos de color aguamarina parecían reír todo el tiempo, como animados por un irreductible optimismo.

Junto a él, sin apartarse un momento de su lado, y negándose a ceder a la recién llegada la más mínima porción de terreno, una de las actrices, que parecía ser la pareja de Flin, escrutaba a Martina de Santo con aire de rechazo; y sin entender, desde luego, por qué Lagreca les había aguado la fiesta dejándoles con aquella mujer.

—María Bacamorta —la introdujo Flin.

—Eurídice —sonrió la subinspectora—. Su interpretación ha sido magnífica.

—No estuvo mal, para un par de chicos de Los Oscuros —alardeó Flin.

La mente de Martina se aceleró.

—¿Los Oscuros? ¿En La Clamor, cordillera adentro?

—Justo —asintió Flin—. ¿Conoce el lugar?

—Ya lo creo. A mi padre le gustaba pescar en los ríos trucheros.

—Yo dirigía la Escuela de Teatro del Instituto. María era una de mis alumnas. Y fíjese adónde ha llegado.

—La espera un gran futuro. ¿Tenía muchos alumnos, señor Flin?

—Alrededor de una docena.

—¿Entre las alumnas, una llamada Sonia Barca?

Flin se conturbó. Estaba fumando, y el humo permaneció en sus pulmones hasta brotar con secas palabras:

—Lo he visto en la prensa, esta mañana. Qué cosa más terrible. Jamás hubiese sospechado que Sonia fuese a terminar así. Nadie se merece ese final, y ella menos que nadie.

La sonrisa de Flin había dado paso a una agobiada expresión; ahora miraba a Martina como preguntándose por qué estaba hablando con ella.

—Al presentarnos, Toni olvidó decirnos a qué se dedica usted.

—Martina de Santo, subinspectora de Homicidios. Investigo el asesinato de la mujer desollada. Usted estuvo en la escena del crimen, unos días antes, acompañando a Lagreca. Una cámara les grabó.

—¿Y qué?

—¿Sabía que Sonia Barca trabajaba como vigilante en la exposición?

—Claro que no.

—¿Volvió a ver a Sonia, antes de su muerte?

—No contestes, Alfredo —le aconsejó María Bacamorta.

—Acompáñenme —ordenó Martina—. Tengo que hacerles algunas preguntas más, y prefiero que nadie nos oiga.

45

La subinspectora salió del ambigú y fue precediéndoles por las escaleras, hasta desembocar en el *hall*. Los últimos espectadores abandonaban el teatro.

Seguida a cierta distancia por la pareja de actores, Martina atravesó la platea, subió al escenario, rodeó el telón de boca, las bambalinas, y se introdujo por el pasillo de camerinos. Los tramoyistas se afanaban en recoger y ordenar el atrezo. Algunos de los figurantes que integraban el corifeo habían improvisado un cónclave junto a las cajas de música. Un porro pasaba de mano en mano.

La subinspectora abrió el camerino correspondiente a Alfredo Flin y María Bacamorta, cuyos nombres podían leerse en un cartel. El espejo corrido reflejó el demudado rostro de Flin.

—¿Puedo saber para qué nos ha traído aquí?

Por toda respuesta, Martina abrió el armario empotrado en una de las paredes y lo inspeccionó. La regia túnica de Creonte y el vestido de gasa y seda que Eurídice lucía en escena colgaban de las perchas, sobre las sandalias que ambos habían utilizado. Las cuatro eran prácticamente del mismo pie.

—Pasen y cierren la puerta.

María Bacamorta parecía estar al borde de una crisis nerviosa. Respiraba con ansiedad, como si, en lugar de bajar las escaleras de los tres pisos del teatro, las hubiera subido.

—¿Qué quiere de nosotros? —preguntó, asustada.

—Un poco de información, simplemente. Rogarles que colaboren con la policía.

—Tiene razón, María —aparentó plegarse Flin—. La subinspectora está trabajando en un caso de asesinato.

—Se trata de algo más que de un crimen. Su amiga Sonia Barca fue asesinada de una manera poco convencional. Quienes la mataron no se limitaron a quitarle la vida. Le arrebataron también la dignidad.

El silencio hizo más angosto el camerino. Flin cuestionó:

—¿Por qué habla en plural?

La imagen del coche en el callejón le sugirió a Martina un cebo.

—Porque la investigación apunta a que los asesinos fueron dos, un hombre y una mujer.

María Bacamorta estalló:

—¿Está pensando que lo hicimos nosotros?

Ignorándola, Martina preguntó a Flin:

—¿Pueden especificarme dónde se hallaban ustedes en la noche del lunes?

María Bacamorta apretó los puños, en un ademán de rabia. Flin se apresuró a pasarle un brazo sobre los hombros.

—No pasa nada, María. Nosotros no hemos hecho nada malo.

—¿Estuvieron juntos durante la madrugada del martes? —insistió la subinspectora.

—En mi habitación del Hotel Palma del Mar —aseguró Flin—. Solicité que nos subieran la cena, y no salimos en toda la noche. No le costará comprobarlo.

—Lo haré. Le decía, señor Flin, que unos días antes, el sábado por la mañana, concretamente, según reflejó la cámara de seguridad, usted visitó el Palacio Cavallería, donde se celebraba una exposición sobre Historia de la Tortura. ¿Qué recuerda de la muestra? ¿Le llamó la atención alguna de las salas, se fijó en las piezas expuestas?

—No me atraen las antigüedades. Fui por hacerle un favor a Lagreca. Toni no quería ir solo y me rogó que le acompañara. Había demasiada gente, y el recorrido me resultó agobiante. Estaba deseando marcharme.

—¿Visitaron la sala azteca?

—Era un espanto. Creo recordar que había un ídolo, un altar, máscaras, cuchillos.

—Cuchillos de obsidiana, sí. Armas sacrificiales, sagradas. Una de ellas fue utilizada para cometer el crimen. Ese cuchillo ha desaparecido sin dejar rastro.

—¿Y usted esperaba encontrarlo entre nuestras cosas? —gritó María, al filo de la histeria—. ¿Ha traído orden de registro?

—No digas tonterías, querida —intercedió Flin—. La subinspectora se limita a cumplir con su obligación.

—¡No me contradigas, y menos delante de esta...!

—¡Cállate! —le suplicó Flin.

Pero la actriz estaba fuera de sí.

—¿No te das cuenta de que nos está acusando de ser un par de criminales?

—Yo no he tenido esa impresión —volvió a llevarle la contraria su pareja, mientras, como hubiera hecho un hermano mayor, le acariciaba el rubio y espeso cabello—. Lo más prudente será responder a sus preguntas. Terminaremos enseguida y podremos regresar a la fiesta.

—Agradezco su actitud, señor Flin —dijo Martina—. ¿Cuándo conoció a Sonia Barca?

—Hace cuatro años, en el último curso del Instituto de Los Oscuros. Sonia se había matriculado en la Escuela de Teatro.

—¿Qué clase de relación mantuvo con ella?

—La de cualquier profesor hacia una de sus discípulas.

—¿Era una buena alumna?

Flin frunció el ceño.

—Un tanto, ¿cómo decirlo?, atolondrada, dispersa. Pero tenía vocación.

—¿Salía con algún chico?

—No lo sé.

—Su problema era decidir con cuál —ironizó ácidamente María Bacamorta.

Martina volvió a ignorarla.

—¿Hasta cuándo permaneció Sonia en la Escuela, señor Flin?

—Seguiría conmigo el curso siguiente, porque se negó a entrar en la Universidad. Después se fue de su casa y le perdí la pista.

—¿No volvió a saber de ella?

—De ciento a viento me llamaba por teléfono. No quería que nadie supiera dónde estaba ni qué hacía.

—¿Y a usted, se lo contaba?

—Por encima. Hablábamos de su carrera, que, para ser sincero, nunca arrancó. Pero ella estaba obsesionada con llegar a actuar, y yo me creía en la obligación de alimentar esa esperanza.

La subinspectora se encaró con María Bacamorta.

—Por la edad que usted aparenta tener, debió de coincidir con Sonia en la Escuela de Teatro.

La joven actriz pestañeó. Martina lo interpretó como un asentimiento.

—¿Eran amigas?

—No era fácil ser amiga de Sonia.

—¿Por qué motivo?

—Estaba obsesionada con los chicos. Salida de madre, ya me entiende.

—¿Tenía problemas con el sexo?

—Si los tuvo, supo resolverlos. Se iba a la cama con el primer par de pantalones que se le ponía a tiro. En ese sentido, no era muy distinta a su maestro.

Flin la rechazó, espetándole:

—¿Qué estás diciendo, María, por amor de Dios?

—¿Crees que no sé que me pones los cuernos? ¿Que te volviste a acostar con esa zorra? ¡La vi salir del hotel!

Zarandeándola, el profesor de teatro exclamó:

—¡Estás loca! ¡Estás como una auténtica cabra!

María Bacamorta sonrió taimadamente, se desasió de él y abandonó el camerino dando un portazo que hizo temblar el espejo.

La subinspectora sacó su pitillera y ofreció un cigarrillo a Flin.

—Tenga, le sedará los nervios.

—Gracias. María es una buena chica, pero cuando se pone celosa no la puedo soportar.

—¿Tiene razones para estarlo?

—Sonia estuvo en mi habitación del hotel, pero no pasó nada.

—Creía que María era su novia. ¿No comparte usted habitación con ella?

—Los padres de María han asistido al estreno, y se alojan en nuestro mismo hotel. Muy contra mi criterio, pues no tengo nada que ocultar, ella ha preferido guardar las apariencias, y dormir en una habitación aparte.

—Pero sí comparten el camerino.

—No había suficientes, por culpa del corifeo. Incluso Gloria Lamasón ha tenido que hacerle un hueco en el suyo a Toni Lagreca.

—Me decía que Sonia estuvo en su habitación. ¿Qué noche?

—La del domingo pasado.

La subinspectora lo miró a los ojos.

—¿Se da cuenta de que sólo faltaban veinticuatro horas para que fuese asesinada?

Flin fumó con ansiedad, arrojando el humo por la nariz.

—Sonia estuvo en mi habitación, pero nos limitamos a charlar de los viejos tiempos. Habíamos quedado para tomar una copa en el garito donde ella baila los domingos por la noche, una sala de fiestas llamada Stork Club. Y terminamos en el hotel, hablando hasta el amanecer. ¿Por qué le cuesta tanto creerlo?

—Escuche, Flin —dijo Martina—. Todavía no sé por qué mataron a Sonia, pero sí que lo hizo alguien muy próximo a ella. Que la conocía bien, que tal vez la quería demasiado, o que la odiaba, pero que admiraba su cuerpo. Tres hombres, al menos, mantuvieron algún tipo de relación con Sonia en los días anteriores a su muerte. Ninguno de ellos, entre los que le incluyo, dispone de coartada sólida. Y yo cada vez tengo menos tiempo para averiguar quién la mató.

Flin tuvo que apoyarse en la mesa de maquillaje.

—En el cadáver de Sonia aparecieron restos de sangre

y semen —continuó la subinspectora—. ¿Estaría dispuesto a someterse a unos análisis comparativos?

En la mirada del profesor de arte dramático emergió algo muy parecido al miedo, pero dijo, con aparente sinceridad:

—Colaboraré con usted hasta donde haga falta, incluidos esos análisis.

—Muy bien. Regresemos a Los Oscuros, a la Escuela de Teatro del Instituto. Sonia tendría dieciséis años cuando ingresó en el grupo, ¿no es así?

—En efecto.

—¿Tuvo algún enfrentamiento con usted?

—Todo lo contrario, dentro de que, perdone que insista, Sonia era atolondrada, volátil, y le costaba mantener la más mínima concentración. Sufría para memorizar los textos, pero tenía voluntad. Constantemente me pedía libros, porque los de su padre, el quiosquero de la plaza, le parecían aburridos. Era una chica con inquietudes, y con un mundo personal.

—¿Tampoco tuvo diferencias con el resto de los alumnos?

—Se llevaba pésimamente con las chicas. En realidad, no tenía una sola amiga. A la única que toleraba era a Camila Ruiz, una alumna de un pueblo vecino que acudía a la Escuela los fines de semana.

—Antes me dio la impresión de que su novia, María, mantenía una actitud hostil hacia Sonia.

—A María la devoran los celos, ya ha podido verlo. Ella y Sonia se soportaban, simplemente. Con su gemela era peor. Con Lucía, Sonia se peleó varias veces.

—¿Su novia, María Bacamorta, tiene una hermana gemela?

—Tenía.

—¿Ha muerto?

—Lucía falleció hace algo más de dos años, en el verano de 1981.

—¿Cómo murió?

—Apareció ahogada cerca de Los Oscuros, en la Laguna Negra.

—¿Un accidente?

—Desapareció bajo las aguas, sin que todavía hoy sepamos por qué.

—¿Hubo testigos oculares?

—No, aunque María y yo estábamos cerca.

Hacía calor en el camerino. El rostro de Alfredo Flin se había teñido de esa saludable irrigación característica de los habitantes de la alta montaña. Por contraste, Martina parecía más pálida aún a la luz de las bombillas de ciento veinte vatios que enmarcaban el espejo.

La subinspectora inquirió:

—¿Lucía Bacamorta se ahogó delante de ustedes, sin que se dieran cuenta?

—Por desgracia, así ocurrió —rememoró Flin, con un tono teñido de tristeza—. Habíamos organizado una barbacoa, y comido y bebido en abundancia. María y yo nos tumbamos sobre una manta, junto a la orilla del lago, bajo los árboles, y debimos de quedarnos dormidos mientras Lucía decidía darse un baño. Otras veces habíamos estado en la laguna, nadando y buceando y, aunque el agua es muy fría, nunca tuvimos el menor percance. Lucía era una buena nadadora, además. Pero ese día algo falló. Pudo sufrir un corte de digestión, o quizá la arrastró un remolino.

—¿No pidió auxilio, no gritó cuando se estaba ahogando?

—Si lo hizo, no la oímos. María y yo estuvimos buscándola toda la tarde, hasta que anocheció. Bajamos al pueblo y dimos la voz de alarma. Los buzos de la Guardia Civil tardaron tres días en encontrarla. Las escorrentías del lago la habían arrastrado río abajo, lejos del merendero.

—¿Vio usted su cadáver?

—Es una imagen que nunca olvidaré.

—¿También Lucía Bacamorta asistía a la Escuela de Teatro, señor Flin?

—Era mi mejor alumna. Poseía un talento innato. Habría podido llegar a ser una inmensa actriz.

La subinspectora se dirigió a la puerta.

—Una última cuestión, señor Flin. ¿Lucía Bacamorta se parecía físicamente a su hermana María, tal como suelen parecerse dos hermanas gemelas?

—Dos gotas de agua no se asemejarían más.

—Su piel debía de ser muy blanca, entonces, y su cabello rubio.

—En efecto.

—¿Era Lucía tan celosa como su hermana?

—No —contestó Flin, sin pararse a pensar la respuesta—. ¿Hemos terminado ya, subinspectora?

—Por ahora, sí.

—En ese caso, regresaré al cóctel.

Martina le dejó pasar y cerró la puerta del camerino.

46

Martina no había regresado de inmediato a su casa. A la salida del teatro, había buscado al comisario Satrústegui entre los invitados que, al término de la fiesta, se alzaban en la acera los cuellos de sus gabanes, pero no lo encontró. Había parado un taxi, y dado al conductor la dirección del Stork Club.

Cuando llegó al cabaret, era la una de la madrugada. Martina nunca había estado en esa sala de fiestas, situada en una de las calles comerciales del centro, en un espacio subterráneo de techo bajo y sin ventilación.

Lo primero que le repugnó al entrar al local fue el olor, una mezcla de tabaco, desinfectante, cosmético y sudor corporal. La sala estaba repleta de grupos de hombres que consumían sus bebidas con los ojos clavados en las *strippers* del escenario.

La subinspectora se identificó ante el portero, una especie de *sparring* con todo el aspecto de haber besado demasiadas veces la lona de un cuadrilátero, y, después, en medio de las mesas, siguió a un individuo de americana rosa y camisa negra que había salido a atenderla, y que se había presentado como el gerente del club.

Eladio Morán la había guiado por el laberinto de la sala, bajo el violento reflejo de luces anaranjadas y violetas que restallaban, al ritmo de la música, contra el poste cromado donde dos bailarinas desnudas se contorsionaban en un número lésbico.

Acodado en la barra, con la mirada turbia, Belman, el reportero de sucesos del *Diario de Bolscan*, abrevaba en una copa de balón. Si el periodista vio a la subinspectora, no supo reaccionar. Estiró los largos brazos, como para abrazarla, pero de su boca sólo brotó un turbión de sonidos inconexos. Morán lo apartó y le pidió que dejase de molestar.

El despacho del encargado estaba al otro lado de la sala, tras una oficina aislada al público, junto a la entrada al túnel de camerinos y la cabina desde la que se controlaban el sonido y las luces del escenario.

Martina no se sentó, ni perdió el tiempo.

—Sabrá usted, señor Morán, por los periódicos, que una mujer que trabajaba aquí ha sido asesinada. Se llamaba Sonia Barca, aunque es posible que usted la conociese por otro nombre.

Los labios delgados de Morán sonrieron con cortesía, pero su mirada era hostil.

—¿Por un apodo artístico? No, Sonia no era de ésas. No aspiraba a hacer carrera, aunque con ese cuerpo habría podido llegar muy lejos. Como otras estudiantes que he empleado, sólo buscaba un sobresueldo.

—¿Le pagaba bien?

Morán torció una sonrisa.

—No.

—Parece que le divierte hablar de la señorita Barca.

—No, subinspectora, no me hace gracia que se la hayan cargado, pero es una noche de mucho aforo y se consume a granel. Tengo derecho a estar contento.

—Un buen sueldo siempre es motivo de felicidad.

—Supongo. Yo me limito a ganarme la vida, como cualquier hijo de vecino.

—¿El local es suyo?

—No. Tengo un fijo, y voy a porcentaje.

—¿También con las chicas?

Un cortaúñas descansaba en la mesa de Morán, junto a cuadernos de cuentas y una caja de puros. El encargado cogió el cortaúñas y se puso a jugar con la lima.

—No sé qué quiere decir.

—Quiero saber si cobra usted por cada una de las prestaciones sexuales de sus bailarinas con clientes del Stork Club.

Morán soltó el cortaúñas.

—¿Me toma por un proxeneta? ¿De dónde ha sacado esa idea?

—Del Código Penal.

El gerente le afiló una mirada de hiena.

—¿Está intentando acogotarme?

—Puedo cerrarle el tugurio en menos de veinticuatro horas, si sigue por ese camino.

—No lo creo. Nuestros permisos están en regla.

—¿Quiere que me ponga a preguntar la edad de las chicas?

Morán se reclinó en la blanda butaca de fieltro, que adoptó su forma. El graso cabello de su nuca había dejado una mancha antigua en el respaldo.

—Las niñas son mayores de edad. Todas. Saben lo que hacen, y para qué tienen un agujero entre las piernas. Dígame qué quiere saber y márchese cuanto antes.

Martina apoyó una mano en la mesa y se inclinó hacia delante.

—He venido a hacerle tres preguntas, señor Morán. Primera: ¿quién era Sonia Barca?

—Una chica de pueblo, con demasiadas ínfulas. Hará un par de meses apareció por aquí. Le hice una prueba y la contraté para un pase semanal.

—¿Sabía bailar, lo había hecho antes?

—Creo que estuvo en Ibiza, en un club sado, pero no había hecho barra ni *strip-tease*. Camila, otra de las bailarinas, le enseñó. Por lo visto, se conocían.

—¿Con cuántos hombres tuvo Sonia relaciones sexuales?

—No lo sé. Ella no participaba en...

—¿En su porcentaje?

Morán no contestó. Eligió un puro y se dispuso a abrasarlo con un chisquero. Martina inquirió:

—¿Cuándo fue la última vez que la vio?

—Es su cuarta pregunta, subinspectora.

—Responda.

Morán encendió con calma. Su veguero provocó un humo proletario.

—La vi por última vez el pasado fin de semana. En Nochevieja, cuando celebramos el cotillón. Las niñas se disfrazaron de Papa Noel. Sonia vino a divertirse con unos actores. Me los presentó, pero no recuerdo los nombres. A la noche siguiente, la de su pase dominical, repitió con uno de esos tipos. Estuvieron bailando y bebiendo hasta las tres. Hora, subinspectora, en que el Stork Club, en el más estricto cumplimiento de la ordenanza municipal vigente para los establecimientos públicos, cerró sus puertas a su respetable clientela.

—¿Cómo se llamaba ese hombre?

—Ya le he dicho que no lo recuerdo.

—Haga memoria, Morán, o empezaré a pedir carnets de identidad.

El gerente se lo pensó dos veces.

—Tenía un apellido muy curioso.

—¿Lagreca?

—Puede que ése fuese uno de los que estuvo en Nochevieja.

—¿Alfredo Flin?

Morán chasqueó los dedos.

—Justamente.

—¿Ve como su memoria no era tan mala?

—Eso decía mi madre.

A Martina le resultó imposible conciliar la imagen de Eladio Morán con una estampa doméstica, con el calor de una madre, pero siguió relajando el encuentro. Era claro que el gerente sabía más de lo que contaba, y podía volver a necesitarle. Por eso, dijo:

—A lo mejor, la próxima vez que me vea incluso se acuerda de mí y me invita a una copa.

—La dirección del Stork Club se complacerá en convidarla, subinspectora. ¿Sabe por qué acabo de acordarme del nombre de ese tipo? Porque el punto que bailaba con Sonia, además de apellidarse igual, se parecía un poco a Errol Flynn. ¿Le gusta ese actor? A mí me encantan sus películas.

—¿Y a Camila, la amiga de Sonia, también le gustan esa clase de galanes?

—No lo sé, pero puede preguntárselo. Era una de las chicas que hacía *strip-tease*. Su número acaba de terminar.

47

La subinspectora salió del despacho de Morán y se adentró por el túnel de camerinos. Un olor imposible, a cloaca y colonia, flotaba en el subterráneo.

El vestuario de bailarinas estaba entreabierto. Del interior, en tono alto, casi a gritos, surgían dos voces en disputa. Martina se acercó lo bastante como para escucharlas.

—¡Te dije que no quería volver a verte! —exclamaba una mujer, con el acento montañés de la franja occidental de la provincia de Bolscan—. ¡Nunca más!

—Escucha, Camila, sé razonable —repuso un hombre—. Lo nuestro puede volver a funcionar, lo sé.

—¡Me maltratabas, David! ¡Y no ha nacido el hombre que me ponga la mano encima!

—No era yo, gatita.

—¡Era la coca, claro! ¡Por eso estabas colgado todo el día, para tener una excusa y molerme a palos!

—Escucha, Camila...

—¡Fuera de aquí!

La subinspectora retrocedió unos pasos, hasta la boca del túnel, y dejó pasar a un hombre joven, de unos veinticinco años de edad, alto, bien vestido, pero cuyo rostro, que revelaba cólera, tenía un tónico marginal, la piel mortecina, estropeada, y esa mirada apagada y astuta de los yonquis.

Martina llamó a la puerta, que seguía entreabierta.

—¿Camila Ruiz?

—¿Quién es usted?

—Soy la subinspectora De Santo. ¿Puedo hablarle, o llego en mal momento?

La bailarina había llorado. Se enjugó las lágrimas con la yema de un dedo y dijo:

—No me encuentro demasiado bien, pero pase.

Después de su actuación, Camila se había puesto una bata sobre su ropa de escena, limitada a un sujetador y a unas braguitas, también rojas, que asomaban entre los faldones de la bata, alcanzándole apenas a taparle el pubis. Camila debió de darse cuenta de su desnudez, porque se ajustó el cordón, se sentó y cruzó las piernas.

—No estoy muy presentable.

—Para responder unas cuantas preguntas no hace falta ir vestida de noche.

—¿Qué me va a preguntar?

—Quiero que me hable de Sonia Barca, y de su relación con ella.

—Sé lo que le ha pasado... ¡Es monstruoso!

—Ciertamente.

—¿La ha visto usted después de que...?

—Sí.

Camila abrió mucho los ojos.

—La despellejaron, ¿verdad?

—Prefiero no darle detalles del crimen.

—Hace dos días estaba tan viva, tan... ¡No puedo creerlo!

—¿Hace dos días la vio por última vez?

—Hará un par de noches, sí.

—¿La del pasado domingo?

—Sí, creo que sí.

—¿Aquí, en el Stork Club?

—Sí.

—¿Con Alfredo Flin, el actor?

—¿Cómo lo sabe?

—Eso no importa. ¿Estuvo usted con ellos?

—Tomamos una copa juntos. Después, se fueron.

—¿A la cama?

—No lo sé.

—Pero, ¿puede que sí?

—Puede.

Martina ofreció a la bailarina uno de sus cigarrillos ingleses sin filtro. Camila lo aceptó. Se lo llevó a los labios y lo manchó de carmín.

—Sonia era de Los Oscuros, en la cordillera de La Clamor. Tengo entendido que usted nació cerca de allí.

—En una pedanía vecina. Fuimos juntas al Instituto de Los Oscuros.

—Y allí conocieron a Flin, su profesor de teatro.

—Sí.

—¿También usted quería ser actriz, Camila?

—No creo que tenga que contarle mi vida, subinspectora.

—Sólo la parte que se relaciona con Sonia. ¿Qué tal lo pasaban en la Escuela de Teatro?

—Era muy divertido. Ensayábamos, y todo eso.

—¿Ensayaban juntas Sonia, usted y las hermanas, las gemelas Bacamorta, María y Lucía?

—Veo que se ha informado.

—Es mi obligación. Responda.

—Formábamos parte del grupo —repuso Camila, recelosa.

—¿Bajo la dirección de Flin?

—Él era el profesor.

—¿Y novio de alguna de ustedes?

—Puede que hubiese algún rollo, cosas del Instituto.

—¿Sonia y Flin tuvieron un romance?

Camila se enderezó en la butaca.

—Hubo algo entre ellos. Sexo, supongo.

—¿Y entre Flin y usted?

—Quedé con él un par de tardes. Nos besamos, y nada más.

Martina hizo una pausa. El espejo reflejaba su extrema palidez.

—Puede que usted no sepa, Camila, que la pareja actual de Flin es María Bacamorta.

—Sonia me lo dijo.

—Y la pareja de Sonia, ¿quién era?

—Le respondería si lo supiera, pero no lo sé.

—¿No sabe que vivía con un hombre?

—Eso sí, pero nunca lo vi.

—¿Nunca lo vio, ni sabe su nombre?

—No.

La subinspectora barajó otra pregunta, la que más le iba a costar.

—¿Sonia se veía con un policía?

Esta vez, Camila no necesitó pensar.

—Sí.

—¿Vinieron al club alguna vez?

—Alguna vez. Él se quedaba en una esquina de la barra, sin hablar con nadie. Se notaba que le desagradaba esto.

—¿Ese policía estaba enamorado de Sonia?

—Hasta las cachas. Era tan claro que daba pena, y ganas de abrirle los ojos. El amor es ciego, dicen los ciegos.

Camila sonrió con picardía. Martina le devolvió la sonrisa.

—Me ha sido de mucha utilidad, señorita Ruiz. Me propongo visitar a la familia Barca, en Los Oscuros. ¿Quiere que les diga algo de su parte?

—Que lo siento mucho.

—Así lo haré. Si recuerda algo más de Sonia que yo deba saber, o si puedo ayudarla en algo, no dude en llamarme a este teléfono, a cualquier hora.

Martina anotó el número de Homicidios y arrancó la hojita de su libreta.

—A veces —le dijo, al entregarle la nota—, las mujeres maltratadas piden ayuda. Se lo digo porque casualmente oí su discusión con el hombre que hace unos minutos se estaba peleando con usted.

Camila se estremeció. En forma de vergüenza, o de odio, un trozo de su pasado pareció aflorar a sus ojos.

—Es un conocido de mis peores épocas.

—¿Un camello?

—Entre otras cosas.

—¿Teme que vuelva a agredirla?

—Con David nunca se sabe.

—Dígame su apellido. Me encargaré de que la deje en paz.

Camila dudó.

—No tema, no lo sabrá —le prometió Martina.

—Raisiac, David Raisiac.

—Comprobaré sus antecedentes, y vigilaremos sus pasos. No volverá a acercarse a usted.

—Gracias —dijo la bailarina.

—Soy yo quien tiene que dárselas.

48

Durante las cuatro o cinco horas que restaban de esa noche, Martina de Santo durmió profundamente.

La subinspectora soñó con voces que la llamaban desde algún lugar oculto tras una cortina de nieve. Vio, en un sueño blanco, árboles, picos nevados, un helado lago de cristal. Y vio a una mujer, cubierta tan sólo con una túnica griega, atrapada en sus frías aguas.

En el sueño, la mujer buceaba, y su túnica flotaba en la corriente. Pero, de pronto, la clámide se transformó en piel humana, en la cabellera y en la piel de otra mujer, y ese nuevo ser, como una deforme sirena, intentaba desesperadamente romper la capa de hielo para regresar a la superficie.

El jueves, 5 de enero, no había amanecido aún cuando sonó el despertador. La detective De Santo se puso ropa ligera y una cinta en el pelo y salió a correr por las calles de Bolscan.

La ciudad estaba tranquila. Martina corrió sin tregua, a buen ritmo. Tres kilómetros más allá, en el puerto, en la lonja de pescadores, se detuvo para tomar un café con leche y fumar su cigarrillo favorito del día, que, sin embargo, nunca apuraba, arrojándolo a mitad al agua aceitosa del puerto.

Los pesqueros faenaban entre la niebla. La subinspectora estuvo contemplándolos un rato. Un marinero la saludó desde la borda. Martina le correspondió, sonriente, y emprendió la carrera de vuelta. Al remontar las empinadas calles del barrio alto, el sudor afloró a su piel, liberándola de ese otro espeso y opresivo cansancio derivado de una investigación en marcha.

Se duchó, tomó en camisón, en la cocina, otro café, se puso encima el abrigo de su padre que había utilizado la noche anterior para ir al teatro y salió al porche a fumar un cigarrillo entero, el que debía darle la bienvenida a un nuevo día de acción. Desde el porche, se disfrutaba de una vista panorámica de Bolscan, con las torres de las iglesias recortadas contra el mar como cúpulas de una ciudad sumergida. Una luz rosada anunciaba un día frío y sin nubes.

La subinspectora recapituló en todo lo sucedido desde el lunes, a partir del momento en que había recibido la amenaza telefónica («No encontrarán... sino tu piel»), hasta su conversación en el ambigú y los camerinos del Teatro Fénix con María Bacamorta y Alfredo Flin. Tenía el convencimiento, pero no la certeza, de que cuanto había acontecido desde entonces guardaba relación entre sí. Y confiaba en que, a la manera de un puzle, aquellas piezas en apariencia desperdigadas, independientes, ajenas unas a otras, fuesen dibujando, poco a poco, una misma figura. Acaso el rostro de alguien que, como las apariciones de sus sueños, se escondía detrás de una clave, de un símbolo que la detective aún no había conseguido descifrar.

49

Martina se vistió con un traje negro de chaqueta, cogió su gabardina, su pistola, y se dirigió a Jefatura. Eran las nueve de la mañana.

En el Grupo de Homicidios, alguien había dejado sobre su mesa, abierto, un ejemplar del *Diario de Bolscan*.

Junto a la crónica de la estancia del ministro del Interior, se destacaba la dimisión del comisario Satrústegui, encubierta, afirmaba el periódico, por la solicitud de una baja temporal amparada en motivos personales.

En una de las fotos, Satrústegui aparecía en la fiesta del teatro, con un whisky en la mano, junto a la propia Martina de Santo. Alguien había dibujado un corazón, una cómica viñeta que los englobaba a los dos. Bajo la foto de ambos, en un recuadro, José Gabarre Duval, el redactor jefe del *Diario*, firmaba un billete de opinión exigiendo el esclarecimiento del crimen del Palacio Cavallería y la depuración de posibles responsabilidades. El medio editorializaba reclamando transparencia policial en aquellos casos de asesinato que, como el de la mujer desollada, sembraban una justificada alarma entre la población.

El inspector Buj cruzó frente a la mesa de Martina y se encerró en su despacho. Como si celebrase algo, se había peinado con agua, hacia atrás, y afeitado cuidadosamente, pero no por eso el habitual rictus de ferocidad había desaparecido de su cara.

La subinspectora tocó a su oficina.

—Entre.

—Buenos días, inspector.

—Lo serán para usted. ¿Ha leído la prensa?

—Alguien tuvo la amabilidad de dejar el periódico sobre mi mesa.

—Así están las cosas. Mal para nosotros, peor para el comisario. El jefe superior me está metiendo toda la presión del mundo. Asuntos Internos va a tomar cartas en el asunto. Y cuando esos buitres planean sobre el paisaje...

—Precisamente quería verle porque me propongo cambiar de aires.

El Hipopótamo la contempló con arrobo.

—¿Usted también necesita unas vacaciones, por motivos personales?

—Quiero desplazarme a Los Oscuros, en la cordillera de La Clamor.

—¿Qué se le ha perdido por allí?

—Se celebra el entierro de Sonia Barca, y hay algunos aspectos del caso que exigen una investigación sobre el terreno.

—No se me ocurre una manera mejor de perder el tiempo, pero usted verá.

Martina le advirtió:

—El comisario me ha encomendado que le dé cuenta de todos mis pasos. Si prefiere ignorar el resultado de mis pesquisas e interrogatorios, será usted quien responda ante el jefe superior.

—¿Qué pesquisas? ¿Es que me va a describir al asesino?

—¿Quiere un perfil?

—Esas zarandajas de los perfiles criminales son para los psiquiatras, y para que usted le coma la oreja al comisario. Para mí, un perfil es sólo un lugar apto para soltar una buena hostia. —Buj consultó su reloj—. Le doy cinco minutos, De Santo. Ni uno más, y estoy siendo generoso.

Martina se abrió la chaqueta y apoyó las manos en las caderas. La culata de su pistola relució con un brillo metálico.

—Con uno me sobrará. Creo que a Sonia Barca la mataron dos cómplices, un hombre y una mujer. El hombre escaló el Palacio Cavallería por su fachada posterior, se deslizó en el interior de la nave y apuñaló a la vigilante sobre el altar de la sala azteca. Le arrancó la piel y huyó con el trofeo por el muro exterior.

—¡Qué imaginación tiene usted, subinspectora! ¿Por qué no se dedica a escribir novelas policíacas?

—Porque quizá no me atrevería a contar que en la policía española hay gente como usted.

La mano de Buj se alzó en un gesto amenazador.

—No le consiento... ¡Lárguese!

Martina se volvió hacia la puerta, y casi arrancó el pomo del tirón. Sin embargo, volvió a cerrarla por dentro, se apoyó contra el cristal y miró fijamente al inspector. Sus ojos irradiaban un fuego frío. Encendió un cigarrillo y dijo:

—El asesino del Palacio Cavallería es diestro, vigoroso y ágil, y calza un cuarenta y uno de pie. Posee conocimientos médicos, practica alpinismo y es aficionado a las civilizaciones antiguas. Su sangre pertenece al tipo AB. Por su parte, la mujer que actuó como cómplice le esperaba en el callejón, sentada en el interior de un automóvil, una berlina negra o azul marino, aparcada sobre la acera. Esa mujer usa gafas oscuras, aunque sea de noche.

La risa del inspector arrancó en sordina. Encendió a su vez un Bisonte y rompió a toser.

—Es el cuento más fantástico que he oído jamás.

—Me quedan treinta segundos. ¿Quiere que siga?

—Por favor. No me lo perdería por nada del mundo.

—Cuatro hombres —prosiguió la subinspectora, impávida— mantuvieron algún tipo de relación con Sonia Barca en un corto período anterior a su muerte. Juan Monzón, el individuo que vivía con ella, su novio, poseía un machete de filo mellado, que apareció en el registro de su casa. El machete estaba limpio. Por los cortes aplicados al cuerpo de la víctima no es imposible que ese machete se utilizase en el crimen, pero el doctor Marugán parece inclinarse a creer que en el desollamiento fue utilizado el cuchillo de obsidiana que faltaba en la exposición. Monzón carece de coartada. Estuvo en el museo a la hora del crimen, pero jura que Sonia no le abrió la puerta. Dejando al margen la posibilidad de que Monzón haya mentido, Sonia sólo pudo rehusar hacerlo por una razón: porque ya estaba muerta. Hemos sometido al sospechoso a una prueba hematológica. La sangre de Monzón pertenece al tipo A, la misma que la víctima, pero distinta a otros restos de sangre del tipo AB que también encontramos en el piso del palacio.

—Usted y sus tácticas invasivas —protestó Buj—. Siempre me hace lo mismo. Primero especula, luego reparte cartas y al final, sin chistera ni nada... ¡Zas, se saca el conejo!

—Es usted un maleducado, inspector.

—Algún día le hablaré de mi instrucción, De Santo.

Yo no tuve la suerte de nacer en la mansión de un papá diplomático. Tal vez no sea muy educado, pero sí justo. Voy a mantener sus cinco minutos. Sospechoso número dos.

Martina aspiró una calada y le echó el humo a la cara. La tensión entre ambos podía cortarse.

—Alfredo Flin, un actor de la Compañía Nacional de Teatro. Fue profesor de Sonia Barca en el Instituto de Los Oscuros, y desde entonces se mantuvo en contacto con ella. Pasó con Sonia la noche anterior a su muerte, en el Hotel Palma del Mar.

—Alfredo Flin, el penúltimo amante —resumió Buj—. Conozcamos al tercer hombre de la chistera.

—Néstor Raisiac, catedrático de Historia Antigua y comisario de la exposición sobre Historia de la Tortura. Sus gestiones fueron decisivas para itinerar las piezas de la muestra. Entre ellas, los cuatro cuchillos de obsidiana que él mismo desenterró en unas excavaciones del área maya. De algún modo, esos cuchillos, incluido el que pudo usarse en el desollamiento, le pertenecían. Raisiac coincidió con Sonia durante el montaje de la exposición, y mintió cuando le pregunté dónde estuvo y qué hizo en la noche del lunes. No es que carezca de coartada, sino que se ha fabricado una. Nadie como él conocía la escena del crimen.

—Néstor Raisiac —repitió Buj—. Ya sólo nos falta el cuarto conejo.

Martina tuvo que tomar aliento, pero no para ahogar la ira que le causaban las impertinencias del inspector, sino para actualizar el código ético de su profesión y denunciar al hombre a quien debía lo que era:

—Conrado Satrústegui.

Todos los sentidos de Ernesto Buj entraron en alerta. La voz de Martina se atenuó:

—El comisario mantuvo una relación erótica con Sonia Barca, quien, posteriormente, le abandonaría. Estaba despechado; desesperado, quizá. No tiene coartada para la noche del crimen.

Buj se quedó pasmado.

—¡De modo que es cierto!

—Depende de lo que usted esté pensando.

—El divorcio lo desequilibró. ¡Se lió con una zorra, se dejó putear y la mandó al otro barrio!

Unos cuantos agentes charlaban en la sección. Aunque la puerta de Buj estaba cerrada, la conversación podía filtrarse al Grupo. Sin embargo, el Hipopótamo siguió alzando el tono:

—¿Entonces, es verdad lo que decía el periódico? ¿Qué cree usted?

—Lo que yo crea no tiene demasiada importancia. Son los hechos los que deben trascender. Espero que ninguno de ellos escape a nuestra percepción, como ha debido escapar, hasta mi mesa, y cómicamente ilustrado, el ejemplar del *Diario de Bolscan* que habitualmente sólo recibe usted. Se lo digo porque debemos guardar discreción.

De pronto, le pareció que Buj la contemplaba con respeto. La sensación fue tan extraña que Martina se destempló. Llevaba un estuche de aspirinas en el bolsillo. Arrancó una y se la puso en la lengua.

—Seré discreto, subinspectora. Repítame adónde va, por si necesita cobertura policial.

—A Los Oscuros, río Aguastuertas arriba.

Asintiendo, Buj le pegó una calada al Bisonte, pero la tos le hizo retemblar el pecho. Apagó el cigarrillo, asqueado.

—Conozco la zona. Mis suegros tenían una casita por

allí. Hay mucha fauna. En una ocasión, maté un jabalí con mi Astra del calibre 38. Mi suegra lo condimentó; no dejamos ni el rabo. ¿A qué hora es el entierro de esa chica?

—A la una, creo. Debo hablar con la familia. Estaré de vuelta al anochecer.

—¿Seguro que no quiere que la acompañe otro agente?

—Prefiero ir sola, si no le importa.

—Cuídese.

Martina fingió gratitud.

—Está más favorecido con el pelo mojado. ¿Celebra algo, inspector?

—He prometido llevar a mis nietos a la cabalgata de Reyes. Pensé que presumirían de abuelo si me ven arreglado.

—No sabía que tuviera nietos.

—Cinco. Son un encanto. Para ellos, soy el abuelo *Nesto*, el del revólver y la mala leche.

Martina esbozó una sonrisa solidaria con los nietos de Buj. Salió del despacho del inspector, arrojó el periódico a la papelera y se encaró con sus compañeros, que la miraban como si fueran a dispensarle una fiesta sorpresa.

—¿Qué les ocurre a todos ustedes?

—Es por su foto del periódico, subinspectora —se animó a bromear Cubillo, un agente canario con fama de donjuán—. Parece una estrella de cine. ¡Vaya vestido!

—Dejen paso —dijo Martina—. Y pónganse a trabajar de una vez. ¡Vamos! ¿Es que no me han oído?

50

Eran más de las once de la mañana cuando el Saab de Martina de Santo se detenía para llenar el tanque en una gasolinera, a la salida de la ciudad.

Antes de salir de viaje, la subinspectora había consultado en Jefatura la ficha policial de David Raisiac. El hijo del catedrático de Historia Antigua tenía antecedentes por tráfico de drogas y una causa pendiente por atraco a una joyería.

Desde la cabina telefónica de la gasolinera, Martina llamó al número que le había proporcionado la arqueóloga Cristina Insausti. Una adormilada voz contestó al cabo de quince pitidos.

—¿Quién coño llama a estas horas?

—Agente Flores, de la Jefatura Superior. ¿Es usted David Raisiac?

—Eso creo.

—Una mujer, Camila Ruiz, nos ha comunicado que ha estado usted molestándola, y nos ha facilitado su identidad y número telefónico. Si no quiere meterse en líos, será mejor que, de ahora en adelante, respete su intimidad.

—Yo no he molestado a nadie. ¡Déjeme en paz!

—La denuncia es muy concreta, señor Raisiac. Hace referencia a la noche de ayer y a la del pasado lunes. La denunciante afirma que usted la ha amenazado con reiteración, al menos en esas dos recientes ocasiones, y que trató de inducirla al consumo de estupefacientes. Sabemos que tiene usted antecedentes por tráfico de dichas sustancias.

—Es cierto que la vi anoche, pero no la amenacé... ¿Y el lunes, dice? ¡Imposible! ¡Esa tarada miente!

—¿Reconoce que la acosó en la noche de ayer?

—¡No reconozco nada!

—¿Dónde estuvo en la noche del pasado lunes?

—En mi casa.

—Comprobaremos si es cierto lo que dice. Deme la dirección.

El joven Raisiac vaciló, pero acabó proporcionando las señas de Cristina Insausti, en la plaza del Carmen.

—Trasladaré su respuesta a la brigada de Seguridad Ciudadana. Y no vuelva a acercarse a la señorita Ruiz, ¿me ha entendido?

—Oiga, agente, yo...

Martina colgó. Pagó el combustible, arrancó el coche y tomó la autovía del Norte.

A gran velocidad, el automóvil de la subinspectora recorrió los treinta kilómetros de autovía hasta Condado de Mombiedro, el primer pueblo montañés, donde se extinguía la vía rápida. Aunque las altas cumbres nevadas seguían ocultas por la baja y espesa nubosidad, entre las espirales de niebla se divisaban las estribaciones de la cordillera de La Clamor.

A partir de Condado de Mombiedro, las futuras obras de la autovía, sus acueductos y túneles, existían tan sólo en la imaginación de los ingenieros, por lo que la detective no tuvo más remedio que proseguir su ruta a lo largo de la carretera nacional, plagada de camiones y vehículos lentos que cubrían trayectos domésticos entre las poblaciones de los valles. Martina se resignó a conducir con lentitud, sosteniendo el volante con un dedo mientras la mano libre sostenía un cigarrillo y su mente daba vueltas a los detalles del caso del cuchillo de obsidiana, y al cambio de actitud del inspector Buj.

Hasta pasadas las doce del mediodía, el Saab no arribó al desvío de Los Oscuros. Desde el puente románico que señalaba el ascenso hacia la alta montaña, su población de destino distaba aún otros cuarenta kilómetros. Restaba un tramo accidentado, con múltiples curvas y el piso en malas condiciones, y la investigadora tampoco pudo acelerar.

La carretera de La Clamor seguía el curso del río Aguastuertas, una corriente truchera y salmonera que eludía las tierras bajas y el valle del río Madre para desembocar directamente en el mar.

El cauce, que adquiría un revuelto color verdoso al fondo de las barrancas, había excavado la cordillera tallando profundas hoces. A ratos podría parecer que llovía, porque una cortina de agua caía sin cesar sobre el arcén, resbalando entre los helechos aferrados a los taludes y rociando el asfalto. Los viejos túneles carreteros, excavados a pico a principios de siglo, rezumaban la humedad de los arroyos que se precipitaban por las vertiginosas peñas. A menudo, el vapor de agua de una cascada ascendía de las hoces como el aliento de un ser imaginario.

La subinspectora sabía que el enclave de Los Oscuros debía su nombre a las grutas que el Aguastuertas había excavado en su curso natal, aguas arriba del pueblo, cerca ya de su lugar de nacimiento, en la cumbre del Sarrión, la cota más alta de la cordillera.

Siglos atrás, se habían celebrado en esas cuevas aquelarres de brujas y ritos de adoración al diablo. Algunos de aquellos siervos de Satán sufrieron los rigores de la Inquisición. Las hogueras ardieron en alquerías y plazas hasta el atrio de la Iglesia de Condado de Mombiedro, donde el cura degolló un macho cabrío en presencia de los fieles y lo purificó con agua bendita para extirparle el demonio. Martina conocía esas y otras leyendas porque su padre, el embajador, era aficionado a la historia de la brujería y, en numerosas ocasiones, desde que el diplomático se retiró a Bolscan, les había llevado a su hermano Leo y a ella a explorar los bosques de hayas y las aldeas de piedra donde las herederas de la Celestina seguían cultivando plantas medicinales y practicando el curanderismo.

Entre los peñascos de la ruta, a trechos, había brillado un resto de sol, pero en Los Oscuros hacía un frío seco, cortado por el viento que bajaba de las cumbres. El blanco y pesado cielo amenazaba nieve.

La subinspectora se arrepintió de no haber cogido ropa adecuada. Aparcó el coche en la plaza del Ayuntamiento y se dirigió al quiosco de los soportales. Carrasco, el agente encargado de contactar con la familia Barca, a fin de comunicarles la noticia de la muerte de Sonia, había informado a la subinspectora, entre otros datos pertinentes, de que su padre regentaba ese negocio.

El quiosco de Ramiro Barca estaba cerrado. Los paquetes con los periódicos del día, atados y prensados, descansaban junto al escaparate con revistas y plumieres, novelas saldadas de la década anterior, golosinas y ofertas de material escolar.

Con los servicios de una pequeña capital de comarca, Instituto, Ambulatorio y destacamento de la Guardia Civil, la población de Los Oscuros era relativamente grande, cuatro, quizá cinco mil habitantes, pero apenas se apreciaba animación por las calles. Una indefinible tristeza flotaba entre las mustias adelfas de la plaza mayor.

Martina entró a un café y preguntó por la dirección de los Barca. La casa quedaba en una pradería llamada del Francés, a las afueras del pueblo. La subinspectora fue caminando por callejas empedradas hasta localizar la casona de muro sillar, sólida y gélida, con tejado de pizarra y unas ventanas tan pequeñas que apenas dejarían pasar la luz.

La puerta principal, adornada por un arco con dovelas de arenisca, era tan baja como la entrada a un caño o a una bodega. Martina llamó con la aldaba, pero nadie le abrió. Por fin, una mujer enlutada, que parecía revivida de un aquelarre, se asomó a las milaneras. Al ver a una forastera, volvió a cerrar con precipitación los postigos. Martina ni siquiera tuvo tiempo de hablarle. Una mano sarmentosa volvió a aparecer en otro ventanuco, pero fue para indicarle que se marchara de allí.

La subinspectora dio la vuelta a la casa. En los corrales, unas cuantas vacas yacían sobre el enfangado estiércol. Un perro fiero, atado a una cadena, se puso a ladrar. Martina se alejó y siguió el camino del monte, hasta una pradera anticlinal en la que pacía un rebaño de cabras y ovejas tan lanudas que las guedejas les tapaban los ojos, colgándoles hasta las pezuñas, sucias de barro y paja. El pastor estaba más allá, entre los árboles. Llevaba un mono granate, pelliza de vacuno y una gorra del Rácing de Santander. Martina le preguntó por Ramiro Barca.

—Ha ido de entierro. Siga el camino. A la vuelta encontrará las cruces.

El camposanto quedaba al otro lado del monte. Un trasiego de neumáticos había enlodado el acceso al cementerio, hasta hacerlo casi impracticable. En previsión de algún tumulto, una pareja de la Guardia Civil custodiaba la entrada. Cientos de cabezas se agolpaban junto a los nichos. Ni siquiera entre las lápidas se veían huecos libres de gente. Martina tuvo la impresión de que la mitad del pueblo se había reunido en el oficio fúnebre.

En medio del respetuoso silencio se oía la voz del cura, el padre Marcelo, párroco de Los Oscuros, postular:

—Recemos, hermanos todos, por el alma pura de Sonia, y por su generoso espíritu, que tan joven nos ha sido arrebatado. Roguemos al Señor que la acoja en su seno, y que sepa castigar la inhumana ferocidad que nos la arrebató de la tierra. No para siempre, pues quienes seamos dignos de su memoria, y de nuestra fe, nos abrazaremos con ella en la vida eterna, y juntos beberemos en las fuentes del paraíso.

Ocho brazos alzaban el ataúd de Sonia Barca cuando un grito abrió en carne viva el dolor de los deudos. Alguien, un hombre de cabello blanco, cayó a tierra, desvanecido. No se recuperaba, y lo sacaron del cementerio arrastrando los pies.

—¡Ramiro! —le exhortaba, asustado, uno de los vecinos—. ¡Se ahoga!

Un hombre más joven, con una gabardina blanca, se acercó al padre de Sonia, le obligó a caminar y estuvo hablándole un rato, sin soltarle el codo. Los guardias civiles se acercaron a interesarse, pero la crisis no remitía y el hombre de la gabardina blanca optó por subir a Ramiro Barca a su coche y alejarlo del clima emocional del sepelio.

Cuando el vehículo alcanzó el recodo donde se hallaba Martina, ésta se apartó para dejarle pasar. Orillando
baches y charcos, ese coche fue regresando con lentitud
hacia el pueblo. La subinspectora no tuvo dificultad en
seguirle, y tampoco lo perdió entre las calles de Los Oscuros. Intuía adónde se dirigía, y no se equivocó.

51

La identidad del hombre de la gabardina blanca figuraba chapada a la puerta de una de las consultas del Ambulatorio. Se trataba del doctor Felipe Moros, especialista en Medicina General. Martina preguntó por él a una enfermera.

—¿Sí? —dijo el médico, saliendo de su consulta.

Debajo de la gabardina, el médico llevaba un traje de lana azul que le habría costado la equivalencia a un sueldo. Tenía el aire animoso del hombre joven que todavía cree en el remedio del mundo, unos dientes perfectos y una de esas implantadas sonrisas que ya para siempre se quedan allí. Martina le mostró la placa.

—Subinspectora De Santo. Sin duda, sabe usted que Sonia Barca fue asesinada. Quisiera interpelar al padre de la víctima.

—Me temo que no sea el mejor momento, subinspectora. Le he hecho tumbarse en la camilla, y acabo de sedarlo. Tardará un poco en recuperarse, pero pronto podrá hablar con él. Mientras tanto, ¿quiere tomar un café?

—Buena idea.

Pasaron al bar de enfrente. El doctor Moros era de su

edad. Le contó que Los Oscuros seguía siendo su primer destino, y que ya llevaba siete años allí.

—Siete siglos —sonrió el médico. Martina sospechó que una consuetudinaria resignación comenzaba a colonizarle, pero que todavía tenía fuerzas para rebelarse y soñar.

—¿Se aburre aquí, doctor?

—Algún fin de semana bajo a Bolscan, pero mis amigos de la facultad van pasando por el altar y ya no les divierte trasnochar. A mí todavía sí, aunque conducir de madrugada por la carretera infernal de La Clamor suponga jugarse el tipo.

Martina le ofreció un cigarrillo. Felipe Moros no fumaba.

—Cuando usted llegó al pueblo, Sonia Barca tendría trece o catorce años —calculó la subinspectora—. ¿Estuvo enferma alguna vez? ¿Tuvo ocasión o necesidad de atenderla?

—Nunca le abrí ficha.

—¿Y a Lucía Bacamorta, recuerda si la atendió?

La taza osciló en la mano del médico. Unas gotas de café salpicaron su solapa.

—Qué torpe, perdóneme.

La subinspectora observó que Felipe Moros ocultaba las manos en los bolsillos, y que había apoyado un pie en el estribo de la barra del bar. De su expresión parecía haberse esfumado cualquier expectativa de seguir conversando banalmente con una mujer de la capital.

—¿Le ha puesto nervioso ese nombre?

—Hacía mucho que no lo oía.

—¿Desde la fecha en que Lucía Bacamorta apareció sin vida en la Laguna Negra y tuvo que firmar usted su certificado de defunción?

El doctor Moros debió de asumir que estaba frente a un

policía, porque su alegría se replegó como un visillo arrugado.

—Ya sabe lo que son los pueblos. Todavía se habló de aquello algún tiempo, pero después se olvidó.

—¿Lucía Bacamorta está enterrada en Los Oscuros?

—Desde hoy, nicho con nicho con Sonia Barca.

Martina hizo una pausa para facilitar que la imagen de ambas jóvenes se asociase en un enigma común. Después, consideró:

—Tengo entendido que el cuerpo de Lucía fue arrastrado por las escorrentías de la laguna, y que apareció río Aguastuertas abajo, al cabo de unos días de búsqueda.

—Setenta y dos horas —le confirmó el médico—. Perdimos dos jornadas drenando la Laguna Negra.

—¿Cuál fue la causa de su muerte?

—Anoxia cerebral provocada por inmersión.

—¿Observó algo anómalo en el cadáver de Lucía?

Moros compendió, con prudencia:

—Los síntomas eran los típicos de un caso de ahogamiento.

—¿El cuerpo tenía lesiones de tipo contuso?

—Sí, pero de origen posmortal, según demostraría la autopsia. Originadas al ser arrastrado el cuerpo por aguas vivas.

—¿Y de tipo inciso?

—No.

—Hábleme de su piel. ¿El cadáver de Lucía Bacamorta mostraba maceración cutánea?

—Desde luego. En manos y pies.

—¿Qué me dice del cutis? ¿Advirtieron el forense o usted algún tipo de fenómeno cadavérico?

El zapato de Moros volvió a su posición inicial, y su mano se dirigió a la taza, pero no llegó a cogerla.

—Difícilmente, subinspectora. La epidermis de la cara y de parte del cuello debió de desprenderse con el roce de las piedras.

Martina fumó con ansiedad.

—¿Al cadáver le faltaba la piel del rostro?

La voz del médico vaciló al recordar:

—La cara estaba terriblemente magullada, al extremo que apenas se reconocían sus facciones. No había heridas incisas, le insisto, y dimos por sentado que los peces y las piedras la habían desfigurado. Desollado, prácticamente. La Guardia Civil estuvo indagando, pero no descubrieron nada raro.

Martina le miró directamente a los ojos.

—¿Está seguro de que fue un accidente?

—Lo fue, subinspectora, y fue un juez, no yo, quien archivó el asunto. María Bacamorta, la otra gemela, declaró que su hermana Lucía se ahogó en el lago. Habían salido de excursión con un profesor, cuya declaración coincidió plenamente.

—¿Ese profesor era Alfredo Flin?

—Sí.

—¿Le conoce?

—¡Quién no conoce aquí al bueno de Alfredo!

—¿Desde cuándo le conoce? ¿Desde que fue usted destinado a este pueblo?

—Desde los tiempos de la Universidad. Estudió un par de cursos conmigo, pero luego lo dejó por el teatro.

Martina cogió una servilleta de papel y se secó los labios.

—¿Es cierto que Flin tenía mucho éxito con las chicas del Instituto?

La sonrisa de Felipe Moros regresó a su lugar.

—Enredaría con un par de ellas, nada definitivo.

—¿Salía usted alguna vez con Flin?

—No me habría importado, por el gancho que tiene, pero era, y supongo que sigue siendo, un cazador solitario.

—¿Padecía alguna enfermedad?

—¿Quién, Alfredo? Claro que no.

—¿Nada? ¿Ningún herpes, algún proceso infeccioso, una invasión parasitaria?

—No, no.

—¿Y María Bacamorta, su actual pareja?

—Por lo que a mi archivo clínico respecta, tampoco.

—¿Ninguno de los dos solicitó recientemente vacunarse para emprender un viaje exótico, a algún lugar de África Central, o a los trópicos?

En los siete años que llevaba en Los Oscuros, Felipe Moros nunca se había sentido tan fuera de juego.

—¿Por qué me hace tantas preguntas, subinspectora?

Martina sacó un billete para pagar los cafés. El médico porfió hasta hacerse cargo de la cuenta.

—Está usted en mi terreno. Ya me devolverá la invitación en Bolscan. Quizá —se lanzó— alguna noche en la que no tenga nada mejor que hacer.

—Pruebe a llamarme a Jefatura, podría decirse que vivo allí. En cualquier caso, gracias, doctor. Espero poder mostrarme más explícita con usted la próxima vez que nos veamos. Ahora, si no le importa, quisiera cambiar impresiones con el padre de Sonia.

El médico le abrió la puerta del bar.

—De acuerdo, pero permítame que antes compruebe su estado. No sé si ese pobre hombre podría resistir un interrogatorio como el que acaba de dirigirme a mí.

52

Aunque la dosis de Valium que le había inyectado el doctor comenzaba a hacerle efecto, el padre de Sonia Barca seguía bajo los efectos de una alteración nerviosa, y permanecía tumbado en la camilla con los ojos fijos en el techo. El médico rogó a la subinspectora que se abstuviera de interrogarle.

Martina se dirigió a su coche, condujo hasta la salida del pueblo y tomó por la pista que subía a la Laguna Negra.

El camino estaba en pésimas condiciones. La suspensión del coche rugía a cada bache, y los bajos del automóvil golpeaban contra las piedras. Recorrido el primer kilómetro, la subinspectora decidió abandonar el Saab en un recodo y proseguir el ascenso a pie.

A medida que avanzaba, la pista fue angostándose entre el tupido bosque. Había tramos en que dejaba de verse aquel cielo blanquecino y próximo, del que comenzaban a caer aislados copos de nieve.

Cuando Martina alcanzó el lago, eran las tres de la tarde. Tenía el estómago tan vacío que necesitó fumar para engañar al hambre.

No se movía el más leve soplo de viento. La Laguna Negra estaba en calma. El agua era del mismo color que la del río Aguastuertas, de un verde oscuro, opaco, fangoso, que, en principio, no invitaría a bañarse ni en los días de verano.

Un silencio puro y solemne envolvía el lago. El bosque permanecía callado, como recogido en sí mismo, a la espera de la nevada que se iba anunciando sin prisa, en copos cada vez más densos.

Martina localizó el merendero. Era rústico y simple, apenas unas pocas mesas y bancos de traviesas de ferrocarril, con una hilera de barbacoas cubiertas de musgo y restos de leña carbonizada. Una pradera aguardaba a los excursionistas que, a partir de mayo, extenderían sus manteles y mantas para disfrutar de sus comidas campestres.

Ahora, en ese enero crudo, la hierba estaba demasiado crecida, y rezumaba al pisarla. Las botas de la subinspectora se hundieron hasta sus raíces al acercarse a la orilla. Martina se agachó y tocó el agua del lago. Estaba tan fría que un cuerpo sumergido no habría resistido la hipotermia más allá de unos pocos minutos.

La subinspectora comprobó que, a excepción de un pequeño remanso situado en la cara norte, desde el merendero se divisaba con claridad todo el perímetro de la Laguna Negra.

A la vista de aquel despejado espacio, juzgó difícil creer que Alfredo Flin y María Bacamorta no hubiesen advertido que la hermana de esta última, Lucía, corriese peligro al bañarse en el lago. Y le pareció más inverosímil aún que desde la orilla no hubiesen oído sus gritos de auxilio. Pero quizás ambos, contrariamente a lo que habían declarado, no se encontraban, en el momento del accidente, en las proximidades del merendero. Tal vez se alejaron de los juncales, buscando intimidad en el interior del bosque...

Nevaba ya con intensidad cuando Martina dio por terminada su inspección y decidió emprender el regreso. Durante el ascenso, había recorrido a paso ligero los casi cuatro kilómetros de pista que la separaban del lago, pero, al descender en medio de la nevada, el mismo camino le resultó más duro. Sus botas se embarraron de tal manera que tuvo que detenerse con frecuencia, cada cien o doscientos metros, para despegar esas otras suelas de barro que se adherían a las suyas, obligándola a arrastrar los pies.

Caía la noche. El frío era intenso, y la visibilidad iba reduciéndose según engrosaba el espesor de la nieve. La subinspectora había dejado de mirar el reloj, para evitar ponerse nerviosa, pero le costó más de una hora y media llegar al lugar donde había dejado el Saab. Había oscurecido, de hecho, cuando Martina, con un suspiro de alivio, se introdujo en su helado interior y encendió las luces y el motor.

Bajo una fuerte nevada, conectó los limpiaparabrisas y aceleró con decisión, levantando polvo de nieve al desatascar las ruedas. No supo con exactitud qué ocurrió en la primera curva, pero los neumáticos se negaron a obedecer la dirección y, de pronto, el coche enfiló los árboles, las copas se invirtieron y el automóvil voló, literalmente, sobre una hondonada, hasta dar una vuelta de campana y quedar volcado, con las ruedas girando en el aire.

El impacto dejó aturdida a la subinspectora. No se había puesto el cinturón, y fue arrojada a los asientos de atrás. Pudo salir al cabo del rato, forzando las puertas, semibloqueadas por un murete de hojarasca, barro y hielo. Escaló la ladera y, renqueando a causa de un pinchazo que sensibilizaba algún hueso de su rodilla, reemprendió la senda del bosque, envuelto en una láctea oscuridad.

No arribó al pueblo hasta las siete de la tarde. Tiritaba. Tenía el cabello empapado, insensibles las manos, y su rodilla había empeorado.

Recorrió las calles nevadas de Los Oscuros y entró al mismo bar donde hacía unas horas había estado con el médico. Renunció a secarse el pelo con la toalla del único baño del establecimiento y pidió un bocadillo, un café y un whisky doble. Colgó la chorreante gabardina bajo la resistencia calorífica que caldeaba el local y se dejó caer sobre una silla libre, entre las mesas de parroquianos que jugaban a las cartas y que, tras contemplarla con cierto asombro, habían retornado a los naipes.

El camarero salió de la barra y le acercó lo que había pedido. Martina se apresuró a calentarse las manos con la taza de café.

—Gracias. Supongo que es demasiado tarde para llamar a una grúa.

—¿Se le ha estropeado el coche? Hay un taller, pero habrá cerrado.

—¿A qué hora sale el ferrocarril de Bolscan?

—A las ocho de la mañana. Y dependerá de la nieve que caiga. El año pasado nos quedamos aislados.

—¿Voy a tener que hacer noche?

—Usted verá. Puedo preguntar en algún hotel. Estamos en temporada de esquí, pero es posible que queden habitaciones.

—Se lo agradeceré.

La propia Martina se puso al auricular para reservar una habitación en el Hotel El Corzo. Aunque la deprimían esos albergues abuhardillados, con las paredes forradas de papel pintado, y grabados de caza en el restaurante, la perspectiva de una ducha caliente la animó.

Terminó su bocadillo, apuró el whisky y pagó al tabernero.

—Todavía le pediré otro favor. Necesito la dirección de la familia Bacamorta.

El tabernero señaló a un hombre tuerto, de pelo lustroso, con chaqueta de pana, que jugaba a las cartas acodado a una de las mesas.

—Jonás. Es el hermano.

Martina pensó que la suerte, en ocasiones, se manifestaba en clave compensatoria. Sin preocuparse por lo improcedente de su actitud, ni por el hecho de que en el bar no hubiera ninguna otra mujer, arrimó una silla a la mesa donde Jonás Bacamorta jugaba al guiñote. Se sentó frente al tuerto y estuvo observándole sin disimulo hasta que Jonás, molesto, inquirió:

—¿Nos conocemos, señora?

—No, pero quiero hablar con usted.

—¿No ve que estoy ocupado?

—Puedo esperar unos minutos. Al fin y al cabo, el cadáver de su hermana Lucía lleva dos años esperando una respuesta.

Como si hubiese sonado una blasfemia, un silencio de hielo recorrió el local. Jonás Bacamorta apoyó las manos en el tapete y se levantó con pesadez, mirando a Martina con su único ojo sano. En el lugar donde había estado el otro, un hundido pliegue del párpado dibujaba una herida de color rosa oscuro.

—No vaya a hacer ninguna tontería —le advirtió Martina—. Soy policía. Vamos afuera.

El tuerto se levantó con tal coraje que derribó la silla. Fue al perchero, cogió su pelliza y su boina y salió a la calle. Nevaba con furia.

—Espero que lo que tenga que decirme sea importante.

—Lo es. Diríjase hacia su casa. Hablaremos allí.

53

A pesar de que la rodilla le dolía cada vez más, Martina caminó aprisa detrás de él, agachando la cabeza para protegerse de la nieve. No cambiaron palabra hasta llegar a la casa de los Bacamorta. La subinspectora tenía tanto frío que, al entrar en el humilde comedor y ver una chimenea encendida, estuvo a punto de emitir un grito de júbilo.

Martina se acercó al fuego. Jonás arrojó un leño y avivó las llamas con un atizador.

—Retírese, no vaya a quemarse.

Una anciana estaba sentada junto al hogar, haciendo calceta, pero no dio la menor señal de haber percibido a la visita. Continuó concentrada en su punto de cruz, moviendo apenas los labios, como si rezara.

—Está sorda y casi ciega —dijo Jonás—, pero se empeña en seguir cosiendo para la chica. ¡Abuela!

La mujeruca se levantó, como si la hubieran reprendido, y desapareció hacia la cocina, mal iluminada por una bombilla de cuarenta vatios que dejaba en penumbra el fogón.

Jonás se acercó a la subinspectora con el atizador en la mano.

—Lo que dijo en el bar no estuvo bien.

—De algún modo tenía que llamar su atención. Cálmese, Jonás —agregó Martina, acercando las manos al fuego—. Y suelte ese atizador.

—Todavía no ha demostrado ser quien dice.

La subinspectora le mostró la placa.

—Su hermana María también es muy desconfiada.

—Será cosa de familia. ¿De qué conoce a mi hermana?

—La saludé hace unas noches, en su camerino del Teatro Fénix. ¿Acudió usted al estreno de la obra?

—No.

—Sin embargo, sus padres sí que asistieron. Tengo entendido que están en Bolscan, y que se alojan en el mismo hotel que María. Pensé que a lo mejor regresaban hoy a Los Oscuros para asistir al entierro de Sonia Barca.

—Está claro que no lo han hecho. Tampoco he ido yo.

Martina se agachó hacia el hogar, cogió una ramita y encendió un cigarrillo con la llama.

—¿Ha visto actuar a su hermana María alguna vez?

—Una sola, en el Instituto, hace años. No me gustó.

—¿Por qué no?

—Hacía un papel de puta, o algo así. Ese profesor, Flin, las obligaba a maquillarse y vestirse como fulanas. Hasta hablaban como fulanas, con sus boquitas pintadas. A mí todo aquello me daba asco.

Martina asintió, como si compartiera su desdén hacia el arte. La subinspectora fumó pensativamente, hasta que se decidió a levantar sus cartas:

—Antes le aseguré, Jonás, que debía comunicarle algo importante. Tengo razones para creer que su hermana Lucía no sufrió un accidente.

El tuerto se mantuvo callado. Se había sentado enfrente de la subinspectora, y seguía enredando con el atizador.

Martina argumentó:

—Sonia Barca, compañera de Instituto de sus dos hermanas, resultó asesinada en la noche del pasado lunes, en Bolscan. Estamos investigando ese crimen. A Sonia la mataron de una forma horrenda, y le arrancaron la piel. He podido saber, por el médico de este pueblo, el doctor Moros, que Lucía apareció aguas abajo del lago, después de tres días de búsqueda, y que a su rostro le faltaba parte de la epidermis. No es ésta la única coincidencia entre las muertes de Sonia y de Lucía. Un mismo hombre, Alfredo Flin, el profesor de teatro, a quien usted acaba de mencionar, se encontraba cerca de ellas cuando las dos dejaron de existir.

El tuerto replicó:

—También mi otra hermana estaba con él cuando Lucía murió. María y Flin buscaron a Lucía por todo el lago, y bajaron al pueblo a pedir ayuda.

—He oído esa versión —dijo Martina—. Para comprobarla, acabo de estar en la Laguna Negra. Desde la orilla, se domina con nitidez la superficie del lago. Se me hace difícil creer que Lucía se ahogase de pronto, que desapareciera bajo las aguas sin emitir un solo grito.

—Pudo sufrir un corte de digestión.

—Eso no explicaría la mutilación de su epidermis facial.

—Los peces debieron de cebarse con sus restos.

—El cuerpo de un ahogado suele descender hasta el fondo —arguyó Martina—, para quedar en posición de puente, con las puntas de los pies apoyadas en el lecho y el rostro semienterrado en el fango. Se me hace muy extraño que a los peces sólo les llamase la atención la piel de su cara, por otra parte incrustada en el lodo.

—La corriente la arrastraría, la golpearía contra las rocas.

—Es posible —murmuró la subinspectora—. ¿Tiene alguna fotografía suya?

—¿De Lucía?

—De las gemelas.

—Aguarde un momento.

Jonás desapareció en el interior de la vivienda. Desde una de las alcobas se oyó ruido de cajas. El tuerto reapareció con un cofre de latón, sosteniéndolo en las manos como una urna.

—Tenga.

Las fotografías estaban sin clasificar. Las antiguas, en blanco y negro, se mezclaban con las más actuales. La humedad y la deficiente impresión habían desvaído los colores. Curiosamente, las hermanas Bacamorta no aparecían juntas en ninguna de las imágenes.

—¿Por qué no hay fotos de las dos? —preguntó la subinspectora.

—Eran independientes una de otra. En eso, no parecían gemelas. En el físico, sí.

—Supongo que incluso a usted le resultaría difícil distinguirlas.

—Lucía era un poco más delgada.

En una de las fotos, María posaba en el salón de actos del Instituto, ante el telón de boca. Enlutada y con los rubios cabellos recogidos en un moño pasado de moda, parecía a punto de actuar en una tragedia de García Lorca. En otra de las instantáneas, Lucía figuraba junto a Flin. El profesor de arte dramático la abrazaba por la cintura.

—¿María y Lucía no se llevaban bien?

—Reñían más de la cuenta.

—¿Alguna vez discutieron por un mismo chico?

—Se mostraban muy reservadas con las cosas de novios. Nunca supimos casi nada.

—Sabrá que el profesor y María están juntos.

—Eso creo —gruñó el tuerto.

—¿No le agrada la perspectiva de convertirse en cuñado de Alfredo Flin?

—Nunca me fié de él ni me gustó ese presumido —se despachó Jonás—. María lo sabe.

La subinspectora asintió con la cabeza, dándole en apariencia la razón.

—¿Cómo era la relación de su hermana Lucía con Flin?

—Lo ignoro.

—¿Hubo alguna historia entre ellos?

Jonás agrió el gesto.

—Mi hermana está muerta. No sé a qué viene ofender su memoria.

Martina se armó de paciencia.

—Como le he dicho, intento establecer una conexión entre las muertes de Sonia Barca y de su hermana Lucía. Pero ya veo que usted no desea ayudarme. Sería importante que lo hiciera, créame.

—Si hubiera sabido que quería hablarme de estas cosas, no le habría permitido entrar en mi casa.

La subinspectora se levantó y recogió su gabardina.

—No le molestaré más. ¿Puedo quedarme algunas fotos? Se las devolveré a su hermana María, en Bolscan.

—Haga lo que quiera, pero márchese. Y no vuelva por aquí, o la denunciaré por abuso de autoridad, o por la primera cosa que se me ocurra.

54

Eran las diez de la noche, y seguía nevando, cuando Martina de Santo localizaba las luces de su alojamiento y ocupaba su habitación abuhardillada en el Hotel El Corzo. Había papel pintado en las paredes y, sobre la cama, un grabado de un faisán.

La subinspectora tomó dos aspirinas a palo seco, se desnudó, se tumbó y permaneció quince minutos debajo del cobertor, con los ojos cerrados, intentando relajarse y entrar en calor. Luego abrió la ducha y la dejó correr mientras llamaba por teléfono a Horacio Muñoz. El archivero le puso al corriente de los sucesos de la tarde:

—Aquí todo está revuelto, subinspectora. El inspector Buj ha aprovechado la ausencia del comisario para dar un golpe de escalafón. Tendría que verlo, pavoneándose por los pasillos de Jefatura y vociferando a todo el mundo.

—¿Dónde está Satrústegui?

—Teóricamente, desaparecido. Los periodistas no cesan de preguntar por él. Lo he controlado durante todo el día, como usted me indicó.

—¿Se vio con alguien?

—Por la mañana, permaneció encerrado en su casa. A eso de las cuatro, el comisario salió para comprar tabaco y pasear. Fue caminando hasta el Puerto Viejo y estuvo mucho rato fumando en el malecón y mirando los barcos de la bahía con las manos metidas en los bolsillos. No hizo nada de particular, ni habló con nadie. Regresó a su domicilio, y yo me vine para el archivo. ¿Qué me cuenta usted? ¿Ha descubierto algo en ese pueblo?

—Hablaremos mañana, Horacio.

—¿A qué hora regresará de Los Oscuros?

—No lo sé. Mi coche se despeñó por una barranca. Tendré que dejarlo aquí y volver como pueda.

—¿Ha sufrido un accidente?

—No se preocupe por mí, ya sabe que soy dura de pelar. Sólo tengo una contusión en la rodilla. Le veré en cuanto llegue a Bolscan. Creo que hay un tren a las ocho. Ignoro lo que tardará.

—Consultaré los horarios e iré a buscarla a la estación.

—Hará usted algo mejor, Horacio. Vaya a ver al doctor Marugán, en el Anatómico, y pídale de mi parte la autopsia de una chica de Los Oscuros llamada Lucía Bacamorta. Oficialmente, se ahogó en la Laguna Negra a los dieciocho años, hace dos.

—Descuide.

—Gracias, Horacio. Si en el curso de la noche ocurriese algo grave, llámeme a este número.

La subinspectora le facilitó el teléfono del hotel y se metió en la ducha. Se enjabonó y estuvo largo rato bajo el agua, con las manos apoyadas contra las baldosas pegadas con rastros de silicona que la espátula no había acertado a repelar.

Apenas tuvo fuerzas para secarse. Envuelta con el juego de toallas, se metió en la cama y se quedó dormida.

Soñó con una anciana que hacía punto de cruz, y que perseguía a sus hijas hasta clavarles las agujas en el cuello y deleitarse con la sangre que manaba de sus jóvenes cuerpos. Se despertó varias veces, pero no fue consciente de ello.

A las cinco de la mañana, repicó el teléfono de su habitación. Martina despertó con la sensación de no saber dónde estaba. Encendió la luz y cogió el auricular. La voz de Horacio volvió a sonar, como si no hubieran dejado de hablarse.

—Siento despertarla con una mala noticia, subinspectora. Los de Seguridad Ciudadana han encontrado a otra mujer muerta. Acabo de enterarme.

Martina ahogó una exclamación.

—¿Asesinada?

—Sí.

—¿Dónde?

—En el Puerto Viejo.

—¿Cerca del lugar donde en la tarde de ayer vio usted al comisario Satrústegui?

—Allí mismo, junto a la fábrica conservera.

«Y junto al *loft* de Raisiac», pensó la subinspectora.

—¿La han identificado?

—Sí. Se llamaba Camila Ruiz.

Martina apretó el teléfono contra la mejilla y sepultó la mandíbula en el esternón. Sabía lo que Horacio iba a responder, pero preguntó:

—¿Cómo la mataron?

La voz del archivero sonó increíblemente cercana, como si estuviera a su lado.

—De una cuchillada en el corazón. Después, le arrancaron la piel, desde el cuero cabelludo hasta el monte de Venus.

55

La mañana de Reyes amaneció luminosa y blanca. Había dejado de nevar, y un cielo azul, nuevo y lavado, mostraba la cordillera en todo su esplendor.

El tren de Bolscan no arrancó hasta las ocho treinta. La nieve se acumulaba alrededor de las vías, y tardaron bastante en despejarla. El factor de la estación tuvo que pedir disculpas de antemano y encarecer paciencia a los escasos pasajeros, porque el convoy viajaría despacio.

Tanto que, hasta las doce, después de detenerse en innumerables apeaderos, y de esperar, al menos en un par de ocasiones, a que el personal ferroviario retirase la nieve de los pasos angostos, no llegó a la capital.

Arrastrando un tanto la rodilla contusa, Martina cruzó a la carrera el andén. Se dirigía a la parada de taxis cuando divisó a Horacio.

—Tengo el coche en la puerta, subinspectora. Suba, le iré contando por el camino.

—¿Dónde está el cadáver de Camila Ruiz?

—En el Anatómico Forense.

—Vamos allá, rápido.

El archivero arrancó el escarabajo y comenzó a explicarle que el cuerpo había sido descubierto a las tres de la madrugada por una pareja de estudiantes universitarios que debía de estar buscando en el Puerto Viejo un lugar apartado donde desfogar su pasión.

Entre los contenedores y grúas, sobre un colchón tirado en la basura, vieron, en medio de un charco de sangre, algo que sólo unas horas antes había sido un ser humano. La estudiante sufrió un ataque de nervios, pero su compañero tuvo temple para buscar un teléfono (había una cabina a quinientos metros) y avisar a la policía.

Una unidad acudió a toda prisa. Los agentes precintaron la zona y sacaron de la cama al inspector Buj, quien, de bastante mejor humor de lo que en él era habitual, se presentó treinta minutos después, para encargarse de dirigir la investigación en la escena del crimen.

Horacio, que seguía en el archivo, fiel a sus costumbres noctámbulas, se había enterado del suceso en Jefatura, por el retén de guardia. Le faltó tiempo para dirigirse en su escarabajo al Puerto Viejo.

Cuando llegó, media docena de coches patrulla impedía el paso a una veintena de residentes de un cercano bloque de viviendas y de los *lofts* ubicados en la antigua fábrica conservera.

Esos vecinos, alarmados por las sirenas, se habían vestido de cualquier manera, y bajado a la dársena para curiosear. Entre ellos, Horacio distinguió la noble e inconfundible cabeza romana de Néstor Raisiac. El arqueólogo se había protegido del frío y la humedad con un batín de color púrpura, debajo del cual se apreciaba la camisa del pijama. Raisiac estuvo unos minutos contemplando el despliegue policial, el ir y venir de uniformes, la confusión de gritos, *flashes*, órdenes contradictorias, hasta que se volvió a su *loft* caminando por el borde del muelle.

Discretamente ubicado, Horacio permaneció todo el rato en un segundo plano, tomando buena nota de los primeros hallazgos, y reteniendo los comentarios que los agentes de Homicidios intercambiaban entre sí, a medida que intentaban reconstruir la mecánica del asesinato.

La ropa de la víctima, destrozada por completo, como si una fiera se la hubiera arrancado a bocados, estaba tirada cerca del colchón sobre el que el cadáver descansaba con las piernas unidas y los brazos en forma de cruz.

Las prendas de la mujer asesinada eran rojas, de un llamativo y acharolado tejido, y del mismo color que las altísimas botas que debían de llegarle más arriba de las rodillas, y que yacían tiradas en el suelo, con las cremalleras a medio bajar. También su bolso estaba desparramado entre los desperdicios, y sus objetos personales —barras de labios, llaves, un pastillero— repartidos por un radio bastante amplio; tanto que su cartera, con la documentación, una cierta cantidad de dinero y una tarjeta del Stork Club, apareció a varios metros del cadáver. El reloj de pulsera de Camila Ruiz, con la esfera agrietada y la correa rota (lo que demostraba, acuñó Horacio, que la víctima había forcejeado con su agresor), señalaba la una y cuarto de la madrugada, hora que, en efecto, una vez registrada la temperatura del cuerpo, coincidiría con la data de la muerte.

El juez de guardia, Raúl Calasabajo, y el forense Fermín Polo, uno de los ayudantes de Marugán, se habían presentado a las cuatro y media de la madrugada. A esa hora, el frío era tan intenso que los curiosos habían regresado a sus hogares y sólo tres o cuatro periodistas, entre los cuales el inevitable Belman, quedaban de guardia en la bocana del puerto, insistiendo una y otra vez en que les dejaran pasar para hacer su trabajo. Damián Espumoso, el gráfico del *Diario*, trató de deslizarse por el repecho del malecón para tomar unas fotos, pero fue descubierto y devuelto sin miramientos a la barrera de seguridad.

A las seis de la mañana, tras un primer examen forense, el juez Calasabajo ordenó el levantamiento del cadáver, que fue trasladado por una ambulancia al Instituto Anatómico. Una docena de agentes quedaron peinando la zona, en busca de pruebas.

Transido de frío, Horacio había regresado a Jefatura sin lograr quitarse de la cabeza la imagen bajo la que esa masacrada mujer había atravesado la frontera de la eternidad: el cráneo ensangrentado y desprovisto del cuero cabelludo, la honda herida en el pecho, el desollado torso. Pero, sobre todo, el contraste que a la luz de la única farola del puerto y, después, de los focos que instaló la policía, deparaba la blanca piel que no había sido seccionada con el rojizo fulgor de tejidos y vísceras, expuestos sin misericordia a la intemperie. Y expuestos también, según atestiguaban señales de mordeduras en los costados y plantas de los pies, a la voracidad de los roedores que anidaban entre los desechos, o en las cloacas del muelle.

56

Horacio dejó a Martina frente a la puerta del Instituto Anatómico y se fue a su casa para dormir unas pocas horas.

La subinspectora entró sola a la sala de autopsias. Estaba pensando en Néstor Raisiac, pero el fuerte olor a formol le recordó dónde se hallaba.

Inclinados sobre unos restos humanos, los dos forenses, Ricardo Marugán y Fermín Polo, trabajaban de espaldas a ella, absortos en el cadáver extendido sobre la mesa quirúrgica, de cuyo perfil, tapado por los médicos, sólo se veían una cabeza desprovista de pelo y los azulados pies, con las uñas pintadas de rojo.

Las batas sanitarias de los forenses, sus mascarillas, los gorros y guantes de látex les conferían un aspecto higiénico. Sin embargo, en cuanto Marugán se giró al oír el batiente de la puerta, Martina vio que tenía el mandil cuajado de sangre. Gotas de sangre salpicaban también los cristales de sus gafas, y la mascarilla del doctor Polo.

La subinspectora se había aleccionado mentalmente para enfrentarse a lo que allí le esperaba, pero cuando estuvo junto al cadáver de Camila Ruiz, con las manos colgándole de los desollados brazos, y con jirones de piel adheridos al pecho, a los muslos, incluso al rostro deformado por un rictus espeluznante, de pánico y desesperación, un arrebato de odio la invadió, inundándola de impotencia e ira.

—Supongo que estará pensando que quien haya hecho esto no merece pertenecer a la especie humana —adivinó Marugán, dejando la sierra en una bandeja, sobre otros instrumentos—. Usted tenía razón, subinspectora. A este asesino de mujeres le fascina su piel.

—Esta vez la extirpó con menos cariño —observó Martina.

La subinspectora no se había dirigido a ninguno de los médicos en particular. Su primera pregunta iba a ser para el doctor Polo:

—¿Era éste, exactamente, el aspecto que presentaba el cuerpo cuando llegó usted al lugar del suceso?

—La hemos adecentado un poco —admitió el forense auxiliar. El doctor Polo era mucho más joven que Marugán y, aunque tenía una alta opinión de sí mismo, bastante más inexperto—. Pero sí, más o menos éste era su aspecto. La mujer apareció sobre una colchoneta vieja, completamente desnuda, parcialmente desollada y rodeada de un charco de sangre.

—¿A qué hora falleció?

—Entre la una y las dos de la madrugada.

—¿Hallaron en el escenario otros restos de sangre, huellas, algún indicio que pueda llevarnos hasta el agresor?

—Tomé muestras —aseguró Polo—, pero están sin analizar. En cuanto a las huellas... Había basura por todas partes, ropa usada, botellas rotas, cartonajes... Comprobé la data de la muerte, señalé la serie de fotografías forenses que íbamos a necesitar y aconsejé al juez trasladar el cadáver al Instituto, a fin de poder estudiarlo en condiciones.

—¿Lo han hecho ya?

—Estamos en ello.

La subinspectora le dedicó una sonrisa helada.

—¿Cree que acabarán antes de que aparezca una tercera víctima?

El doctor Polo no acertó a responder. Martina lo agobió:

—¿Tampoco han encontrado cabellos, fibras, algo sobre lo que podamos trabajar?

—Por ahora, no —repuso Marugán, asumiendo su jerarquía en defensa de su subalterno—. No somos máquinas, subinspectora. Tendrá que concedernos algún tiempo más para avanzar en la autopsia.

—No dispongo de tiempo. ¿Querrían adelantarme sus primeras conclusiones?

Marugán se resistió.

—Preferiría hacerlo mañana, cuando disponga de la analítica.

—Le repito que no tenemos tiempo. Ni manera de saber dónde o en qué momento el asesino volverá a matar. Debemos actuar de inmediato. La mínima pista puede resultar decisiva.

Marugán se quitó las gafas y las limpió con una punta de la bata.

—De acuerdo, subinspectora. Le anticiparé lo esencial.

—Las víctimas a las que podamos evitar esa condición se lo agradecerán.

Para no seguir soportando la mirada implacable de aquella mujer policía, Marugán erró la suya hacia la bandeja de pasteles que reposaba sobre un escritorio. Eligió de antemano el que se comería más tarde y engoló la voz, como si el dulce ya le aterciopelara el paladar:

—Le diré que, como sucedió en el caso del asesinato anterior, el perpetrado contra la mujer llamada Sonia Barca, el homicida apuñaló en el corazón, con enorme fuerza, a esta otra mujer, Camila Ruiz. Pero no lo hizo una sola vez, sino en tres ocasiones. Las dos primeras, por debajo de la parrilla intercostal, interesando órganos vitales. La tercera y última puñalada, la más poderosa, fue dirigida al corazón.

—¿La víctima estaba atada?

—No hay abrasiones causadas por ligaduras.

—Se revolvió contra su agresor —presumió Martina—, y necesitó apuntillarla.

—Es posible. La víctima tiene varias uñas rotas, pero no hay restos de tejidos. Probablemente, se las quebraría contra el cemento del muelle, al ser arrastrada por el suelo o al pretender incorporarse bajo los golpes. Porque fue golpeada con un objeto contundente, una barra, un bastón.

—Vamos avanzando —resumió Martina, con una leve, aunque ácida ironía—. El agresor no logró inmovilizarla, y la arrinconó entre los contenedores hasta acuchillarla. ¿Qué pasó entonces, doctor?

Marugán se crispó. En su oficio estaba vetada toda especulación o hipótesis carente de prueba, pero aquella detective de Homicidios sabía generar presión. Esa tensión hizo aflorar a sus sienes un perlado sudor. El forense se quitó los guantes y se pasó un pañuelo por la calva cabeza.

—La película de los hechos le corresponde visionarla a usted, subinspectora. Le ruego que no nos fuerce a fantasear. Sí, en cambio, puedo decirle que, a diferencia de lo que hiciera el criminal en el caso anterior, esta vez no aguardó a que el desangramiento hubiese vaciado los vasos sanguíneos, a que la exanguinación fuese completa. En esta oportunidad, se arrojó sobre el cuerpo, todavía palpitante, y le practicó varios cortes para desollarlo en el acto.

—¿Llevó a cabo los mismos cortes que en la ocasión precedente?

—En total, realizó cuatro incisiones. Una, en torno a la garganta; otra, en el abdomen, y dos más en el perímetro de los muslos.

—Debió de provocar una auténtica carnicería.

—De eso puede estar segura —intervino Fermín Polo—. Una fiera hambrienta no habría hecho más destrozos.

La subinspectora dedujo:

—El criminal tenía prisa. El Puerto Viejo es un lugar poco frecuentado de noche, pero hay viviendas cerca y no era imposible que pudieran sorprenderle.

Los forenses permanecieron en silencio. Martina extrajo otra consecuencia:

—El asesino carece de un lugar seguro donde trasladar a las mujeres que ha elegido como víctimas. Eso nos indica que, habitualmente, no reside en la ciudad.

—Ya está especulando usted —dijo Marugán.

—Lo hago para compensar su falta de imaginación —replicó ella.

El forense titular encajó mal el golpe, pero la mirada de Martina era tan honesta que Ricardo Marugán se preguntó si la subinspectora no llevaría razón. Reaccionó con cierta generosidad:

—Puede añadir, subinspectora, que el agresor se encontraba bajo una fuerte excitación nerviosa.

—¿En qué basa esa afirmación?

—En que, además de ensañarse de forma innecesaria con la mujer malherida, manifestó impericia y precipitación a la hora de desollarla. Estiró la piel con brusquedad, desgarrándola en algunas zonas. Incluso la cabellera fue arrancada con una violencia rayana en la histeria. Al rasgar el cuero cabelludo, algunos mechones de cabello quedaron en su lugar. Están ensangrentados, encostrados, pero apostaría a que son...

Martina puso el adjetivo por él:

—Rubios. Camila Ruiz era rubia.

—¿La conocía? —se interesó Marugán.

—Hablé con ella la noche anterior a su muerte. Un antiguo novio suyo la acosaba. Ella le tenía miedo.

—Pelo rubio, cierto —adujo el forense—. Liso y espeso como el de la primera víctima. También la piel de esta mujer era muy similar a la de Sonia Barca. En ambos casos, poseían una epidermis del tipo caucásico, aterciopelada y fina, casi sin vello, apenas una sedosa sombra.

La subinspectora rodeó la mesa quirúrgica. Los restos de la bailarina parecían haber sido pasto de una manada de lobos.

—¿Por qué no le desolló las manos, doctor?

El forense explicó:

—Es evidente que, a diferencia también de la pauta seguida en el primer crimen, el autor dejó de practicar las incisiones finales que habrían resultado imprescindibles para desollar las extremidades superiores. Arrancó la piel de los brazos y luego seccionó por las muñecas. Lo hizo con excesiva profundidad, serrando, realmente, más que cortando, los músculos y tendones, hasta hacer impactar el cuchillo con el cúbito y el radio, en cuya superficie el filo de la navaja dejó muescas. Tal vez en el tejido óseo se haya desprendido alguna esquirla del arma; luego lo comprobaré. En cualquier caso, el agresor debió de comprender que, en ese estado, las manos iban a resultarle inservibles, y las dejó.

—¿Inservibles para qué, doctor?

—Ya me formuló esa pregunta en la autopsia de Sonia Barca, y no se la respondí.

—¿Tampoco ahora puede responderla?

—No.

Con aire de decepción, Martina se apartó del cadáver, sacó su libreta y tomó notas durante dos o tres minutos. A modo de conclusión, cuestionó:

—¿Está sugiriendo, doctor, que la pauta es distinta, que no fue el mismo hombre quien cometió los dos crímenes? ¿En una palabra, que nos enfrentamos a la acción conjunta de dos o más asesinos?

—No lo sé, subinspectora, pero las divergencias de método en la mecánica criminal son claras a simple vista. Puedo garantizarle, casi con absoluta certeza, que el arma empleada fue la misma en las dos ocasiones: un cuchillo de unos veinte centímetros, de hoja ancha y mellada. De obsidiana o pedernal, tal vez, como usted apuntaba, pero sin que por ahora, ya le digo, pues en ninguno de los dos cadáveres han aparecido fragmentos, pueda descartarse otra clase de hoja.

Martina se acercó a Marugán, hasta situarse a escasos centímetros de él. Eran de parecida estatura, y sus ojos quedaron en línea. La extrema palidez de la mujer policía impresionó al médico. En el semblante de Martina no se movía un músculo. Su mirada gris, animada por un resplandor que le confería una angustiosa intensidad, reflejaba dolor y, al mismo tiempo, una clarividente lucidez.

Dio la impresión de que la subinspectora iba a decirle algo, a formularle una última pregunta, pero Martina volvió a aproximarse al cadáver de la *stripper*. En el silencio de la sala de autopsias, la subinspectora tomó entre las suyas una de sus desgarradas manos. La sostuvo, alzándola unos centímetros, y después la oprimió con suavidad, hasta transferirle una pequeña parte de su propio calor. Martina respiró profundamente, cerró los ojos y se concentró hasta el extremo de dejar de oír otro ruido que el latido de su propio corazón. Sin despegar los párpados, miró en el corazón de la blanca oscuridad que invadía su mente.

Vio a Camila, a la salida de su actuación en el Stork Club, subir a un automóvil grande y oscuro, en cuyo asiento delantero viajaba una mujer con gafas negras. Vio al conductor sin rostro dirigiéndose al Puerto Viejo, y oyó su voz impostada al reír, mientras la mujer de las gafas de sol callaba y temblaba. Vio al asesino empujando a Camila hasta los contenedores, entre la niebla del muelle. Oyó golpes, gritos. Pudo ver el cuchillo de obsidiana alzándose contra la luz de la farola del malecón, y vio la sangre, también negra, espesa, brotando del corazón mortalmente herido de la víctima. Vio las manos del criminal despojando al cuerpo de su manto de humanidad, y lo vio huir hacia la misma luz que ahora estallaba en su cerebro, a fogonazos.

Martina volvió en sí. Una sensación de angustia la había dejado sin fuerzas. Abrió los ojos y se tambaleó.

57

Marugán se precipitó hacia ella.

—¿Se ha mareado, subinspectora?

Solícito, el forense la obligó con delicadeza a apartarse del cadáver.

—Pruebe a tomar un pastel. El azúcar le subirá la tensión.

Sin darse cuenta de lo que hacía, Martina aceptó un dulce y se lo llevó a la boca. Ni siquiera pudo masticarlo. Lo envolvió en su pringoso papel y lo arrojó a una papelera. Sus manos temblaban ligeramente, como si regresara de un lugar frío y vacío.

—Le traeré un café —propuso Marugán, un tanto inquieto, y escrutándola con atención—. Apostaría a que está usted muy baja de glóbulos rojos. Convendría que se hiciera unos análisis.

—Eso me recuerda que debía hacerle una consulta —dijo Martina, mostrándole las cápsulas encontradas junto al Palacio Cavallería—. ¿Puede confirmarme si estas píldoras contienen suramina?

—Déjeme ver.

Marugán se dirigió a una estantería donde se apilaban

unos cuantos tratados y consultó con rapidez un vademécum.

—En efecto.

—¿La suramina puede presentar alguna contraindicación?

—En determinadas ocasiones, como acaba de demostrarse en el tratamiento del Síndrome de Inmunodeficiencia Adquirida, provoca reacciones adversas.

—¿El Sida?

—La próxima plaga, Martina. La más terrible.

—¿La suramina se emplea contra el Sida?

—De manera errónea —afirmó Marugán—, aunque, en otras aplicaciones, inhiba el enzima que permite a un virus similar colonizar las células. El equipo de Robert Gallo y el Instituto Pasteur se esfuerzan en combatir esta nueva y pavorosa enfermedad, pero no están seguros de nada. Todo son globos sondas, falsas esperanzas, pasos en la oscuridad. La noticia de que ese famoso actor, Rock Hudson, padece el mal, ha desatado una psicosis colectiva. Justificada, pienso. Mientras el pánico se extiende y los infectados mueren por decenas, un laboratorio norteamericano no ha tenido mejor ocurrencia que presentar la suramina como un remedio mágico. Este imprudente anuncio ha provocado una estéril euforia entre los enfermos, quienes se han lanzado a obtener el fármaco a cualquier precio. Hacen cola en los hospitales de Atlanta y París, y no faltan desaprensivos que se benefician del mercado negro.

—¿Qué aspecto presentan esos enfermos?

—En el frigorífico tengo un cliente seropositivo. Llegó el martes, si recuerda, estando usted presente. Venga conmigo.

Marugán se dirigió al depósito y abrió una de las escotillas de acero. El cadáver de un hombre llagado, con pústulas repartidas por casi todo el cuerpo, los contempló desde algún lugar ignoto de la devastación vírica. Las erosiones del sarcoma de Kaposi habían respetado su cara, pero se extendían como putrefactos bulbos por el cuello, el pecho, los brazos. Martina tuvo la impresión de que ese hombre todavía tenía dentro una camada de ratas intentando abrirse paso, a dentelladas, a través de su piel.

—¿Quién era?

—Un auxiliar internacional de vuelo. Aunque no lo crea, contaba veintiséis años. Cuando me lo trajeron, no se le habrían dado menos de cincuenta. Era homosexual, sin pareja estable. En sus escalas solía frecuentar saunas y clubs de compañía masculina, donde el uso del preservativo es anecdótico. El Sida está golpeando a la comunidad gay, pero no se descartan otras vías de contagio que puedan afectar a heterosexuales. De hecho, hay declarados ya bastantes casos, sin que se sepa por qué vía pudieron contraer la enfermedad. Este individuo que usted contempla desarrolló el síndrome en menos de seis meses. Empezó a toser, a cansarse. Apareció el sarcoma; la neumonía, después. Es la nueva lepra, Martina. Y esto que ve usted, las llagas, la desnutrición, o la invisible aniquilación de todo el sistema inmunológico, es lo que le gusta hacer a ese virus asesino. No hay vacuna, por ahora, ni tratamiento eficaz. Y no será con suramina como acabaremos con él... ¿Adónde va, subinspectora? ¿Se marcha?

58

El ambiente en la brigada de Homicidios era de máxima tensión. Ninguno de sus agentes se había acostado en toda la noche. Las caras de los detectives reflejaban la mortecina palidez de las horas robadas al sueño.

El inspector Buj había asentado sus posaderas en una de las mesas. Gesticulaba, alzaba la voz y parecía hablar con todos sus hombres a la vez.

Martina se unió al equipo. El Hipopótamo se estaba refiriendo al concurso de un testigo presencial en el asesinato de Camila Ruiz.

—Gracias a ese elemento providencial tenemos la descripción del coche: una berlina grande, de color negro, con la tapicería clara. Un Mercedes, probablemente. A la 1.45 de la madrugada, ese vehículo aparcó en la boca del Puerto Viejo, dejando el motor y las luces encendidas. De ese coche salieron un hombre de oscuro, con el rostro cubierto por una capucha, y una llamativa mujer, Camila Ruiz, la víctima, vestida de rojo de arriba abajo. Nuestro testigo oyó peticiones de auxilio y gritos angustiados. Pasados unos quince minutos, vería al asesino regresar al coche con algo colgando en sus manos. Al principio, pensó que se trataba de una prenda, pero enseguida comprendió que estaba equivocado: eran la cabellera y parte de la piel de esa mujer.

Los detectives guardaron silencio. Martina encendió un cigarrillo, sin que el inspector se hubiese dignado mirarla aún.

Buj prosiguió:

—La víctima terminó su actuación en el Stork Club a la una de la madrugada. Se cambió y se marchó rápidamente del cabaret. El asesino podía encontrarse en la sala de fiestas, o la recogió al salir. Debió de proponerle un encuentro sexual, e invitarla a subir a su coche para mantener ese intercambio en algún lugar tranquilo. Quiero una relación completa de todos los clientes que se hallaban en el Stork Club, y quiero saber, muy especialmente, si alguno de ellos asistió al espectáculo acompañado por una mujer. Interroguen al personal del cabaret, desde el matón de la puerta hasta la última bailarina.

El inspector tomó aire:

—Necesito un informe exhaustivo sobre todas las sectas que permanezcan operativas, en particular sobre aquellas que practiquen rituales satánicos. Usted, Cubillo, diríjase al cementerio, por si hubiera restos de alguna ceremonia. Salcedo se encargará de reconstruir los pasos de la víctima, partiendo de las cuarenta y ocho horas previas a su muerte. Quiero una relación cronológica de todos sus movimientos, con quién habló, dónde estuvo, a quién telefoneó, con quién se fue a la cama. Localicen el piso de Camila Ruiz y regístrenlo a fondo. Ah, De Santo, está usted aquí. No se vaya sin pasar por mi despacho.

—No pensaba hacerlo, inspector. Pero creo que ya va siendo hora de que hablemos del comisario Satrústegui.

Una tensión eléctrica galvanizó la sala. Los agentes se

miraron entre sí, con la solemne expresión de las grandes ocasiones.

Martina desveló:

—Unas horas antes de la muerte de la bailarina, el comisario estuvo en el lugar del crimen, muy cerca de los contenedores del Puerto Viejo.

—¡Que alguien me ponga con Asuntos Internos! —exclamó el inspector.

Pero la subinspectora no había terminado:

—También Néstor Raisiac, el comisario de la exposición donde apareció asesinada la primera víctima, estuvo en el Puerto Viejo. Si bien, con posterioridad al asesinato. Vive a un centenar de metros de allí, y salió a curiosear en cuanto oyó las sirenas.

—Compruebe usted misma qué hacía allí, De Santo —decidió el inspector—. ¿Tiene algo más que aportarnos?

—Sí. El hijo de Raisiac, David, acosaba a Camila Ruiz. Yo misma los vi discutir. David Raisiac tiene antecedentes por tráfico y asalto a la propiedad.

—Interróguelo. ¡Vamos, todos a trabajar! Usted, De Santo, espere aquí. Haré una llamada. En cuanto me vea colgar, pase por mi negociado.

La subinspectora no tenía demasiadas dudas de que el destinatario de la llamada de Buj no podía ser otro que el inspector Lomas, de Asuntos Internos. A través del cristal esmerilado de su oficina no era posible captar la expresión del inspector, pero a Martina le pareció que Buj sonreía como un cazador frente a su indefensa presa. Cuando oyó el chasquido del auricular, entró al despacho. El inspector le dijo, separando los brazos en el aire:

—Amigos, De Santo. No crea que va a costarme admitir que llevaba usted parte de razón. Unamos fuerzas para solucionar este feo asunto.

Antes de estrechar lazos con el inspector, Martina tenía una pregunta para él.

—¿Quién es el testigo del Puerto Viejo?

—Un... vagabundo, habitual del Amparo para transeúntes. Un tal Anastasio Cifuentes, alias Faroles. Lo tengo abajo, en una de las celdas.

—¿Qué hacía en el puerto?

—Rebuscaba en el vertedero. Al oír gritos, se escondió entre los contenedores.

—¿Estaba ebrio?

—Esta gente nunca está serena ni borracha, sino todo lo contrario. Vio el coche, que es lo importante, y a los actores de la tragedia. Llevaba reloj, y se fijó en la hora.

—¿El testigo reparó en algún detalle más que usted no haya mencionado en la reunión de grupo?

Buj vaciló, pero acabó diciendo:

—Cifuentes ha declarado que, cuando la chica ya había recibido las puñaladas y se desangraba en el suelo, el asesino se arrodilló ante ella y se quitó la capucha. Según el testigo, era una mujer.

Martina se apoyó en la mesa del inspector.

—¿Rubia?

—Sí. ¿Cómo lo ha sabido?

—Eso no tiene importancia. ¿Da crédito a ese testimonio?

—Francamente, no —negó Buj—. Pienso que Faroles, aterrorizado por la escena, se sugestionó. De hecho, cuando salió de su escondrijo y volvió a mirar, ya en el momento en el que el asesino huía portando el premio de su cacería, sólo pudo ver, de nuevo, a un encapuchado. Un hombre, sin duda.

—¿Qué más ha recordado el testigo? —preguntó Martina.

—Que el criminal manejaba un arma de hoja negra. Doy por supuesto que se trataba del cuchillo de obsidiana que robaron en la exposición.

—El forense no acaba de descartar un arma convencional, un machete mellado como el que apareció en la habitación de Juan Monzón.

—No perdamos el tiempo con esos detalles, subinspectora, y concentrémonos en el autor. ¿Qué le dice su intuición?

—Que estamos muy cerca, inspector.

—Yo también lo presiento. ¿Sabe por quién me inclino? Creo que fue Satrústegui. Se metió en el mundo de las putas, lo explotaron y perdió el juicio. Estuvo liado con la primera víctima, y le apuesto lo que quiera a que tenía tratos con la segunda. Belman me ha dicho que...

—¿El reportero del *Diario*?

Buj se quedó momentáneamente confuso, pero reaccionó con naturalidad:

—Esa escoria, sí. Me llamó para sacarme información, pero fui yo quien lo despelotó. Me cantó que Satrústegui era asiduo del Stork, y que todo el mundo sabía en el club que se beneficiaba a alguna de las *strippers*. Lo sentiré mucho por él, pero tiene todas las papeletas. Asuntos Internos es de la misma opinión. Lo interrogarán a fondo esta misma tarde. Deberá usted aportar el dato de que el comisario fue visto en el Puerto Viejo. ¿Cómo lo supo?

—Encargué a Horacio Muñoz que vigilase a Satrústegui.

—¡Bien hecho, Martina!

Era la primera vez que el Hipopótamo la llamaba por su nombre de pila. La subinspectora fingió una satisfacción que estaba muy lejos de albergar.

—Si no me necesita, trataré de comprobar la coartada de David Raisiac.

—Tiene usted carta blanca, De Santo.

—¿También para llevar a cabo otra trascendente gestión?

—¿Cuál, si se puede saber?

—Reservar entradas en primera fila para la función de esta noche en el Teatro Fénix.

Ernesto Buj abrió la boca, pero no atinó a responder. La subinspectora había salido de su despacho, y atravesaba a veloces pasos el Grupo en dirección a la salida.

59

Juan Monzón fue detenido a las cinco de la tarde de ese viernes, 6 de enero, en su habitación de alquiler de la calle Galeones, en el barrio portuario, a seiscientos metros del solitario malecón donde había sido desollada Camila Ruiz.

Los detectives Salcedo y Cubillo, más una patrulla, penetraron en el piso, abrieron habitación por habitación, hasta localizarlo, y lo sacaron de la cama.

En el momento de su detención, Juan Monzón, desnudo entre sábanas negras, dormía. Los detectives lo esposaron y lo empujaron contra la pared, donde el vigilante permaneció luciendo impúdicamente la flor tatuada en una de sus musculosas nalgas.

En el registro del cuarto de Monzón aparecieron diversas prendas femeninas. Entre ellas, una blusa y ropa interior que, según los investigadores pudieron averiguar, habían pertenecido a la segunda de las bailarinas asesinadas. Debajo de la cama, guardado en su funda, el sospechoso ocultaba un machete similar al que ya le fue decomisado en el registro anterior. Los agentes obligaron a Monzón a vestirse y lo trasladaron a la Comisaría Central.

Ernesto Buj procedió a interrogarle a las siete de la tarde. Previamente, mientras acolchaba su bate con una toalla, que enrolló y amarró al palo con un juego de gomas de caucho, el inspector atendió el informe oral emitido por Salcedo:

—Monzón mantenía dos habitaciones en otros tantos pisos. Las dos de alquiler, modestas, reducidas, muy parecidas entre sí. Una, en la calle Cuchilleros, donde residía con Sonia Barca. Otra, la que acabamos de reventar, en Galeones, junto al Puerto Viejo. Allí, desde hace unos pocos días, se citaba con su última conquista: Camila Ruiz.

La patrona del piso de Galeones, viuda de un militar, había proporcionado esa información, que a Salcedo apenas le llevó trabajo contrastar. Eladio Morán, gerente del Stork Club, le confirmó haber visto a Juan Monzón en la barra de la sala de fiestas, en compañía de Camila. Juntos y amartelados, dijo Morán, se fueron del cabaret en la noche del martes, y juntos, supo Salcedo, por los restantes huéspedes del piso, continuaron viviendo un ruidoso romance, hasta el asesinato de ella.

Una vez frente a Monzón, el Hipopótamo dejó el bate apoyado en un rincón de la sala de interrogatorios y comenzó a interpelarle con suavidad. Buj se había sentado de manera informal junto al sospechoso, con las manos cruzadas detrás de la nuca, permitiendo que su barriga rozase el filo de la mesa y tirándose de los tirantes a cada nueva pregunta que se le ocurría formular.

Durante el primer cuarto de hora, Buj apenas avanzó. Monzón, que en todo momento había manifestado entereza de ánimo, y una arrogante distancia con los sangrientos sucesos, como si realmente no fuesen con él, insistió en declararse inocente de cualquier cargo.

—Ustedes no me creen, pero yo no las maté —repetía el vigilante—. Las conocí a las dos y me acostaba con ellas, es cierto, como es verdad que he disfrutado de otras muchas mujeres. Me gustan las mujeres, inspector, pero no creo que eso sea ningún pecado.

—Desde luego que no —dijo Buj, sonriendo con toda la cara—. Ahora, dígame qué hizo anoche, entre la una y las dos.

—Estaba trabajando. Puede comprobarlo.

—Lo hemos hecho. En teoría fichó usted a las diez de la noche, y se marchó a las ocho de la mañana. Pero, fíjese qué mala suerte: nadie puede atestiguarlo.

—Estuve en las naves. No me moví de allí.

—¿Tiene usted un coche grande, negro o azul marino?

—No tengo coche.

—Pero sí carnet de conducir.

—Lo saqué hace tiempo, pero nunca he podido permitirme comprar un automóvil.

—Yo tengo un Dauphine de hace una década —comentó el inspector, como si estuviera charlando con un viejo conocido—. Tampoco el sueldo de un policía da para ir comprándole trapos a la parienta. Se lo digo porque en su segunda vivienda, la de la calle Galeones, había ropas de dos mujeres, todo un muestrario, como en una *boutique*. Algunas de esas prendas pertenecieron en vida a Camila Ruiz. Una de las animadoras del cabaret, una tal Flora, ha identificado la blusa y esas braguitas rojas, de encaje, que tan cachondo debían de ponerle a usted. ¿A qué otra mujer pertenecían las restantes prendas encontradas en su habitación?

—A una chica, una secretaria que convivió conmigo hace algún tiempo.

—¿Qué fue de ella, también la liquidó?

Monzón le miró, escandalizado.

—Se casó, pero dejó parte de sus cosas.

Buj asintió con la cabeza, como haciéndose cargo.

—¿Con cuántas mujeres, exactamente, ha estado usted relacionado en los últimos meses, amigo Monzón?

—Con varias, ya le digo.

—¿Tres, cuatro? —calculó el inspector.

—Quizá con alguna más.

Buj soltó un silbido de admiración.

—Así que está hecho usted todo un Casanova.

—Me gustan las mujeres, ya le digo.

—Me lo ha dicho, sí. ¿Qué es lo que más le atrae de ellas, su piel?

El vigilante hizo un gesto de rabia.

—Ya veo que van a por mí. ¡Ahora sí llamaré a un abogado!

El Hipopótamo le mostró las palmas de las manos.

—Está en su derecho, somos respetuosos con la ley. Salga al pasillo, diríjase al agente de guardia y pídale por favor las páginas amarillas.

Juan Monzón se levantó de la silla y se dio la vuelta, pero no pudo llegar a la puerta. El bate le golpeó en los riñones, derribándole al suelo. El detenido gateó e intentó levantarse. Buj le sacudió con el dorso de la mano, lo agarró del cuello y lo estampó contra el tabique.

—¿Qué está haciendo? ¡Usted no puede...!

El palo volvió a golpearle, esta vez en los muslos. Las piernas del sospechoso se doblaron como si fueran de algodón. Buj le agarró la cabeza entre las manos y le dio un testarazo. Una maceta al romperse no habría sonado peor. A punto de desvanecerse, Monzón gritó:

—¡Soy inocente!

Buj acercó sus calientes labios a su oído y le susurró:

—Claro, hijo. Y yo soy Sherlock Holmes.

Bate en mano, el Hipopótamo salió de la sala, guardó el palo en la armería, recorrió el pasillo, subió a la primera planta, sacó un café de la máquina, se sentó en el banco de espera de la ventanilla de Pasaportes y se tomó la infusión con calma.

Martina de Santo le vio al entrar en Jefatura, cuando ella regresaba de entrevistarse con David Raisiac. Buj la puso en antecedentes acerca de Monzón y le dijo que le aguardase arriba, en el Grupo. El inspector terminó su café, rebañando el azúcar con la cucharilla de plástico, y volvió a bajar a interrogatorios. Antes de entrar a la sala, recogió el bate del cuarto de armamento.

Haciendo un esfuerzo por conservar la dignidad, Monzón se había sentado en la silla y miraba al frente, como aprestándose a desafiar a un pelotón de fusilamiento.

—Ya lo dice la canción —recomenzó Buj, sentándose a su lado, tan cerca de él que su aliento a café y coñac le llegó al sospechoso en una vaharada—: volvamos a empezar. ¿Todavía quiere llamar a ese abogado?

—He cambiado de opinión.

—Eso está fenómeno. Y con respecto a su inocencia, ¿también ha cambiado de opinión?

—No.

—¿No las mató usted?

—No.

—¿No las apuñaló a machetazos, no les cortó las cabelleras y las despojó de su piel?

—¡No!

Buj suspiró. Se bajó los tirantes, que siempre le molestaban cuando tenía que emplearse a fondo y, antes de que el sospechoso pudiera protegerse, le disparó el mango del bate contra la nuez. Monzón soltó un alarido y se llevó las manos a la garganta. El inspector lo abofeteó, derribándole de la silla, y empezó a patearlo en el suelo. Levantó el bate y lo dejó caer contra sus intestinos con tal fuerza que los ojos de Monzón se desorbitaron, y de su boca brotó una papilla verdosa.

Durante diez minutos, con breves descansos para recobrar el aliento, Buj lo castigó sin piedad. Cuando estimó que lo había trabajado a conciencia lo agarró del pelo y le obligó a sentarse junto a él. La altanería de Monzón se había transformado en terror.

—Voy a darle una oportunidad, la última —resopló el Hipopótamo—. Si persiste en mentirme, llamaré a mi mujer para que no me espere a cenar, y usted y yo disfrutaremos juntos de una íntima, intensa e inolvidable velada.

Buj alargó la manaza sobre la mesa y conectó el magnetofón.

—¿Mató usted a Sonia Barca y a Camila Ruiz?

Juan Monzón comenzó a confesar.

60

A las ocho y media de la tarde, Buj subió a Homicidios. Limpió el bate, lo dejó donde solía, atravesado en la falleba de la ventana de su despacho, se puso la chaqueta, reunió a sus hombres y les comunicó:

—Ese mamón de guarda jurado ha cantado la *Traviata*. Juan Monzón se cargó a las dos fulanas, con las que había mantenido relaciones, y a las que explotaba en el terreno sexual.

Buj miró a los agentes, uno por uno. Ni siquiera se les oía respirar.

—A la primera, Sonia Barca, la asesinó después de follársela en el Palacio Cavallería, entre los artefactos de tortura. Se la cepilló a gusto, como correspondía a la última vez que iba a hacerlo, y la apuñaló y desolló con el cuchillo ritual, para hacernos creer que se trataba de un crimen satánico. Su novia le había abierto las puertas para que él entrase al recinto, pero Monzón, a fin de confundirnos, dejó las llaves en su uniforme y salió por la puerta del chaflán, cuya cerradura forzó con una palanqueta, cerrándola con el mismo sistema al huir. Durante dos días, Monzón conservó la piel de Sonia en el armario de su habitación, colgada de una percha junto a los vestidos de la chica muerta, hasta que el cuero empezó a oler y lo arrojó a un contenedor, envolviéndolo en una manta.

El Hipopótamo hizo una pausa. Sus agentes le escuchaban casi con fascinación. Salvo Martina de Santo, que parecía muy entretenida jugando con la cadena de la que le colgaba la placa.

Buj tomó aire y remató:

—A su segunda víctima, Camila Ruiz, la mató de la misma manera. Se la ligó en el Stork Club, y se la estuvo tirando desde el pasado martes. Ayer noche, a la salida del cabaret, con la excusa de dar un paseo romántico, Monzón llevó a Camila al puerto y la atacó por sorpresa. La apuñaló varias veces, le arrancó la cabellera y la piel, las metió en una bolsa y huyó de allí. Regresó a Entrerríos, a las naves en las que ficha como vigilante nocturno, y guardó la bolsa, con los restos humanos y el cuchillo azteca, en su taquilla. A las ocho de la mañana, como todos los días, salió de trabajar, caminó hasta el puerto petrolero, subió a los acantilados del Monte Orgaz, llenó la bolsa de piedras y la arrojó al mar. Quizá podamos encontrarla, si pedimos colaboración a los buzos de la Guardia Civil. ¿Alguna pregunta?

—¿Por qué lo hizo? —cuestionó Martina.

—Se trata de un enfermo. Casanova en versión psicópata.

—¿Qué hay de su cómplice?

El tono de Buj fue de censura.

—No los hubo. Actuó solo.

—¿Y el testigo del puerto? ¿Y el coche que fue visto en los escenarios de los crímenes?

—Tampoco hubo coche, De Santo, y en cuanto a ese testimonio... Todos sabemos que el garrafón provoca *delirium tremens*.

Los investigadores intercambiaron un coro de moderadas risas. La resolución del caso era una grata noticia. Esa noche podrían descansar, en vez de seguir buscando por toda la ciudad pieles humanas, pentáculos y siervos de Satán. El agente Carrasco se expresó en nombre de todos:

—Buen trabajo, señor. Me ofrezco para transcribir la confesión de Monzón y ultimar el informe pericial.

—Pensaba encargarle esa tarea a De Santo —repuso Buj, mirando a la subinspectora con una expresión entre vengativa y triunfal.

—Lo haría muy a gusto, inspector, pero tengo entradas para el teatro y no me gustaría llegar tarde. Si me disculpan.

En medio del estupor de sus colegas, Martina cogió su gabardina, se enfundó la pistola y abandonó la brigada.

Al doblar el corredor, se tropezó con el inspector Lomas, de Asuntos Internos, que se dirigía hacia el Grupo. La suya, pensó la subinspectora, sería la primera felicitación oficial para Ernesto Buj. Si el gabinete de prensa recibía autorización para ello, los periódicos reflejarían al día siguiente la rápida y brillante solución del caso de las mujeres desolladas. El palmarés del inspector iba a orlarse de gloria. A Martina no le importó.

61

Horacio Muñoz estaba en el archivo, esperándola. Se había recortado la barba y el pelo. Sin llegar a resultar un árbitro de la elegancia, lucía con galanura un traje negro y una corbata gris perla.

—¿Vamos?

—Listo —dijo Horacio, descolgando del perchero un abrigo un tanto raído—. ¿Qué tal?

—Bastante presentable —aprobó Martina—. Ese traje le sienta muy bien. Debería ponérselo más a menudo.

—Lo guardo para los entierros —comentó el archivero—. Mi mujer dice que huele a mortaja.

Martina sonrió. Horacio apagó las luces del archivo y la siguió hasta las escaleras de Jefatura. En la avenida encontraron un taxi. La subinspectora proporcionó al conductor la dirección del Teatro Fénix.

—Monzón ha confesado —le reveló Martina, arrellanándose en el asiento.

Horacio no se asombró.

—Lo imaginaba. Me asomé a la sala de interrogatorios y vi al Hipopótamo esgrimiendo su bate de béisbol. El sospechoso estaba a cuatro patas, recibiendo de lo lindo. Cualquier día, los de Amnistía Internacional nos van a meter un paquete.

—Los tiempos no están cambiando —se resignó Martina.

—Tampoco usted, subinspectora. Ya que me había invitado al teatro, me hice la ilusión de que se presentaría con ese vestido de piel que lucía la otra noche.

—No tuve tiempo para cambiarme. Hice una visita a la doctora Insausti, en su apartamento de la plaza del Carmen. David Raisiac estaba con ella. Pasaron juntos la noche de ayer. No es una coartada firme, pero los sacará del apuro.

—El caso está resuelto, Martina —epilogó Horacio—. No le dé más vueltas. Relájese.

La platea del Teatro Fénix se hallaba prácticamente llena. Martina había conseguido dos entradas en primera fila, justo enfrente del proscenio. Horacio y ella ocuparon sus butacas. Minutos después, se alzó el telón de boca y comenzó la representación.

Las puertas que simbolizaban el palacio de Tebas y el gineceo fueron dando paso a los actores. La luz del escenario bañaba las primeras filas con un celeste resplandor. Los focos arrancaban púrpuras destellos al paralelepípedo que hacía las veces de trono. Creonte presidía el juicio de Antígona. Martina reconoció la voz de Alfredo Flin:

Ahora que ellos, con dos muertes en un solo día, han perecido, hiriendo y herido cada uno, y manchados los dos con su propia sangre, queda ya en mi mano el poder todo y el trono de Tebas, por mi estrecho parentesco con los muertos.

—Qué belleza —murmuró Horacio—. Esto es mucho mejor que un funeral, con la ventaja de que puedes ir vestido de la misma forma.

Sin apartar los ojos de la escena, la subinspectora hizo un gesto receptivo, pero, realmente, estaba sólo atenta a la figura de Antígona. En el primer cuadro, sin apenas moverse de la trampilla del apuntador, Gloria Lamasón, tal como ya había acreditado en el día del debut, firmó una interpretación casi sobrenatural. Poco a poco, sin embargo, la diva se había ido retirando del proscenio, hasta declamar desde el telón de fondo, por lo que su tono se perdía un tanto.

La función duraba dos horas, pero a Horacio Muñoz se le pasaron en un suspiro. Cuando cayó el telón, el archivero se levantó de su asiento y rompió a aplaudir con entusiasmo.

—¡Ha sido maravilloso, subinspectora! —exclamaba Horacio, con los ojos brillantes de emoción—. ¡Y ella, Antígona, qué sublime papel!

—¿Le gustaría saludar a la actriz? —propuso Martina, mientras aplaudía con cortesía.

—¿Lo dice en serio?

—Conozco a uno de los actores, el que encarna al adivino Tiresias. Puedo pedirle que Gloria Lamasón nos reciba en su camerino.

Desbordado ante esa perspectiva, el archivero se rompió las manos aplaudiendo, e incluso articuló algún que otro «¡bravo!» cada vez que todos los miembros de la compañía, cogidos de las manos, se acercaban a saludar a los espectadores. En una muestra de modestia, Gloria Lamasón se limitó a asomarse entre bambalinas. Dedicó una reverencia al público, aceptó un ramo de flores y, con un majestuoso gesto, propio de una heroína de la Antigüedad clásica, delegó el éxito en el resto del elenco. Electrizado, el Teatro Fénix se vino abajo.

—Todavía estoy flotando —dijo Horacio, cuando salieron al vestíbulo.

La subinspectora había encendido un cigarrillo, para aguardar a que saliera la gente. Cuando calculó que la diva habría tenido tiempo de cambiarse, indicó al archivero que la siguiera.

Accedieron al espacio de actores y preguntaron a los figurantes del coro por el camerino de Gloria Lamasón. Martina tocó discretamente a la puerta. «Un momento», repuso una voz masculina. Al cabo del rato salió María Bacamorta, todavía caracterizada de Eurídice. Miró a la subinspectora, con aprensión, y la rehuyó, alejándose hacia su propio camerino. Pasado otro minuto, Toni Lagreca abrió la puerta del camerino principal. Iba de calle, con una cazadora negra y vaqueros del mismo color.

—¡Martina, eres tú! No sabía que ibas a venir esta noche.

—Disfruté tanto con vuestro debut que he decidido repetir. Me acompaña un amigo, el agente Muñoz.

—Tanto gusto —dijo el actor, tendiéndole la mano.

—Un placer, señor Lagreca —dijo el archivero, tan corrido que tartamudeaba un poco—. Ha estado portentoso. ¿Querrá firmarme un autógrafo, o dedicarme el programa?

—Desde luego —sonrió Lagreca—. Por un amigo de Martina puedo hacer ambas cosas.

Mientras Lagreca firmaba sus dedicatorias, la puerta del camerino se abrió con brusquedad y Gloria Lamasón, con un abrigo de visón y la cabeza cubierta por un gorro de astracán, salió precipitadamente, mirando al suelo. Martina fue hacia ella, y ambas tropezaron. A la diva se le cayó el bolso. Un monedero, unas gafas negras y la llave de la habitación 305 del Hotel Palma del Mar rodaron por el suelo.

—Disculpe —dijo Martina—. Ha sido culpa mía. Quería pedirle un autógrafo y...

La subinspectora la ayudó a recoger sus cosas. Horacio se le acercó, con el programa en la mano.

—¿Podría firmarme aquí? —le rogó.

La diva lo hizo con dificultad, debido a que llevaba guantes.

—También han debido de caérsele estas pastillas —dijo Martina, sosteniendo en su palma las dos cápsulas rosadas.

Gloria Lamasón cogió las píldoras, sin apenas mirarlas, y se puso las gafas oscuras.

—Gracias. ¿Vienes, Toni?

Lagreca se despidió de ellos y salió con la estrella por la puerta de actores, situada en la fachada posterior del teatro. En un puro éxtasis, Horacio apoyó las manos sobre los hombros de Martina.

—Nunca olvidaré, subinspectora...

—Déjese de tonterías —le cortó ella—. Tenemos trabajo.

62

El archivero puso cara de no comprender nada, pero siguió a la subinspectora a través del dédalo de camerinos, hasta regresar al vestíbulo del teatro. Fuera, en la calle, hacía frío. Martina consultó su reloj. Faltaban unos minutos para la medianoche.

—¿Le apetece tomar una copa?

—¿Por qué no? —aceptó el archivero; sin embargo, la tensa expresión de la subinspectora, que él tan bien conocía, le advirtió de que algo imprevisto iba a suceder—. ¡Esto hay que celebrarlo!

—Puede que sí —dijo Martina, parando un taxi. Ambos se acomodaron en el interior—. Al Hotel Palma del Mar.

—¿No es el de los actores? —preguntó Horacio—. ¿Vamos a celebrarlo con ellos?

—Puede que sí —repitió la subinspectora.

El taxi los dejó en la puerta del hotel. Martina pagó la carrera y ambos entraron en el área de recepción. La subinspectora se acercó al mostrador y preguntó por la señorita María Bacamorta, de la Compañía Nacional de Teatro. El conserje le contestó que se encontraba en su habitación (la 107, observó la subinspectora), pero que había rogado que no la importunasen. Martina asintió, comprensivamente, y precedió a Horacio hasta la cafetería de la planta baja. El mármol blanco del suelo rechinó bajo las botas de la mujer policía. Un *barman* con pajarita les preguntó qué deseaban.

—Malta escocés. Que sea doble, y con mucho hielo.

—Lo mismo para mí —pidió Horacio.

El camarero colocó los posavasos y les sirvió los licores. Martina probó un sorbo y anunció:

—Voy a subir.

—¿Adónde?

—A la habitación 305. Usted espéreme aquí. Si no he regresado en un cuarto de hora, eche esa puerta abajo.

Horacio iba a preguntarle varias cosas a la vez, pero Martina se dirigía ya hacia un ascensor.

Confuso, el archivero la vio desaparecer entre las hojas de acero. Horacio se quitó el abrigo, lo dobló sobre el respaldo de un taburete y bebió un trago de su copa. Por si acaso, y aunque no podía entender qué diablos se proponía hacer la subinspectora, empezó a contar los minutos.

63

Martina había tardado cuarenta segundos en subir a la habitación 305. Era una de las *suites* principales, con dos puertas. Para llamar, la subinspectora eligió la de servicio. La voz de Toni Lagreca se escuchó al otro lado.

—¿Quién?

—María —susurró Martina, pegándose al quicio.

—Un momento, cariño.

Lagreca abrió la puerta y se retiró para dejarla pasar. La luz del pasillo iluminó la mitad de su cuerpo. Encima de su piel desnuda, el actor sólo llevaba un albornoz blanco, con el anagrama del hotel, una hoja de palmera bordada en hilo esmeralda. Al darse cuenta de la suplantación, Lagreca empujó a Martina, intentando expulsarla de la *suite*. La subinspectora sacó la pistola y le golpeó con la culata. El actor contuvo un grito y retrocedió hacia el interior de la habitación. La puerta de servicio quedó entornada.

—No te muevas, Toni —ordenó Martina, en voz baja.

Las luces de la *suite* estaban apagadas. Alguien había corrido las cortinas del gran ventanal que daba al mar. La débil claridad de la noche apenas permitía distinguir los contornos de los muebles. Cuando los ojos de Martina se acostumbraron a la penumbra, la subinspectora creyó ver una silueta sobre la cama del dormitorio.

—La función ha terminado, Toni. Ahora muévete muy despacio y enciende una luz. Estoy apuntándote, y no dudaré en disparar.

Lagreca tropezó con algo, trastabilló y prendió una lámpara de pie.

Martina miró hacia la cama, e inmediatamente retrocedió. La pistola temblaba en su mano.

El haz de la lámpara llegaba atenuado al fondo del dormitorio, pero fue suficiente para revelarle el móvil de los crímenes.

64

Desde la eternidad, Camila Ruiz agitó su melena rubia y se desperezó sobre el edredón. Los brazos muertos le quedaron colgando como zarpas de una estola.

El rostro de la mujer desollada buscó a Martina de Santo. Extendió una mano hacia la subinspectora, como convocándola al lugar sin tiempo desde el que la llamaba, y recitó, con la clara y solemne voz de Antígona:

—*¿Deseas algo más grave que darme muerte?*

—¿Quién está dentro de usted? —preguntó la subinspectora, luchando contra un supersticioso terror.

—*Mi alma tiempo ha que está muerta, para poder ayudar a los muertos.*

—No siga hablando —se estremeció Martina—. Voy a sacarla de aquí.

—*¿De mi cárcel perpetua, de mi mansión subterránea?*

En ese instante, se oyó la explosión de un plomo, y la luz se apagó. Antes de que se desvaneciese, Martina había visto cómo Lagreca arrancaba la lámpara y la enarbolaba delante de ella. En la oscuridad, la tulipa le golpeó en la cabeza. La subinspectora perdió el equilibrio. Al ir a incorporarse, su Star se disparó accidentalmente. El actor cayó un segundo después. Gimiendo, comenzó a arrastrarse hacia el *office*.

—¿Toni? —gritó la mujer.

Nadie contestó. El disparo debía de haberse escuchado en otras habitaciones. Desde el pasillo, a través de la entornada puerta de servicio, se oyeron voces, pasos que corrían.

Martina avanzó hacia la cama. La silueta de Camila Ruiz, difuminada en la penumbra, protegía su desnudez oprimiendo un almohadón contra su pecho. La voz de Antígona preguntó:

—¿Toni ha muerto?

—¿Le importaría?

—En realidad, es como si ya lo estuviera. Tampoco él iba a tardar en morir.

Sin el menor ruido, Martina comenzó a rodear el lecho.

—Y a usted, ¿cuánto le queda de vida?

—Dependerá de ellas, de mis vírgenes.

La subinspectora notó el calor de la culata, sudor en las manos.

—¿Qué plazo le dieron los médicos?

—Menos de tres meses. Pero se equivocan. Hay vida dentro de la vida.

—¿Tiene miedo?

El espectro se agitó.

—¿Usted no lo tendría, si el mal que la devora y embrutece le roba la belleza y el alma?

Martina le apoyó con suavidad el cañón en la frente. A la grisácea luz que ascendía del muelle, el rostro del cadáver pareció sonreír. Con la misma suavidad, la subinspectora preguntó:

—¿Planeó usted los crímenes?

—Hágame un favor: dispare. ¡Hágalo, se lo suplico!

—¿Fue él?

—No. ¿Toni?

Desde el *office* se escuchó un quejido. La mujer encañonada se lamentó:

—Sólo está herido. Debería haberlo matado.

—¿Tanto le odia? —preguntó Martina.

—Mi odio y mi vergüenza no se pueden medir.

—¿Qué es lo que tanto la humilla?

—¿Quiere saberlo? ¿Desea verme, tal como soy?

Martina retrocedió hasta dar con un interruptor. Lo accionó. Una hilera de bombillas irradió del techo.

—¡Acérquese más!

La subinspectora vaciló. La sensación de irrealidad era tan intensa que la dejó sin fuerzas. Se sentó en el filo de la cama y apoyó la pistola en el edredón.

En los ojos de la mujer desollada brillaba el resplandor de las lágrimas. Camila Ruiz se despojó de su piel, y Gloria Lamasón mostró a Martina la suya. El ralo cabello le caía a la actriz en sucios mechones. Su cuero cabelludo se transparentaba, y todo su cuerpo era una llaga. Bulbos y pústulas le cubrían los fláccidos pechos, las cadavéricas extremidades, y comenzaban a extenderse por el cuello, amenazando corromper también su divino rostro. Martina se encogió hacia los pies del lecho.

—¿Cómo se infectó?

—Toni me contagió, pero no tardará en desarrollar el mal. Pronto me seguirá a la tumba. Ahora, ya lo sabe. ¡Lástima que no vaya a poder revelar mi pequeño secreto, salvo al demonio que la reciba en el infierno!

Martina miró hacia atrás. La habitación estaba desierta, y la puerta del cuarto de baño seguía cerrada. La subinspectora preguntó, con voz de humo:

—¿Hay alguien más con usted, dentro de usted?

Antígona le clavó sus ojos muertos y recitó:

—*No te angusties por mí, cuida de enderezar tu suerte.*

En ese instante, se oyó el rugido de un loco. La puerta del cuarto de baño se abrió y la blanca sombra de otra mujer que aferraba un cuchillo se abalanzó contra la subinspectora.

Martina agarró la pistola, giró sobre sí misma y cayó a la moqueta. La visión que tenía delante la paralizó. Con el cabello enmarañado y las manos sin vida oscilándole a los costados, Sonia Barca la miró desde el otro lado de la muerte. Alzó los brazos y volvió a lanzarse contra Martina esgrimiendo un negro cuchillo.

La subinspectora abrió fuego, y siguió disparando hasta que el rostro de Sonia la salpicó de sangre. Martina empujó el cuerpo, que resbaló a su lado, se puso en pie y dejó la pistola sobre la cama. Temblaba.

—¡Subinspectora! —gritó una voz.

Horacio Muñoz acababa de aparecer en la *suite*. Había visto a un hombre herido en el *office*, y enseguida descubrió al segundo cuerpo, caído en el dormitorio.

Con el corazón galopándole, el archivero se detuvo en el centro de la habitación. Desde el lecho, una anciana espectral, infectada de una lepra que la cubría por entero, sostenía en las manos lo que parecía una piel humana. La cabellera de la mujer desollada se desparramaba sobre sus muslos, como un despeinado postizo.

Horacio apenas pudo reconocer a Gloria Lamasón. La actriz contemplaba la escena con una mirada moribunda, pero diabólicamente feliz. Y también sonó dichosa su voz cuando la actriz, encarnándose por última vez en Antígona, declamó para un público imaginario, o para los gusanos que pronto criaría:

—*¡Tumba, a ti voy ya en busca de los míos, que son incontables!*

Gloria Lamasón reptó sobre la cama, cogió la pistola de la subinspectora y se introdujo el cañón en la boca. Martina se precipitó hacia los almohadones, pero no pudo evitar su acción. El disparo hizo estallar el cráneo de Antígona. Esquirlas de hueso saltaron contra el cabezal, y por la fractura del occipital escapó una materia viva. La luz de los ojos de Gloria Lamasón se extinguió como una vacilante llama.

—¿Está usted herida, Martina? —exclamó el archivero.

Detrás de Horacio, la subinspectora entrevió al portero de la recepción y a una camarera de habitaciones con la cara dilatada por un miedo inhumano.

—La sangre no es mía. Diga a esa gente que se retire de aquí. Vaya a la habitación de María Bacamorta, la 107, y proceda a su detención.

—¿De qué la acuso?

—Del asesinato de su hermana gemela, y de complicidad en los crímenes de las mujeres desolladas.

Horacio desapareció. La subinspectora limpió la Star, la enfundó y se arrodilló junto al cuerpo del hombre caído junto a la cama. Le retiró la melena rubia, espesa y lisa, que había enmarcado en vida el hermoso rostro de Sonia Barca, y fue despegando la epidermis adherida a la suya. La piel se desprendió a jirones, como un húmedo pergamino.

Su segunda bala del nueve corto había perforado el corazón de Alfredo Flin. La diestra del profesor de teatro empuñaba todavía el cuchillo azteca.

Y aún, en un espasmo póstumo, como si la mariposa de obsidiana aletease ante sus ojos sin vida, la mano de

Flin se agitó y se movió unos centímetros cuando la subinspectora separó el cuchillo sacrificial de sus dedos y pudo sentir, al contacto con el filo, su fría y peligrosa seducción.

EPÍLOGO

Era 20 de enero, y el tiempo no podía ser bueno, pero durante toda esa semana el frío no había hecho acto de presencia.

Llovía a menudo, casi todas las tardes. A la subinspectora no sólo no le molestaba, sino que, en cuanto caían las primeras gotas, cogía la gabardina, salía de la posada en la que se hospedaba y caminaba por la orilla del mar, disfrutando de las puestas de sol.

Un poco antes del anochecer, el Volkswagen de Horacio Muñoz se confundió con las dunas, desapareció y volvió a ronronear cerca ya de Playa Quemada, la reserva natural situada a cincuenta kilómetros de la capital, en la costa occidental.

Horacio bajó del coche y subió a las dunas. El sol poniente le dio en la cara, pero no le deslumbró. Desde las rocas, junto a las rompientes, Martina le hizo una seña.

Horacio descendió con dificultad por las dunas. Casi se alegró al pisar la franja de arena húmeda donde su zapato ortopédico, al menos, no se enterraba. Atravesó el arenal y se encaramó a la roca plana donde la subinspectora permanecía sentada, la melena flotando al impulso de la brisa. Desde ese observatorio sólo se veía la inmensidad del mar. Una bandada de patos marinos cruzaba el cielo en formación de flecha.

—Me alegro de verla, subinspectora.

Martina iba descalza. Llevaba una sudadera y un pantalón de lino recogido hasta las rodillas.

—Y yo de que haya venido.

Alrededor de las rocas, olas de color magenta estallaban en rodillos de espuma. Cubierto de nubes, el sol se hundía en el mar.

El archivero le notificó:

—En todos estos días, la prensa no ha parado de llamar. Se está convirtiendo usted en una celebridad.

—Ignoro por qué. Supongo que andarán escasos de noticias.

—Eso será. ¿Sabe? He comenzado a tomar notas en unos cuadernos y quería...

—¿Apuntes sobre qué, Horacio?

—Sobre sus casos, subinspectora. Alguien tiene que registrarlos, guardarlos para la posteridad.

Martina le amonestó:

—Usted es un agente, Horacio, no un escritor. En cuanto a la posteridad, todavía no conozco a nadie que haya regresado de ese pretencioso retiro.

Horacio añadió, con sinceridad:

—Quería decirle otra cosa: gracias a su apoyo, he vuelto a sentirme un policía.

—Eso ya me halaga más. ¿Le apetece dar un paseo?

Bajaron del promontorio rocoso y comenzaron a caminar por la playa. Martina sacó un cigarrillo y lo encendió protegiéndolo del viento.

—¿Qué novedades me trae de Bolscan?

—Buenas noticias, subinspectora. Desde que regresó

a su puesto, el comisario Satrústegui se ha concentrado en cerrar los flecos del caso. Ha resuelto el motivo de la falsa coartada de Néstor Raisiac y de su ayudante, la arqueóloga Cristina Insausti. Frente a la certeza de que el cuchillo azteca con el que se había cometido el crimen revelaría sus huellas, se dejaron llevar por el temor de ser imputados en un asesinato y urdieron la amañada versión de la que usted ya desconfió... Le comenté al comisario que venía a verla, y me dio recuerdos para usted. Realmente, le ha salvado el pellejo. Por un momento, se lo confieso, pensé que Satrústegui era el criminal. ¿También usted lo llegó a temer?

Martina se agachó para recoger una concha. Era blanca, con un delicado corazón de nácar. La guardó.

—La investigación de un sospechoso debe basarse en las pruebas, Horacio, no en el grado de sospecha. Pero debo reconocer que, ciertamente, concurrían contra Satrústegui serios indicios de culpabilidad. Tenía, para cometer el primer crimen, el de Sonia Barca, un móvil: el despecho, los celos. Y tuvo, asimismo, la oportunidad de llevarlo a cabo. Pero su perfil no se ajustaba al del asesino, a menos que el comisario hubiese estudiado Medicina, sin hacerlo constar en su currículum, y que, además de ser un notable escalador, calzara, en lugar de un cuarenta y cuatro, tres números menos.

—Como Alfredo Flin.

—Justamente. ¿Sabe si el comisario ha comprobado las cuentas de Gloria Lamasón?

—Satrústegui consiguió una orden judicial —asintió Horacio—, y obtuvo los extractos bancarios. En los últimos meses, Gloria Lamasón se había desprendido de fuertes sumas. En su monto global, esos asientos se aproximaban significativamente a la relación de ingresos, también recientes, consignados en las cuentas de Toni Lagreca y de Alfredo Flin. Este último, además, ingresó varios cheques de puño y letra de la diva. Entre Lagreca y él, la estaban exprimiendo como a un limón.

La subinspectora se detuvo para contemplar cómo el sol, en su estertor, iluminaba el mar con un anaranjado fulgor. Murmuró:

—Fue Toni Lagreca quien comenzó a extorsionarla y quien le contagió el virus letal. Cuando la actriz dio muestras de querer deshacerse de él, Toni introdujo a Flin en su dormitorio. Ni Gloria Lamasón ni su alcahuete podían saber que acababan de invitar a una serpiente a entrar en su nido. Flin era un asesino. La propuesta y ejecución de dos nuevos crímenes iba a ser su principal aportación a la sociedad de la diva.

Sin embargo, añadió Martina, no fue Alfredo Flin quien había leído en los periódicos de Bolscan el caso de aquel vagabundo que, unos pocos años atrás, escaló el Palacio Cavallería y apareció dormido en su interior, sin que nadie pudiera explicarse de qué manera había entrado. Lagreca suministró ese dato a Flin, y le mostró la exposición y las características del Palacio Cavallería. La primera víctima, Sonia Barca, compartió con ellos la fiesta de Nochevieja, en el Stork Club. Mientras brindaban con ella, ambos actores estaban diseñando su ofrenda.

—¿Fueron cómplices desde el primer momento? —preguntó Horacio.

—Sí, aunque no demasiado bien avenidos —matizó Martina—. La amenaza de muerte que recibí por teléfono, y que me advertía de que de mi cuerpo sólo encontrarían la piel, fue pronunciada por la voz de Tiresias, que pude reconocer en la obra, tras compararla con la de la grabación de mi casa. Pero, realmente, fue Alfredo Flin quien grabó ese mensaje. Lo hizo imitando la voz de Tiresias, el timbre de su compañero de reparto, a fin de que, antes o después, atribuyésemos los crímenes a Toni Lagreca.

En su declaración, María Bacamorta había descargado toda la culpabilidad en su compañero sentimental. Según ella, fue Alfredo Flin quien la enroló como actriz en la Compañía Nacional de Teatro, a la que el propio Flin había accedido gracias a su amistad con Lagreca. A lo largo de la última gira, Flin comenzó a acostarse con Gloria Lamasón. A veces, la diva disfrutaba a la vez, en largas noches de orgía, con los cuerpos de ambos actores.

Cuando la admirada actriz supo que padecía una enfermedad incurable, que sus síntomas se desarrollaban a gran velocidad, y que le quedaban pocos meses de vida, recorrió un rosario de hospitales en demanda de un tratamiento eficaz que aún no existía.

—El doctor Marugán ha reunido sus informes clínicos —comentó Horacio—. La señora Lamasón estuvo ingresada en varios centros y probó toda clase de fármacos, incluido el antídoto contra la enfermedad del sueño, la suramina, sin encontrar alivio. Muy al contrario, sus síntomas se agravaban, y su cuerpo siguió acumulando los estigmas de la infección hasta que la debilidad y la desesperación la llevaron a considerar válida cualquier esperanza curativa.

—Incluida la superstición, la magia —agregó Martina—. Incluido el sacrificio.

Horacio consideró:

—En esas condiciones físicas y anímicas, la comisión de un crimen debe de convertirse en un mero trámite.

Martina estuvo de acuerdo.

—El imperativo de la supervivencia lo redujo a una elección circunstancial. Cuando Flin le expuso su macabra idea, la señora Lamasón ni siquiera necesitó mostrarse de acuerdo con él. Le bastaba con adherirse a una nueva fe, por milagrosa o siniestra que pudiera parecer. La piel de una mujer joven, sacrificada en el altar de un pueblo que creía en la regeneración de la sangre, y ante un dios, Xipe Totec, también inmortal en su humana condición, restauraría su espíritu, la mostraría ante el público plena de energía y salud. Su vida artística se prolongaría gracias a la savia y a la belleza de jóvenes doncellas, y quién sabía si esa recuperada dignidad no contribuiría a mejorar su salud, a depurar su sangre. En el papel de Mefistófeles, Flin la sugestionó con la envenenada poción de la eterna juventud, y se ofreció él mismo, como chamán, a ejecutar los ritos. Flin tenía poco que perder, pues había matado con anterioridad, y sabía lo que decía y lo que se proponía hacer.

María Bacamorta había confesado el crimen de su hermana Lucía, a la que Alfredo Flin ahogó en la Laguna Negra cuando su gemela tenía dieciocho años. Una vez asfixiada, Flin sacó del agua a Lucía y la tendió en la orilla, junto al merendero del lago. Con la punta de una navaja trazó unas finas incisiones en la cara y, tirando de su piel, se la levantó como una careta, mientras reía como un demente y amenazaba a María: «¡Esto te pasará si algún día me traicionas!» Después, Flin arrojó el cadáver de Lucía a la laguna y obligó a María a copular con él en los bosques. Mientras la poseía, adhirió la piel del rostro de su hermana a su propia cara y besó y mordió esa carne reunida. Fue una violación, un acto de barbarie y poder.

María aborrecía a su gemela, la odiaba hasta el punto de haber sido cómplice de su muerte. Pero estaba loca por Flin, y aquel acto de profanación hizo que en adelante experimentara frente a él, en forma de obediencia ciega, sectaria, un mezcla de dependencia y terror.

En el curso de los interrogatorios a que fue sometido por la propia Martina de Santo entre el 10 y el 11 de enero, en cuanto se recuperó de la herida de bala que le había rozado, sin llegar a perforarlo, el bíceps derecho, Toni Lagreca confesó que Flin había escalado el muro del palacio con ayuda de unos pies de gato. Penetró en la galería, descendió por una cuerda, atacó a Sonia Barca, la desolló y volvió a trepar hasta la falsa.

Al agarrar la cuerda, se cortó con el cuchillo de obsidiana, y algunas gotas de su sangre, del tipo AB, cayeron al suelo. Flin descendió por la fachada exterior y ofrendó la piel de la víctima a Gloria Lamasón, que le aguardaba en su propio coche, un Dodge azul marino, aparcado en el callejón, con Lagreca en el asiento de atrás. Mientras esperaban en el automóvil, la actriz había destapado el frasco de suramina que llevaba en el bolso para ingerir una cápsula, con tan mal pulso que el bote se le cayó a la alfombrilla. Lagreca abrió la portezuela y le ayudó a recoger las píldoras, pero un par de esas cápsulas fueron a parar a la acera del callejón.

Dos noches después, la diva debutaría en el Teatro Fénix amparada por el exorcismo de la piel de Sonia, que lució sobre su propia epidermis, bajo la túnica de Antígona. Antes de salir a escena, María Bacamorta la ayudó en su camerino a engomar y vestir la piel, a perfumarse, a maquillarse, a peinar la cabellera sin vida.

La autoridad de Flin sobre Gloria aumentaba a medida que la diva, en su locura, creía encontrarse mejor, recuperar fuerzas, estar viviendo una resurrección gracias a la ofrenda que su sumo sacerdote había celebrado en su honor. Cuando la piel de Sonia perdió sus propiedades, empezó a descomponerse, a oler, Flin le aportaría como dádiva el mágico manto de una segunda doncella. También rubia, también muy blanca de piel. Como lo fue Lucía Bacamorta. Y como lo fue, en su olvidada juventud, la propia Gloria Lamasón.

—Flin mató a la segunda bailarina en el Puerto Viejo —añadió Martina, sin dejar de caminar por la playa—. Lo hizo con la piel de Sonia encima. Por eso, el testigo creyó que el asesino era una mujer.

—Tuvo que ser espeluznante —se estremeció el archivero—. No quiero ni imaginarme las escenas, las orgías, todo el horror de este aquelarre satánico.

—Lo único bueno es que ya pasó —dijo Martina—. Fíjese en las gaviotas, en las olas, en cómo las nubes se abren a la puesta de sol. La vida sigue, Horacio. ¿Se quedará a cenar? En mi posada se come aceptablemente.

—Tengo que volver a la ciudad. Le prometí a mi mujer llevarla al teatro. Sabe que fui con usted, y se puso celosa.

Tras el escándalo, las funciones de *Antígona* se habían cancelado. En señal de duelo por el trágico suicidio de Gloria Lamasón, el Teatro Fénix había permanecido cerrado durante una semana. Pero también la vida continuaba sobre las candilejas.

—¿Qué obra han estrenado? —preguntó Martina.

Horacio sonrió, burlón.

—No se lo va a creer, subinspectora. *El retrato de Dorian Gray*, de Oscar Wilde.

—¡No puede ser!

—Paradoja sobre paradoja, ya ve. Quizá sea la premonición de un nuevo caso.

Esta vez, la magia del destino deslumbró a Martina. Coreada por el agente Muñoz, la detective rompió a reír. El viento amplificó su risa. Las gaviotas, asustadas, volaron a refugiarse en las dunas, cuya arenosa piel, con la puesta de sol, recordaba el perfil de una mujer tendida.

AGRADECIMIENTOS

Probablemente, jamás habría escrito esta novela de no haber tenido en mis manos un cuchillo de obsidiana, de no haber experimentado su fría e inquietante seducción.

Tampoco la habría escrito de no haber conocido las acrópolis mayas en compañía del arquitecto, y arqueólogo, Gaspar Muñoz, y de la arqueóloga Cristina Vidal, bajo la experta guía, además, de Juan Antonio Valdés, por entonces director general de Patrimonio de Guatemala. Para los tres, mi gratitud por su introducción a los ritos precolombinos que en *La mariposa de obsidiana*, al menos así lo espero, confieren color y misterio a la trama. Y mis disculpas anticipadas, también, por las licencias que seguro descubrirán, arqueando un tanto las cejas.

Con el mismo circunspecto gesto, un lector atento descubrirá evidentes o sumergidas referencias a Sófocles, Bernal Díaz del Castillo, Stephens, Lacan, Malinovski, Duvalier, Eliade o Anzieu, entre otros autores cuyas teorías me han sugerido diversos recursos e hipótesis. Pero las apelaciones al psicoanálisis, la mitología o la medicina forense no deben entenderse aquí como soportes filosóficos o científicos, sino como elementos cromáticos, climáticos, del juego escénico.

A los escritores José Luis Corral y Alfonso Mateo-Sagasta quiero agradecerles sus aportaciones documentales, que confieren al argumento un mayor rigor en sus pasajes historicistas. Era importante que las referencias prehispánicas, las prácticas sacrificiales o la nómina de personajes sometidos a la tortura del desollamiento, que Celia Soria enriqueció con sugerentes ejemplos, se ajustasen a fuentes nada hipotéticas. Mateo-Sagasta, además, me inspiró algunos cambios que contribuyeron a reforzar la lógica de la trama.

Los aspectos forenses y farmacológicos de la intriga han recibido el certero asesoramiento de un equipo médico-farmacéutico compuesto por Alicia Pérez Mallagray, Manuel Blasco y Emilia Fernández de Navarrete. Todos ellos, por supuesto, advirtieron que la suramina se administra en inyectables, pero supieron entender que, en aras del guión, su ingesta oral podía resultar tolerable.

Las escenas relativas a las investigaciones policiales y al procedimiento judicial encontraron en José María Pérez Bernad y en Dalia Moliné a dos pacientes consultores. También ellos habrán advertido, y sabido disculpar, ciertos cambios en la jerarquía policial que me he permitido introducir para facilitar, o complicar, las relaciones entre mis personajes de ficción.

Miguel Ángel Liso, Juan Manuel de Prada, Assumpta Serna, Alicia Giménez Bartlett, Susana Koska, José María Sanz, Fernando Martínez Láinez, Justo Vasco, José Calvo Poyato, Gisbert Haefs o Rosendo Tello, entre otros colegas y amigos, han aportado consejos, críticas y apoyo personal a este proyecto; para todos ellos, mi más sincero agradecimiento.

Quisiera asimismo reconocer la competencia y dedicación de los profesionales de Ediciones B, desde Carmen Fernández de Blas o Cristina Hernández hasta Samuel Gómez o Alejandro Colucci; ellos han convertido mis sueños en una práctica y hermosa realidad. Mi agente literaria, Antonia Kerrigan, está teniendo mucho que ver en la aceptación popular de una heroína, Martina de Santo, destinada a conmover y asombrar al lector. Por lo que respecta al nacimiento y al primer caso —*Los Hermanos de la Costa*—, de esta nueva detective, quisiera destacar las múltiples y generosas aportaciones de Santiago del Rey, cuyo lápiz, o bisturí, raras veces se equivoca.

Finalmente, deseo agradecer a mi familia su paciencia y amor. Les pido disculpas por todas las horas robadas y les prometo mantenerme apartado de mis cuadernos y plumas hasta el día en que la investigadora Martina de Santo, reclamada por un nuevo enigma criminal, asuma decidir, en mi modesto lugar, la investigación de otra trama en apariencia insoluble.

J. B.